U0056352

雖然是精神病
但沒關係

奇幻浪漫的療癒愛情劇

雖然是精神病但沒關係

趙容 Jo Yong 編劇｜姜山 Jam San 插畫

原著劇本

｜上｜

瑞昇文化

序

別輕言斷定他人的不正常

別因奇特就指指點點

別因惱羞成怒就排擠對方

他們只是比較特別

因此孤僻難解

請溫柔地伸出雙手⋯⋯

雖然是精神病但沒關係

根據統計，韓國有 80% 以上的民眾罹患精神疾病，其中 20% 需要服藥治療，在這樣的時代裡，我們所認定的「正常」與「不正常」的標準，真的值得參考嗎？

而以「多數」、「少數」作為衡量點，難道不是另一種思想暴力嗎？

對於難以溝通或難以理解的人們，隔離與監禁就是唯一的辦法嗎？

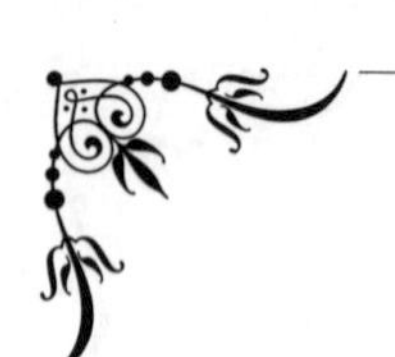

創世之初，人類就是孤獨的存在，因此填滿孤獨成為人類的本能之一，唯一的解答就是「愛」。

人因他人的疏離而感到痛苦；也因他人的溫度感到喜悅。

這齣戲劇正是探討關於愛的課題。

一生飽受孤離與歧視的主角們，在遇見彼此後，歷經磨合，相互接納，進而一同成長，希望他們努力的過程能夠帶給你勇氣。

「你就是最好的你……」

文鋼太

30 歲，精神病院護工

金秀賢

出色的外表、聰明伶俐的頭腦、過人的耐心、爆發力、魅力、體力等等，本該人人公平的神卻在造他時，將一切令人羨慕的特徵都注入其中，但卻也給了他必須背負一輩子的重擔，就是大他七歲的自閉症哥哥！

當他一肩扛起照顧哥哥責任時，就已經失去人生的掌控權，更正確地說，他從未做過自己而活。

哥哥只要到了春暖花開，蝴蝶開始紛飛起舞之時，就會日復一日被惡夢纏身，兄弟倆必須不停搬家，過著居無定所的生活，日子過得有一餐沒一餐，高中學歷也沒能畫下句點，在一個地方

絕不會停留超過一年的時間，因此也不與旁人交心，入不敷出的生活，總是身不由己。

面對哥哥時總是露出溫柔的笑容，但背過身卻被深深的憂鬱填滿，嘴上說著哥哥就是自己的一切，但內心的自己卻面無表情地漠視一切。經常幻想著自己是一名普通的上班族，看著路上經過的戀人們挽著手，開心笑著的模樣，心中苦澀難耐，多希望自己拖著行李箱是要前往遠洋飛行而不是遷徙，每天內心上演無數次的幻想，這些絕不能讓哥哥知道，不能讓他知道……

無力又乏味的日子裡，有天被一個奇怪的女子闖入，就這樣莫名其妙地像被寫入獵奇又狗血的恐怖懸疑戲中，甚至開始和奇怪女子產生情愫，成為難以置信的喜劇片，想逃脫這一切，但卻無法逃離她的魔法之中，照顧哥哥人生的責任已經讓自己難以喘氣，怎麼能夠有餘裕讓他人走進我的生命中呢？

可是，我漸漸無法將視線從她身上轉移。

高文英

30 歲，人氣童話作家，反社會性人格

徐睿知

看似完美無缺的她，有著一個致命的缺陷，造物主在創造她時，或許太過專注在捏製她天使般的外表，竟然遺忘將被稱為「靈魂香氣」的「情感」放入其中，就像沒有香氣的花一般，出生後也不曾被蜜蜂或蝴蝶環繞，孤獨已成常態，倘若有不良品的產出，究竟是不良品的錯還是製造者的錯？她將一切歸咎於造物主的錯失，從不覺得對不起他人，目中無人的過生活。

每天身穿與現代時空不符的奇裝異服，華麗又引人側目的打扮不是為了展現自我，說穿了只是一層自我防禦，為了不讓世人

窺探自己脆弱的內心世界而穿起的保護色，在她一意孤行的人生裡，有天突然出現一名有趣的飼料（？），望向對方眼神的瞬間她明白，這傢伙就是我的命運！

但這名男子卻頑強抵抗她的話語，愈是如此更是激起她的勝負欲，從一開始的好奇心開始轉成為佔有，進而成為執著，最後也深陷其中，他成了她最深的渴望，「我竟然也會產生這樣的情感…這就是所謂的愛情嗎？胸膛裡難以平撫的躁動究竟是甚麼，躲不掉的波浪將我捲去，思念彷彿致人死地般痛苦難耐，我到底發生甚麼事，可以告訴我嗎？」

「或許，我能夠因為你，也開始散發靈魂的香氣嗎？」

文尚泰

37 歲，自閉症 ASD

吳政世

高功能自閉症（HFA）患者，鋼太的親生哥哥而不是叔叔，擁有驚人的記憶力與繪畫實力，極度厭惡肢體接觸，在外人來看有些冷淡無情，但他只是比較特別，並非不正常。

喜惡分明，無法容忍噪音、接觸、髒亂、暴力、說謊，若是有人觸摸到後腦勺就會發作，在「那天的意外」之後，後腦勺就成為炸藥的開關。最喜歡畫畫、恐龍、高吉童、條紋上衣，還有高文英！鋼太最在乎的人是尚泰，而尚泰最在意的人就是文英，每天睜開眼就是抱著文英的童話本，並在上面作畫，晚上則是讀

著文英的童話入睡，是高文英作家的頭號粉絲。

他也擅長觀察他人臉上細微的表情變化，用來讀取對方的情緒，尚泰經常端詳弟弟的表情，而弟弟總是每每露出笑臉，直挺挺地看著他。

「我的弟弟…現在很幸福。」

南朱里

30 歲，精神保健護理師

朴珪瑛

任職於沒關係病院七年，與鋼太在首爾的精神療養院共事一年，因為皆為同鄉所以關係良好，個性小心謹慎，鮮少對他人展露真實情緒，但遇上鋼太後卻願意與他在下班後小酌一杯。

即便自身內心對於鋼太的情感日漸壯大，可是卻不曾溢於言表，直到有天發現出現在鋼太身邊的文英時，她開始感到害怕不安，朱里在小學時期曾與文英短暫當過同班同學，她比誰都清楚文英是多麼可怕又難以預測的人，想盡辦法要讓鋼太離開文英，

卻怎樣也抵擋不住兩人命運的羈絆。

童話故事裡，善良的主角總是能夠戰勝魔女，並投入王子的懷抱，但現實卻不盡人意，而看似清純、善良的她，只要一碰到酒，就會在一夕間從善良的化身「傑基爾 Jekyll」黑化為「海德 Hyde」，酒彷彿將綑綁她的理智線溶解，露出不為人知的面貌。

沒關係病院　相關職員

吳智往｜院長｜金昌完

如同他的名字的寓意，每天無所事事最愛管閒事的魔王，以「沒有正常與不正常，只有發現而不是偏見」作為醫院的座右銘…但實質上卻是韓國最孤僻又奇怪的醫院，被精神科學界所孤立，座落在鄉村一角。

擁有大腦與心理學相關三個博士學位的天才，但卻也是腦子不知道究竟在想甚麼的怪才，「痛嗎？我也痛，想死嗎？我更想死，有關係也沒關係的沒關係精神病院」看似荒腔走板的對話就是他珍貴的治療方針。

比起正經八百的說「加油」、「會好轉的」，更有效的是「我比你還不幸」、「他比你更不舒服」，以此種方式告訴患者有人比你所承受的還多，使對方產生信心克服。

作為引導患者接觸外面世界的嚮導，即便常聽到人家問他是不是老年癡呆，但他卻是比任何人都思緒清晰的巨人。

姜順德｜廚師長、朱里的母親｜金美京

無能的丈夫因酗酒早逝，因此揹著年幼的女兒在工地餐廳煮飯給工人，但有天突然因心律不整，喘不過氣送醫急救，被醫生囑咐不能再做苦工否則將有生命危險，身為母親的危機意識就此啟動，絕不能讓自己女兒成為孤兒，因此向村莊內被稱為傻瓜的院長求助（？），之後在院長的幫忙下一步步成為沒關係精神病院的廚師長。

所以對於餓肚子或居無定所的人絕對會伸出援手，因此讓鋼太、尚泰兩兄弟住進屋塔房，細心照料他們並做溫熱的飯菜給他們吃，充滿母愛的她，毫無保留地給身無分文的兩兄弟莫大的溫暖。

朴幸子｜護理長｜張英南

徹底的完美主義者，只要她上班的一天，整間醫院都需要上緊發條，任何突發事件都要遵守「患者生命是第一」的準則，同時也是唯一能鎮壓隨時失控的吳院長的人。

善星｜護理師｜張圭悧

資歷三年的護理師，朱里的好友，個性活潑開朗，平時與患者相處良好，一旦因患者而受傷時就會湧上職業倦怠，但若是患者給予一點零食就會感動得哭哭啼啼。

權敏錫｜精神科醫生｜徐俊

乾淨俐落的外貌，公私分明，極端的現實主義者，是吳院長身邊相當重要的存在。

吳車勇｜護工｜崔宇成

到職不過三個月的護工，卻總是和擁有十年經歷的鋼太鬥嘴，全身上下散發出有錢人家少爺的氣息，但一開口就知道是成人過動症（ADHD），每天都跟患者上演著 N 次世界大戰，逐漸從中二緩慢成長為高二。

沒關係精神病院　　患者

高大煥｜文英的父親｜李臬｜器質性癡呆

多次獲得建築文化大獎的知名建築師，不同於妻子的外向，個性木訥寡言，相當疼愛獨生女文英，卻也心生恐懼。

在「那天」之後，飽受精神壓力與失眠症的折磨，腦內長出腫瘤，經過數次復發與手術後，身體與心靈都承受巨大的壓力，最後被醫生斷定罹患老年癡呆症候群。

簡畢翁｜金基天｜創傷後壓力症候群（PTSD）

斯文的和平主義者，又被稱之為「甘地」，空閒時間會閱讀書籍或與吳院長下棋，經歷殘酷戰爭殺戮的他，靈魂留下深深的傷口，無法原諒自我曾做過的事情，因此拒絕踏出醫院。

李雅凜｜池慧元｜憂鬱症

內向害羞、情感充沛，常因小事就落淚，婚後遭受老公的暴力對待，在長期的言語暴力與肢體暴力下逐漸失去自尊心，更因此失去親生孩子。

朱正泰｜鄭在光｜酒精成癮患者

將酒視為人生的全部，只要一見火就想喝酒，曾受到優秀消防隊員表揚的熱血消防員，卻沒在大火中救出自己的妻子與孩子，揮之不去的罪惡感使他仰賴酒精，常照顧與妻子相像的李雅凜，在相處中敞開彼此心房。

朴玉蘭｜姜智恩｜邊緣性人格障礙

曾是無名話劇的演員，因為連分配到一句台詞的機會都沒有，而踏上反覆整型之路，然而卻更加深自卑感，為了得到他人關注不得已開始自殘，是都熙才作家《西方魔女殺人系列》的狂熱粉絲。

劉宣海｜朱仁英｜解離性人格障礙

自小經常發出奇怪聲響，被父母視為「被鬼附身的孩子」因此遭棄養，爾後被巫師奶奶收養，有天被前來算命的吳院長診斷為解離性人格障礙患者。

姜恩慈｜裴海善｜精神病性憂鬱症

即使天氣炎熱也披著狐狸披肩的有錢婦人，只要一開口就炫耀女兒和財產。

超乎想像兒童文學出版社 相關人物

李相仁｜38 歲，超乎想像兒童文學出版社的代表｜金柱憲

從做為文英的童話書編輯開始，一路往上爬成為出版社代表，懷抱野心，立志將文英不僅是作為一名「作家」而是「名人」來栽培。替文英收拾善後已經十年的時間，這段期間讓他甘之如飴的就是隨之而來的錢財！只要有錢就能使鬼推磨！

但他卻是容易受驚嚇的膽小鬼，只要周遭有一些聲響就能使他雞飛狗跳，但他能堅持留在文英身邊並不單純為了錢，他也擁有一顆像哥哥一樣、父親一般疼惜孩子的心，儘管如此，他還是喜歡溫柔婉約的女人，朱里的脫俗氣質使他難以忘懷。

劉丞梓｜藝術總監｜朴真珠

應徵的是藝術總監，但卻是相仁的個人秘書，是相仁不開心時的出氣筒，每天聽著相仁說著「雇用你真是浪費薪水」，默默承受一切。

不太會看臉色，也因此許多時候能講出心底話，在相仁劈哩啪啦罵人時，也能勇敢地講出心聲，會稱呼比自己年紀還小的朱里為姐姐。

其他相關人物

都熙才｜文英的母親，犯罪推理小說家

迅速竄紅的暢銷犯罪推理小說家，在寫作的同時，無法將心思放在丈夫身上，但卻對於女兒的養育傾注心血，在寫完連載五年的《西方魔女殺人系列》最後一卷的當天夜晚，失蹤於丈夫建造的「森林之城」，隨著歲月的流逝，被宣告死亡，但她的行蹤仍是個謎。

趙載洙｜鋼太朋友，自由創業｜姜基棟

鋼太的摯友，能夠為鋼太掏心掏肺，與鋼太還有尚泰一同四處遷移。經營炸雞外送，超級熱天派，就連三秒也不放棄耍嘴皮子，自小在炸雞店長大，可能吃過多雞肉，腦子卻沒補到，但卻是朋友有難，絕對兩肋插刀的義氣男。因為總是出沒在鋼太身邊，當鋼太稱呼「載洙」時，旁人常誤會成在稱呼「弟媳」，引人注目，即便如此，載洙還是挺喜歡黏在鋼太身邊，幻想著一輩子不分離。

文前註解

1. 本書盡可能呈現劇本初始形式。
2. 戲劇台詞多為口語而非書面用語，部分詞彙為了配合人物或場景而捨棄標準用法。
3. 本文內逗號、驚嘆號、句號等標點符號已依中文使用習慣做調整，但部分仍保留作者原作呈現。
4. 本書為作者提供的最終劇本內容，包含影像未拍攝部分。

1

啖食惡夢長大的少年

#1　前言｜動畫（殘酷童話風格）

在森林深處矗立著一座城堡，在高塔的邊欄上，坐著一位少女。

女子（E）　在很久很久以前，在森林深處，有著一座城堡，城堡內住著一位孤寂的少女，有天她鼓起勇氣踏出城堡去尋找朋友。

少女冷不防出現在孩子們面前，孩子們對於少女的出現感到害怕，不敢輕易靠近，少女見狀拿出禮物，希望討好他們，箱子裡裝著一對冰冷的麻雀屍體，嚇得魂飛魄散的孩子們一哄而散，留下困惑的少女。

女子（E）　無論少女遞出多好的禮物，沒有人願意接受她，少女之後才知道原因。

又是獨自一人的少女身後，一股黑影就地竄起，陰森氣息籠罩少女。

女子（E） 死亡之影跟著她不離去，人們只要見到少女便驚慌失措喊著：「怪物！怪物來了！」

拖著巨大黑影的少女走在江邊，此時，地上有著閃爍金屬光芒的魚鉤，少女將魚鉤丟進江水中，一隻魚上鉤。

女子（E） 怨懟世界一切人事物的少女，需要一個出氣的對象。

用力用腳踩在魚身，又將餌拋進江水中，釣起另一隻魚！這一次少女拋得更遠，卻釣起一名少年，少女用力踩向失去意識的少年，少年口中吐出累積在肺部的江水，然後醒來，少年濕潤的瞳孔中深深烙印著少女的模樣。

女子（E） 恰巧被少女救起的少年，從那天之後就持續跟在少女身後，而那死亡之影也隨之消失。

魚鉤依然掛在少年的身上，他每天跟在少女身後，不分白晝、山林或田野。

女子（E） 少年跟著少女，無論她去到哪都緊緊跟著，無論白晝、山林或田野…

少女坐在花田間，無聊地剝著花瓣（？），少年帶了一朵花打算送給少女。

女子（E） 某天少女問少年：「你會一直在我身邊嗎？」（少年走向她說）「當然，我哪裡都不會去！」

少年將花遞給少女，像誓約般的花束，少女看著花，並將手中的蝴蝶撕成兩半。

女子（E） 這樣也不離開嗎？

看著少女詭異笑容的少年，呆愣在地，微風吹來，吹起的不是花瓣，而是一片片蝴蝶的翅膀碎片，少年見狀踉蹌幾步向後倒退，原本掛在少年身上的魚鉤脫落在地！少年逃跑後留下傷心的少女。

女子（E） 少女再度獨自一人…死亡之影又悄悄籠罩她。

 # 童話中少女獨自站在城堡頂端，看上去十分淒涼。

女子（E） 你將永遠孤獨，因為…

巨大的黑影就像野獸般逼近少女。

女子（E） 因為…你是怪物…不要忘記這個事實，知道嗎？

少女緩緩轉過身望向黑影，文英臉上掛著悲傷神情。

文英　　（悲傷的眼神）是的…媽媽…

最後畫面轉黑。F.O.

#2　　片名畫面

《第一集，啖食惡夢長大的少年》

啊啊啊啊！傳來男子吼叫聲響 F.I.

#3　　學校｜白天

披上乾淨的西裝外套，配上運動鞋，一名踩著急速步伐的年輕人（鋼太），大口的吸著氣，經過○○職業技術學校的正門，快速穿過運動場。

#4　　學校，辦公室｜白天

中年的男老師與鋼太坐在辦公室內，老師提高音調比手畫腳著。

老師　　怎麼有人在上課途中這樣大吼大叫呢（誇張的手部動作），叫他停止也不聽，這已經不是一兩次了。

鋼太　　…

#5　　學校，辦公室外面走廊｜白天

走廊上形形色色的學生經過，尚泰（30歲後半）貼在玻璃窗外，窺探著兩人的對話，張大眼睛小心翼翼地觀察兩人的表情。

尚泰　（細聲哼唱）Look at me ～ Look at me ～看表情就了解你[1]，（看著老師的表情說）不安嗎…？有點神經質…？

#6　學校，辦公室｜白天

老師　如果旁邊有危險物品怎麼辦呢，可是會出事故的耶，為什麼要因為文尚泰一個人，讓整個班級都不方便又不安呢。

鋼太　…

老師　安全也是個問題，我們也承擔不起責任，就把他送去特殊學校，或地方專門學校吧…

尚泰（E）　Look at me ～ Look at me ～看表情就了解你

鋼太　（緩緩看向門外的尚泰，臉上帶著僵硬難解的神情）…

 # 尚泰與鋼太四目相交後喃喃自語

「生氣了…」

#7　學校，走廊

打開哥哥置物櫃的鋼太，裡面有著幾本高文英作家的童話書、筆記本、畫具、萬花筒、濕紙巾、棒棒糖等雜物，鋼

1　發展遲緩患者經常透過他人臉上細微表情來判斷其情緒，又稱共感學習訓練。（尚泰特有的哼歌旋律）

太迅速地將哥哥的物品收進包包內，關上置物櫃後，將「文尚泰」的名牌拔起。一旁的鋼太感受到弟弟的不悅，不安地坐在椅子上等候，不敢直視鋼太的視線，鋼太收拾完畢後，蹲下身看向哥哥。

鋼太　（從面無表情轉為笑容）

尚泰　（害怕）…

鋼太　（溫柔地）哥，肚子餓了嗎？

#8　學校下坡路｜傍晚

天空被黃昏渲染成橘黃，畫面呈現兩兄弟走在下坡路的背影。

鋼太　有想吃的嗎？

尚泰　（小心翼翼）…

鋼太　（再問）反正本來就差不多要轉學了。

尚泰　…

鋼太　答應你，搬家後再給你找個更好的地方。

尚泰　…

鋼太　很難過嗎？

尚泰　我要吃炒碼麵。

鋼太　甚麼？

尚泰　小份的糖醋肉，醬汁另外放，不要去紫禁城去長江。

鋼太　（笑了出來，將手跨在哥的肩膀上）好啊，去長江好好吃一頓吧！

兄弟倆走在晚霞之中，背影消失在畫面裡。

#9 餐廳｜白天

擦著黑色指甲油的女子，用白皙的手指切著三分熟牛排（幾乎是生肉的熟度），牛排隨著刀片劃過，滲出鮮紅血水，女子切下一塊肉放進口中，細細品嚐，深紅色的葡萄酒倒入杯中，女子優雅地啜上一口。她帶著迷人的煙燻妝，披落在肩上的長捲髮，身穿黑色洋裝，展現纖細的線條，文英以迷人的姿態品嚐著牛排。

對面桌坐著一對穿搭貴氣的母女，女兒（8歲）穿著華麗的公主風洋裝，吃著鬆餅，不停偷看著文英，文英與孩子對眼時還不忘露出笑容，母女看見文英用餐的模樣，兩人交頭接耳。

母親　請問…是高文英作家嗎？

文英　（緩緩抬頭）…？

母女　（緊張）…

文英　…是的

孩子　（開心）我就說吧！

母親　我的女兒是作家的粉絲，抱歉有些突兀，是否可以幫我們簽名呢…（拿出筆記本與簽字筆）

文英　（拿起筆簽名）叫甚麼名字？

孩子　李瑟妃！

母親　本人真的很漂亮耶，對吧？

孩子　對呀，跟童話故事裡的公主一樣。

文英　　（停頓片刻，開口問）我為什麼像公主一樣呢？

孩子　　（開朗）因為很漂亮啊，媽媽也說我很漂亮，像公主一樣。

母親　　（疼愛的看著女兒）

文英　　（冷冷地說）要合照嗎？

母親　　天哪，真是太感謝了！我拿個手機…（趕緊回到座位，拿出手機）

文英　　過來吧（準備拍照的姿勢，並將孩子抱上膝蓋）你，不是我的粉絲吧？

孩子　　甚麼？

文英　　（摸著孩子的頭）我所畫的故事書裡面…魔女才是最漂亮的。

孩子　　…！

文英　　誰說公主一定是最漂亮的，你媽媽說的嗎？

母親　　（打開手機準備拍照）好，公主看鏡頭。

孩子　　（表情僵硬）

文英　　喜歡漂漂亮亮的話，這樣去跟你媽媽說。（緊緊抓住想逃離的孩子）

母親（E）　看鏡頭…一…

文英　　（對孩子耳語）媽媽，我…

母親（E）　二…

文英　　要成為漂亮的魔女。（對著鏡頭露出微笑）

孩子　　！！（作勢要哭）

母親　　三！！

文英露出美麗的微笑，一旁的孩子卻大聲哭泣。

#10　餐廳入口｜早上

剛從洗手間出來的相仁，將手上的水珠揮乾，與從餐廳內哭著跑出來的孩子擦身而過，母親焦急地追在身後「我們公主怎麼哭了呢？」，相仁一臉困惑看著眼前情景。

#11　餐廳｜早上

相仁坐在文英的對面。

相仁　那小孩怎麼一早就哭得唏哩嘩啦？

文英　太感動了吧，因為我矯正她的偏見。（泰然地繼續用餐）

相仁　（恍然大悟）真的嗎，太好了！最近小孩子先入為主的偏見比天花還嚴重，你竟然矯正她嗎？真是太厲害了。（手機響起，畫面顯示《沒關係精神病院》）

文英　（喝著玻璃杯中的水）

相仁　（躲避文英的眼神，將電話掛掉）好吧，我們也該出發了，大概還有兩個小時的時間，可以去個美容院。

文英　去那要幹嘛？

相仁　你總不能這副德性去吧？

文英　（不以為然）

相仁　（受不了）天哪，你現在就跟要去弔唁阿達一族的法蘭雀斯卡一樣，難道要這樣去兒童病房嗎？你是要去帶給孩子們夢想與希望，不是要去恐嚇他們的耶，穿這樣去朗讀童話書給孩子們，像話嗎？

文英　不是說偏見很可怕嗎？

相仁　我覺得你更可怕。

文英　（拿起刀子）

相仁　拜託了文英，穿搭要符合 TPO，知道嗎？時間、地點、場合…

文英　（用刀子割劃在盤子邊緣）

相仁　（啊！摀住耳朵）

文英　（淺笑）你知道我為什麼喜歡這間餐廳嗎？

相仁　（害怕）牛…牛排好…吃…

文英　不是，是這把刀…（將刀片貼在指間，劃破皮膚滲出血滴），你看。

相仁　（吞口水）

文英　（看著刀子的眼睛閃閃發亮）真漂亮…好想要。（極其順手地放進包包）

相仁　！！！

相仁慌亂地四處張望，剛好與服務生對眼，乾笑的他從錢包裡拿出五萬元鈔票放在托盤上說：「刀子的錢」，又再放上一張五萬元，示意要對方不對外張揚，爾後趕緊離開。

#12　嗚盛大學醫院外觀｜白天

#13　嗚盛大學醫院，更衣間｜白天

鋼太站在置物櫃前更衣，身上皆是大大小小的傷疤與貼布，他套上制服，佩戴名牌「護工　文鋼太」，此時響起急促的敲門聲。

護理師　文護工，請盡快到休息室來。

鋼太　！

#14　**鳴盛大學醫院，精神病房休息室｜白天**

鋼太與護士們一同聚在休息室的一角，散落一地的食物殘渣與垃圾，一名女子（進食障礙，30歲），胡亂吃著公用冰箱內的食物，患者們聚集在一旁，暗罵道：「那個小偷女，把我的東西都吃掉了，根本肚子裡有線蟲吧…」

鋼太　（走近她）明智淑小姐？

智淑　（嘴巴塞滿食物，緩緩抬頭）老公…？

鋼太　（熟練地靠近，臉上露出親切笑容）

智淑　我肚子好餓…

鋼太　（溫柔地說）就算肚子餓但也不能吃那麼快，會消化不良的，別一次吃那麼多…分次、少量的吃，好嗎？（邊說話，邊將智淑手上的食物拿走）

智淑　（不開心）你說過我吃東西的模樣很可愛…

鋼太　（用手帕擦去嘴角的食物殘渣）不是吃很多所以喜歡，而是連你吃東西的樣子也喜歡。

智淑　（感動）老公…！！（抱緊鋼太）

鋼太　（示意護理師）

護理師　（拿著針筒靠近）

智淑　可是…（眼神突變）那你為什麼跟那個瘦巴巴的模特兒搞外遇？

鋼太　！！！

智淑將手指放進喉嚨深處，就在鋼太的背後大肆地嘔吐起來，一陣陣嘔吐惡臭襲來，眾人別過臉去，將鼻子摀住，受不了氣味的人落荒而逃，鋼太冷靜的輕拍患者的背。

鋼太　…（無奈卻平和地閉上眼睛）

鋼太的背後開始飄起花瓣雨。（就像電影《美國心玫瑰情》的場景般）

鋼太　（等待一切結束後，看向患者）
智淑　（有些抱歉的眼神）
鋼太　（安慰她）沒關係的…（再次露出親切的微笑）
智淑　（給了鋼太輕微的一巴掌）
鋼太　！
智淑　不要笑，看起來很討厭。
鋼太　！！

#15　**鳴盛大學醫院，走廊｜白天**

清理乾淨後的鋼太，用手輕撥還帶有水氣的頭髮，此時一名醫生從警衛室出來對著鋼太揮揮手，示意要他過去。

醫生　（對著鋼太與護理師們說）這名患者兩天前與女兒因過度服用阿普唑侖[2]而押送進來，先前因焦慮症病史有接受過治療。

2　精神鎮定劑

護理師 1　是試圖結伴自殺嗎？

鋼太　（透過監護室的玻璃望向金承哲）。

#INS）監護室內

金承哲（40 歲初），在床上不停掙扎並大吼大叫。

醫生（E）　似乎想要先結束女兒的生命，再自我了結。

#INS）兒童諮商室

高恩正在接受心理諮商（藝術治療）。

醫生（E）　幸好孩子迅速將藥物吐出，現在正在兒童諮商室接受創傷後壓力症候群諮商治療[3]。

鋼太　…

醫生　下午就轉交給警方進行精神鑑定，（對護理師說）每小時需監測生命跡象，（對鋼太說）定時替他注射靜脈輸液，並確保約束帶的狀態。

護理師　好的…

鋼太　明白…（看著監護室）

#16　行進的高級轎車｜白天

文英戴著墨鏡，乘坐在汽車後座，丞梓開著車，相仁坐在副駕駛座上用平板電腦確認今日的行程。

3　創傷後產生的壓力症候群

相仁　（唸起接下來的順序）朗讀過後會有問答時間，然後贈送給參加的小朋友簽名故事書，之後與醫院相關人員一同大合照就可以結束。（關掉平板螢幕後，唸唸有詞）唉唷，都分不清我究竟是出版社的代表還是某人的個人祕書了。

丞梓　我原先也是應徵藝術總監，沒想到現在是代表的小嘍囉。

相仁　當初面試的時候，不是說無論甚麼事都會做嗎？

丞梓　但代表吩咐的都不是動腦的事，而是勞動耶。

相仁　就是因為錄用之後才發現你腦筋動不了，那要我怎麼辦！開除你嗎？

在兩人鬥嘴的時候，相仁手機響起，螢幕上顯示熟悉的名稱《沒關係精神病院》，相仁一邊慌張地偷看文英，連忙要拒絕接聽…

丞梓　（看見來電名稱後，白目地說）沒關係精神病院？代表你開始看精神科了嗎？真是太好了。

相仁　喂！噓！（作勢要她安靜）

文英　（冷漠地說）接起來。

相仁　（用眼神怒罵丞梓後輕聲接起電話）喂，你好？

文英　用擴音。

相仁　（不情願地按下擴音）

朱里（F）　（急忙出聲）您好，是代表嗎？我是沒關係精神病院的南朱里護理師。

文英　…

朱里（F）　打了好多通電話您都沒有接，傳訊息給也沒有回傳…

相仁　　啊，我最近比較忙…

朱里（F）　　是關於之前有跟您說過的高大煥患者，手術日期已經確定了。

相仁　　（天哪，該死的）

文英　　（靜靜地拿下太陽眼鏡）

#17　　沒關係精神病院[4]｜白天

朱里（F）　　監護人同意書，甚麼時候才要簽呢？

#18　　沒關係精神病院，護理站｜白天

朱里拿著手術同意書講著電話。

朱里　　再繼續這樣躲避聯絡的話，形同放棄患者生命，（沒有回應）喂？聽得到嗎？代表？

文英（F）　　高大煥…對我來說他已經死了。

朱里　　！

#19　　行進車內與沒關係精神病院護理站（交錯）｜白天

文英　　（對著相仁的手機說）為什麼要救已經死亡的人呢，你是耶穌嗎？

朱里　　不好意思？

文英　　朱里。

4　環境優良，遠離塵囂的精神專門醫院。

朱里　！

文英　你這麼急的話，就直接來吧！（掛斷電話）

車子開往鳴盛大學醫院

#20　沒關係精神病院，護理站｜白天

朱里　（不說一語的放下話筒）

星　怎麼了，對方說甚麼？

朱里　叫我…直接去找他們。

星　瘋了嗎？那個女人說的嗎？

朴幸子（E）　生病應該要來我們醫院才對。（走過來）

星　（緊張）護理長。

朴幸子　病人的病歷在哪裡？讓我看看。（四處張望）

朱里　…203 號房的器質性癡呆症患者。

朴幸子　原來是高大煥先生。

朱里　這次復發的膠質母細胞瘤，必須盡快動手術切除，但監護人一直不簽署同意書…

朴幸子　家屬對手術內容都不聞不問對吧？

朱里｜星　（一臉疑惑護理長從何得知）

朴幸子　他是我們醫院住院最久的病患，但家屬卻從沒前來探望過，連一通慰問電話也沒有，這已經不是住院，而是遺棄。對於這樣不孝的親屬，你想要單靠一通電話就解決嗎？若是真心想拯救病患，要不要直接去一趟呢？

星　（懷疑聽到的話語）甚麼？有必要做到這樣嗎？

朴幸子　（OL，將同意書整理好遞給朱里）會做到這樣的吧，你可是個專業人士。（語畢準備轉身離開）

朱里　（急忙）讓我休假兩天的話…（堅定看向幸子）我就去！

朴幸子　為什麼要兩天，那裏有男朋友嗎？

朱里　（搖頭）

朴幸子　（明白了甚麼）看來真的有呢。

星　前輩！你有男朋友了嗎？

朱里　才不是呢…那這樣的話…我等會就出發。（拿著同意書離開）

朴幸子　（看穿一切的眼神）真的有呢。

星　可惡，背叛者…

#21　沒關係精神病院，男子病房（203 號）[5]｜白天

高大煥（60 歲）坐在輪椅上，雙眼無神望著窗外，白髮蒼蒼，皺紋爬滿臉頰，看起來比實際年齡還要蒼老，手不由自主地顫抖，手臂上盡是傷痕。朱里看著他，上前去替他披上毛毯。

朱里　（低下身握住他的手）您的女兒…似乎無法前來…（欲言又止）

高大煥　（一聽到女兒一詞就開始發抖）啊…呃…

朱里　（驚嚇）怎麼了？

高大煥　（露出恐懼的神情）不…不可以。

5　高大煥（器質性癡呆症）、朱正泰（酒精成癮）、簡畢翁（創傷症候群），三人共同使用。

朱里　　（被眼前情景嚇到，欲伸手按下呼叫）

高大煥　（抓緊朱里的手）不可以…

朱里　　（不敢相信高大煥擁有這樣的力氣）

高大煥　（用充血的雙眼看著朱里，發著抖）會…會死…她…來的話…我會死。

朱里　　！！！

#22　　鳴盛大學醫院，休息室｜白天

紙杯從自動販賣機上掉落，等著咖啡沖泡好的鋼太，看見一旁文英朗讀會的海報。

鋼太　　（呆呆看著海報）…

後輩　　（走向他）聽說下午有人吐在你身上嗎？

鋼太　　還被打了一巴掌。（喝著咖啡）

後輩　　一上班就遇到倒楣事的話，就要顧好身體。（將零錢投進自動販賣機）

鋼太　　等一下三點警察會來移送在監護室的金承哲患者…

後輩　　我有聽說了，我會確認好一切的（喝著咖啡），話說昨天聚餐的時候，我們之間打賭了…

鋼太　　打賭？

後輩　　賭文鋼太護工為什麼每年都要像候鳥一樣換醫院？

鋼太　　（不發一語，只喝著咖啡）

後輩　　（舉起手）一、欠了一屁股的債，所以到處躲債…二、犯了罪，所以被警方通緝中，現在到處過著偽裝身分的生活…三、每去一間醫院，就勾引患者和醫護人員，因違反紀律而逐出醫院…

鋼太　那你賭甚麼？

後輩　（難為情）第三個，因為女人！對吧？

鋼太　錯了，是第四個答案（深情地看著後輩），男人。

後輩　（吃驚）

尚泰（E）　但我還是愛著大叔，因為大叔與我一樣可憐。

#23　**鋼太的房間｜白天**

畫面播放著《小恐龍多利》，多利正對著高吉童說話的場面，尚泰躺在地上，並在文英的童話書上作畫，一邊跟著卡通的台詞。（由此可見多熟悉）

尚泰　（一邊畫畫，一邊唸著台詞）我怎麼會可憐！（多利）很可憐啊！（高吉童）你覺得我是孤兒對吧！

尚泰唸唸有詞，房間內部雖然簡陋卻整理得宜，溫暖的陽光穿透過小窗，洗手台上還有炒碼麵的空碗，牆壁上貼著許多情緒單字，「驚嚇」、「生氣」、「討厭」、「喜悅」，還貼著月曆和許多注意事項，書桌上放有發展遲緩、創傷症候群等書籍，其中還有高文英的童話書羅列其中。

尚泰（E）　（多利）雖然你不是孤兒，但大叔你的精神狀態就跟孤兒一樣，你沒有良心又冷酷，就是名副其實的孤兒！但即便如此我還是愛大叔！我已經下定決心了。

此時 3G 手機（舊型）想起鈴聲，打開摺疊手機後，畫面上顯示「弟弟」。

#24　鳴盛大學醫院，屋頂＋鋼太的房間（交錯）｜白天

鋼太坐在頂樓的花園，喝著咖啡打給尚泰。

鋼太　（溫柔地問）吃飯了嗎？

尚泰　我吃了炒碼麵。

鋼太　又吃炒碼麵？昨天不是有買些小菜了嗎？

尚泰　（專心畫畫）

鋼太　在做些甚麼？

尚泰　畫畫。

鋼太　又不畫在繪畫本上，畫在那個女人的童話書上了嗎？

尚泰　甚麼那個女人，是高文英作家。

鋼太　（笑）好，那個高文英…今天要來我們醫院。

尚泰　！！

鋼太　他要來給兒童病房的孩子們舉辦朗讀會，（仔細聽）哥？

尚泰　（急忙爬起身，拿起包包）我，我現在過去，（默唸）搭 243 號藍色公車，在紫陽三岔路口下車，轉搭 5413 號綠色公車，然後在鳴盛大學醫院前下車走三分鐘…

鋼太　哥？等一下…哥…！（大聲喊）文尚泰！！

尚泰　（停下動作）

鋼太　（熟練地說）來深呼吸，吸三次。

尚泰　（聽話）呼呼呼！

鋼太　（冷靜）聽好，就算哥現在出發到這裡也已經來不及，而

且那是專屬兒童病房的活動，只有小朋友們可以參加，但哥不是小朋友吧？

尚泰　（默唸）文尚泰，37 歲，84 年生，屬鼠，雖然看起來年輕但不是小朋友。

鋼太　（笑）這就對了，你已經是大人了，我會看情況幫你要到簽名的。

尚泰　！

鋼太　見面只是一時的，但簽名可以留一輩子不是嗎，那兩個之中哪個比較好？

尚泰　簽名！！！（放下包包）

鋼太　（覺得哥哥可愛，又試探）那喜歡我還是高文英？

尚泰　（果斷關上摺疊機）

鋼太　喂？…哥？

臉上露出一抹微笑，卻夾雜些許悲傷，這個問題沒有一次聽到解答。

#25　鳴盛大學醫院，講堂｜白天

朗讀會活動會場，相仁和丞梓正在確認音響、照明的設備。

相仁　我不想在活動前搞砸他的心情，所以才絕口不提，原先都想好在活動結束後要怎麼帶他去的，啊…現在都毀了，我有不好的預感。

丞梓　可是作家為什麼討厭自己的父親呢？

相仁　他討厭除了自己以外的人類。

丞梓　（正要問原因）

相仁　不要問為什麼，她天生就如此，不要知道原因才能活得長久。

丞梓　？？

相仁　（四處張望）可是她人呢，都快要開始了。

#26　鳴盛大學醫院，頂樓｜白天

病患們與家屬看著同一個地方議論紛紛，文英坐在花圃之間，抽著香菸，帶著墨鏡的她，看上去心情不是太好，有股黑暗氣息籠罩著她，另一隻手將花朵一朵朵拔起，就像在拔人頭般。

男子（E）　喂。

文英的墨鏡映著對方的身影，她站起身與對方相望，拿著紙杯的鋼太對著她說話。

文英　…？

鋼太　那個菸…

文英　我只剩這支菸了。

鋼太　（無奈）不是跟你討菸，是請你熄滅。

文英　我才剛抽耶…？

鋼太　（皺眉）

文英　（直挺挺看著他）

鋼太　這裡是禁菸區，快點。

文英　（手上的香菸已經累積長長灰燼）…

鋼太　（強烈的眼神示意她儘快熄滅）…

此時吹起一陣風，將四周的花瓣吹起，圍繞兩人，夢幻又浪漫的氛圍裡，她說……

文英　你…相信命運嗎？

鋼太　甚麼？

文英　明明就聽到了？

鋼太　（僵硬）

鋼太沉不住氣，想要伸手抓取香菸，但文英迅速地躲開。

鋼太　！

文英　命運沒甚麼大不了的。

文英將鋼太的咖啡杯拉近自己，吐了口口水。

鋼太　！！

文英　（將灰燼點在咖啡中）就是在我需要的時候，出現在我面前，這就是命運。（微笑離開）

不敢置信眼前景象的鋼太，與文英瀟灑離去的背影。

文英（E）　（悲鳴）啊啊啊啊啊！！

#27　**嗚盛大學醫院，講堂｜白天**

突如其來的聲響使在場的小朋友們抖動身體，文英在舞台上朗讀著故事[6]，一旁有著沙畫老師隨著故事內容現場作畫，舞台上瀰漫著霧氣與豐富的音效，讓整個舞台就像童話故事的一幕，台下大約坐著 100 多位的兒童病患與家長們，後面坐著醫護人員。

文英　（緩慢地，用沙啞的聲音閱讀）少年…今天也從嚇人的惡夢中驚醒，那些拚命想遺忘的過往與記憶，每天晚上都在惡夢中出現，折磨少年，害怕入睡的少年，有天找上魔女，苦苦哀求她，「魔女，拜託，不要再讓我做惡夢了…請消除我腦子裡的痛苦記憶吧！」

#28　**嗚盛大學醫院，走廊｜白天**

急促的步伐、不安的神情，走廊上出現一名穿著病人服的男子四處張望，是曾關在監護室的金承哲！他乾燥的嘴唇唸唸有詞：「高恩…我們高恩呢…到底在哪裡？」

#29　**嗚盛大學醫院，講堂｜白天**

高恩坐在小朋友間，專心地聽著朗讀會。

6　《啖食惡夢的少年》，與本集片名相同。

文英　隨著時間過去，成長為大人的少年，已經不再被惡夢折磨，但他卻一點也不幸福。

此時講堂的後門被人打開，金承哲滿頭大汗地東張西望，舞台上的文英注視著他緊張兮兮的模樣。

文英　在某個滿月的夜晚…魔女找上少年，來尋求當時的代價…少年不滿地對魔女說：「我的痛苦記憶都已經被消除了，但為什麼！我還是無法感到幸福呢？」

#30　**鳴盛大學醫院，精神病院走廊｜白天**

鋼太與其他醫護人員在走廊穿梭，後輩自責地說：「對不起，因為他說想透透氣，要我鬆綁他…」，「你有帶上 RT 約束帶嗎？」，「啊，我去拿」，後輩急忙跑回監護室，鋼太快速經過護理站，一手拿取架上的綁帶，轉身跑去找尋金承哲。

#31　**鳴盛大學醫院，講堂｜白天**

文英　魔女依照約定取走少年的靈魂，並這樣說。

就在這關鍵的時刻！講堂的大燈被開啟，主持人用麥克風廣播活動暫停的消息。「很抱歉，因為內部因素，朗讀會必須中斷，各位家屬請帶著小朋友，在醫護人員的陪同下返回病房，謝謝。」考慮到金承哲的脫逃，讓朗讀會必須中止進行，眾人紛紛起身離開講堂。

文英　（用麥克風大聲地說）搞甚麼！

在混亂中，高恩跟著小朋友們站起身，準備離開講堂，此時一隻手大力抓住她的手臂，是父親金承哲！此時在舞台上的文英正跟工作人員辯論。

文英　到底在搞甚麼，憑甚麼這樣中斷我的活動，而且還是在故事精采的時候！難道是要下回待續嗎？趕緊叫他們回來，只剩最後幾頁了，聽完再走啊！快點！

工作人員　可是…因為有緊急狀況發生所以…必須要疏散孩子們…（話都無法好好講完）

觀眾已經幾乎走光，文英依然跟工作人員僵持，但也從餘光看到強行帶走高恩的承哲。

#32　**鳴盛大學醫院，舞台後側｜白天**

承哲將高恩帶到舞台後側，一旁掛著文英的外套與手提包。

高恩　（哭著四處觀望）爸爸…不要這樣…好可怕…

承哲　（抓著她的肩膀）聽好了，如果在這裡被抓到，我就會被送進精神病院，你會被送到孤兒院，你要一輩子跟爸爸分開嗎？

高恩　（掛著淚水）我想活下來，不想要死掉…

承哲　爸爸不是說過嗎，一個小孩子要怎麼活，要分開還不如一起死去！

文英（E）　在講甚麼鬼話…

父女　…！！！

文英站在門口，笑著望向父女倆人。

文英　真是豬狗不如的人類…這種人渣也是好久不見…（表情莫名享受）

承哲　！！（雙眼充血）你…甚麼人…？想死嗎？！

文英　你有殺過人嗎？

承哲　…！

文英　（巡視四周）沒有活下去的自信，也沒有獨自尋死的勇氣，要將自己孩子擋在面前過黃泉路…

承哲　（壓抑不住的怒氣使全身開始顫抖）你說甚麼…？

文英　（慢慢走向手提包）不要扭扭捏捏，你自己去死吧。

承哲　（一氣之下）你這瘋女人！！（衝上前）

文英將包包甩向承哲，包包內的刀子與化妝品散落一地，承哲拿起刀子就往文英揮過去，文英用高跟鞋反擊，被激怒的承哲一把掐住文英的脖子，被眼前情景嚇到的高恩衝出後台。

#33　嗚盛大學醫院，講堂｜白天

聽到舞台後方的躁動聲響，鋼太撕開束袋包裝，小心翼翼走向後台，此時高恩剛好從門的另一側衝出。

鋼太　　！！（一把抱住孩子）

高恩　　（哭著說）爸爸⋯

鋼太　　噓⋯

#34　　嗚盛大學醫院，舞台後側｜白天

承哲失去理智地將文英壓制在地，緊緊掐住她的脖子。

承哲　　（憤怒）你憑甚麼插手！我的小孩要死要活，由我決定！

文英　　（就快喘不過氣）再大力點啊，你這人渣⋯

承哲　　（完全失去理智）該死的，去死吧你！

喘不過氣的文英儘管想伸手抓取刀子，卻距離太遠，缺氧使得臉部漲紅，視線開始模糊，眼前出現大煥的身影。

#INS）城堡，文英的房間｜過去（18 年前）｜夜晚

高大煥（40 歲）掐著女兒的脖子，文英眼角掛著淚滴，「文英啊，忍耐一下就好，一下子就結束了。」文英痛苦的掙扎，指甲在大煥的手臂上刮出長長的傷痕。

鋼太（E）　　金承哲！！

承哲聽聞聲響，馬上放開雙手跳起身，獲救的文英大口吸吐著氣，虛弱地坐起，鋼太對著她說：「快點離開！」並身手矯捷的將承哲壓制在地，綁上束帶。

承哲　放手！鬆開我！該死的！

鋼太　（堅定）這不是要傷害你，是怕你受傷所以綁著，請冷靜下來。

承哲　我叫你鬆開！這小子！我要殺了你！（講到一半突然住口）甚…甚麼！

鋼太　？？

鋼太綑綁完承哲抬起頭，就看到帶著冷酷表情的文英走向前，她高舉手中的刀子，承哲發出慘叫聲，鮮紅色的血噴濺在承哲慘白的雙頰，陷入寂靜之後，承哲睜開雙眼，看見鋼太緊緊握住文英的刀子。鮮血不斷地從手中流出，但兩人卻動也不動地望向彼此。

鋼太　…

文英　…

文英　看來…不是命運？

鋼太　！

#INS-1 集 26 幕：「在我需要的時候，出現在我面前，這就是命運」…講這句話的女人！

文英　希望你不要妨礙我…

鋼太　放下刀子吧，他是病人。

文英　不，他才不是病人…（冷冰冰看著承哲）只是隻蟲子。

鋼太　！

承哲　！！！（這女人是真的鐵了心要殺我）她…她…瘋了！她才是瘋子！是精神病！（倉皇逃離現場）

鋼太　（趁機將刀子奪回）

文英　！

#35　**鳴盛大學醫院，講堂｜白天**

承哲雙手被綑綁在後的逃出講堂，卻被走廊上的醫護人員發現，並將他壓制回監護室，承哲見狀大聲呼喊：「放開！這群傢伙！不要抓我，去抓那個女人！她才是真正的瘋子！」

#36　**鳴盛大學醫院，舞台後側｜白天**

不顧還在流血的傷口，鋼太用手帕將刀子包起，文英好奇地看著他。

文英　刀子會痛嗎？幹嘛包住它？

鋼太　（不理會）

文英　（走上前）他精神有問題的話，我可以當作是正當防衛，他只會受點小傷而已，是你硬要攪和才會受傷的。

鋼太　（繼續將刀子包好）

文英　（伸手）給我。

鋼太　（使眼色）

文英　不是說刀子，我說你的手。

鋼太　（依然不理會）

文英　（將刀子搶過來，丟在一旁）

鋼太　！

文英　（看了一眼滑進衣櫃下方的刀子，用手帕將鋼太的手包紮）這是我的特別服務。（笑）

鋼太　（想將手抽離）

文英　（抓得更緊）你知道嗎？這世界很多人死有餘辜…而有些思想周到的瘋子…會偷偷的殺掉他們…讓無知的市民能在每天晚上…（束緊手帕）

鋼太　！（痛楚）

文英　安然入睡。

鋼太　（將手抽離）

文英　（鬼靈精怪）那麼你覺得我是哪一方呢？

鋼太　（看著文英）…無知的…瘋子。

文英　！

鋼太　（直挺挺看著）

文英　（輕輕笑著）

兩人望向彼此的眼神，帶著好奇與難解。

#37　鳴盛大學醫院，精神病院診療間｜白天

實習醫生替鋼太縫合著傷口。

醫生　真是托你的福，讓我的縫合技術日益進步呢，別再受傷了好嗎？

鋼太　（陷入深思）

醫生　（揮手）護工？文鋼太護工？

鋼太　（驚嚇）甚麼？

#38　鳴盛大學醫院，大廳到正門｜白天

文英穿越大廳，後頭跟著相仁。

相仁　朗讀會被搞砸是因為逃跑的病患，還可以達到宣傳效果，但是啊（四周張望），你刺傷人家…甚至還是刺傷醫護人員？人家如果去跟媒體爆料怎麼辦？知名兒童文學作家，持刀而不持筆！難道下一部作品是武俠小說？登上頭條怎麼辦？

文英　用錢堵住他們，你不是最擅長嗎？

相仁　壓不住怎麼辦？怎麼辦啦！

文英　誘惑他們囉，用美人計。

相仁　（不敢置信）

兩人走到車子一旁

文英　你們先走吧，我還有事。（戴上墨鏡離去）

相仁　有事？甚麼事？等等啊！（因著文英離去的背影感到不安）她又要去哪，該不會又要闖禍了吧？（丞梓在車子內伸長脖子等候）

文英　（笑著再次走進醫院內）

#39 鳴盛大學醫院，行政科長室｜白天

鋼太站在辦公桌前。

科長 （嚴肅的表情）本來應該躺在監護室的病患，卻脫逃管制，還搞砸了朗讀會，家屬抗議的電話接都接不完。

鋼太 …

科長 我們需要有個人出來承擔責任。

鋼太 （明白）那…是我嗎？

科長 負責移送的人才進來兩個月，開除他總是說不過去吧。

鋼太 （不說話）

科長 （看著鋼太的履歷）我看你的資歷，護工資歷十年裡…前後也換了六間醫院…每間都不超過一年的時間…你來這也差不多十個月，不覺得也差不多了嗎？

鋼太 …

#40 鳴盛大學醫院，精神病院護理站｜傍晚

鋼太將名牌取下，並一一向護理師們鞠躬道別，後輩臉上盡是抱歉的神情，鋼太只是對他點點頭，不發一語的離開。

科長 就當作你做滿一年，會給你相對的資遣費。

#41 飯店門口｜晚上

從計程車下車的朱里，抬頭望向旅館，難掩緊張神情，緊緊握住手中的紙袋，深呼吸幾次後走進飯店。

#42　旅館，頂級套房內的浴室｜夜晚

淋浴間被熱水的熱氣圍繞，顯出文英的身影，或許是心情很好，嘴上哼著旋律。

#43　旅館，頂級套房的客廳｜夜晚

客廳能聽見浴室傳來的水聲，相仁趁著文英洗完澡前按下通話鍵。

相仁　（注意著文英）喂，是我，你去幫我找出今天文英刺傷的那位護工的聯絡方式，甚麼為什麼！（發現太大聲急轉小聲）總要給點好處才會閉嘴啊，你第一天上班嗎？

#44　公車站｜夜晚

鋼太獨自坐在公車站一角，一整天的倦怠感襲來，手傷也隱隱作痛，臉上掛著沉重的表情…

鋼太　…

此時，手機響起，螢幕上亮起未知來電，他一如往常地按下掛斷。此時，身穿「載洙炸雞外送」皮夾克的人，騎著機車，停在鋼太面前。

鋼太　（因熟悉的身影，露出安心的笑容）

載洙　剛送完外送，就看到一隻生病的雞坐在這，原來是你啊！（丟出安全帽）

鋼太　　（接過安全帽，卻引起手傷的痛楚）

載洙　　上車，哥哥我載你一程。（拋媚眼）

鋼太　　有病…（戴上安全帽）

#45　　旅館，頂級套房｜夜晚

不停地轉為電話語音。

相仁　　（丟出手機）可惡，是故意不接的嗎？都已經見血了，這感覺就是要鬧上法庭的預感啊，天哪…（抱住頭）

此時手機亮起，顯示為南朱里護理師。

相仁　　（大吃一驚，趕緊帶著大衣與包包，偷偷走出房外接聽電話）喂？是護理師嗎？你已經抵達了嗎？

Cut to. 文英穿上浴袍，肩上披著濕潤的頭髮，門鈴卻大作，「你點客房餐飲了嗎？」文英大聲向門外問道，卻無人回應，文英直接走向門口，打開門撞見不知所措的朱里。

文英　　…（上下打量）

朱里　　…（神情緊張）

#46　　某座大橋｜夜晚

夜晚的燈光閃爍在漢江上方，享受著微風的載洙與鋼太，鬱悶的心情煙消雲散，但此時引擎卻傳來噗…噗…的聲響，摩托車發出像老爺爺咳嗽的聲音，夾雜著白煙，載洙的中古摩托車奄奄一息。

載洙　　甚麼？不會吧？不可以！阿爾貝托，不要這樣！

鋼太　　怎麼了？

Cut to. 短暫的浪漫就這樣消失，兩個人頂著刺骨的冷風在橋上推著車，鋼太感到寒冷，手的痛楚提醒著他現實的模樣。

載洙　　鋼太！我沒關係的！哥哥在等你回家！你搭計程車走吧！我會原諒你的！你沒有拋下我！這就是友情！這就是義氣！

鋼太　　（看看這個人）閉嘴啦，推你的車就好。

兩人推著車，橋上標語一一亮起光芒，照亮呼籲珍惜生命的標語，今天也辛苦了、沒關係，會遇見好人的、有時稍微依賴也沒關係的，還有空氣汙染指數，今天你的疲勞指數有 99.999%。

#47　　旅館，頂級套房客廳｜夜晚

文英與朱里兩人坐在沙發兩側，文英上下打量著朱里，朱里努力不去理會，卻散發緊張神色。

文英　　你變了真多，都認不出來了，一點都不俗氣了。

朱里　…（尷尬地笑）

文英　我轉學之後，二十年沒見了吧？

朱里　對啊，（想趕快結束對話，急忙將資料遞給文英）只要在這裡簽名就好了，詳細內容醫生應該都有透過電話說明了，本來應該是要你直接過去一趟的…

文英　可是…你為了要到一個簽名，不惜花上三個小時的車程來到首爾…是使命感驅使？還是太雞婆？

朱里　（心中不悅，但努力壓抑）因為我們醫院是精神科專科醫院，外科手術必須轉院進行，關於你父親的情況…

文英　（冷酷）他已經死了。

朱里　！

文英　我是孤兒啊，你忘了嗎？

朱里　可是你的母親…

文英　我已經幫她辦理死亡證明了。

朱里　！

文英　跟你說件有趣的事，（靠上前）我爸的靈魂已經死了…但肉體還活著，就像喪屍一樣。可是我的母親…肉身老早就死了…但靈魂卻還存在喔。（笑）

朱里　（雞皮疙瘩）

文英　那你覺得兩人之間，真正死掉的是誰？

朱里　！！

文英　問你呢，誰才是死掉的人呢，護理師？

朱里　（轉移話題）你爸爸…（急忙）高大煥患者他…若是不進行這次的手術，將會有生命危險，他現在已經不是只有認知障礙和記憶障礙而已…

文英　（笑）別人看了還以為你才是他的女兒。

朱里　！

文英　（認真）還是…你去做高大煥的女兒，我做你媽的女兒？同意的話我就在這上面簽名，如何？

朱里　！！

#48　旅館，電梯前｜夜晚

朱里拿著同意書的紙袋，站在電梯前。

#INS）18 年前｜小學｜白天

小時候的朱里（12 歲）和小時候的文英面對面凝視。

年幼朱里　（雖然害怕但依然鼓起勇氣）那個…我們…當朋友好嗎？

年幼文英　（面無表情看著她）

年幼的朱里緊張地等著文英的答覆，傳來的電梯到達提示音聲響，拉回朱里的思緒，並搭乘電梯。

#49　旅館，電梯內｜夜晚

跌坐在地的朱里。

#INS）過往｜學校操場｜白天

年幼朱里（害怕地蹲坐在地上）拜託你…不要過來…

冷笑的文英靠上前去，站在朱里前面。

朱里的腦海裡浮現小時候的回憶…

#50　小巷｜夜晚

家門前的巷弄，牽著摩托車的兩人，踉蹌地走著。

載洙　天哪，她腦子有問題吧，真是不敢相信，那種女人竟然在寫兒童故事書？太可怕了。

鋼太　不是腦子有問題，是先天的。

載洙　在精神病房工作十年，現在只要一個眼神就能診斷是不是精神病嗎？

鋼太　不要那麼誇張。

載洙　我反而希望你誇張點。

鋼太　？

載洙　因為那些瘋子被刀子誤傷、還要被醫院解雇，然後一句抱怨也沒有就這樣離開醫院，桌子甚麼的翻一下也好啊！

鋼太　反抗當然會心情好，但資遣費就拿不到了。

載洙　（受不了）真是厲害，哥哥被學校退學，弟弟被公司資遣，這對兄弟真是，我都要哭了…

鋼太　反正也差不多到時間了…

載洙　（回望）

鋼太　也差不多…到了夜晚空氣變暖和的時候…蝴蝶…要來了…

載洙　（心情沉重）也是，哥哥現在還沒有開始吧？

鋼太　（點頭）還沒。

載洙　　唉…接下來要去哪裡呢…

兩個人聊著天，「還是乾脆趁機會，出國去遙遠的地方？」、「難道你有護照嗎？」、「還是濟州島？」、「不然！江陵啦，江陵如何？」

#51　　鋼太的家門前｜深夜

站在破舊的家門前

鋼太　　別跟我哥說今天發生的事。

載洙　　可惡啊！真是受不了，可真忌妒啊！

鋼太　　（突然）啊！

載洙　　！！嚇死我了。

鋼太　　（臉色慘白，抱著頭）啊！！

載洙　　怎樣？幹嘛？你連頭都被那女人打了嗎？

鋼太　　簽名…忘了跟她要簽名…怎麼辦…

載洙　　看來真的有被打。

鋼太　　我…有答應哥的，載洙怎麼辦？（不知所措）

載洙　　我想想。

Cut to. 兩人併肩坐在階梯上，載洙看著手機上的文英簽名，仿照她的筆跡簽在筆記本上。

載洙　　（左看右看）天哪，這哪門子的簽名，是整形文字嗎？

鋼太　　象形，不是整形。

載洙　（瞪他）

鋼太　快點，哥在等我們。

載洙　好了！如何…如假包換吧？

鋼太　喔…（作勢擊掌）

載洙　喜歡嗎？

鋼太　哥一定會很喜歡。（笑）

載洙　你這傢伙不要笑，看起來很討人厭。

鋼太　？！今天也有病患這樣跟我說，我笑起來真的很討人厭嗎？

載洙　你真的不知道？

鋼太　？

載洙　真的不知道？

鋼太　知道甚麼？

載洙　你笑的時候…很像小丑。

鋼太　！

載洙　嘴角在笑，但眼神卻很悲傷…自己照照鏡子。（語畢轉身進家門）

鋼太　（不敢置信，發著呆）

#52　鋼太的房間｜深夜

載洙一臉僵硬地像小丑般擠出笑容，鋼太正好推門進來，他看見尚泰正拿著簽名仔細端詳。

鋼太｜載洙　…（緊張到出汗）

尚泰　（抬頭看向弟弟）

鋼太　（吞口水）

尚泰　這…是假的。（大力撕掉）

鋼太｜載洙　！！！！！

Cut to. 尚泰躲進衣櫥裡，鋼太在外面苦苦哀求，（尚泰在衣櫃裡，玩著恐龍玩偶[7]生悶氣），鋼太求情說：「哥…對不起，我今天真的太忙了，明天去書局買《恐龍大百科》好不好？」一旁的載洙看得相當無奈。

載洙　（靠在椅子旁搖頭）唉…可憐的傢伙…（望向一旁書櫃上擺放的高文英童話書），都是高文英這撒旦，（把書拿起）我要把這些書都燒掉！

聽到此話奪門而出的尚泰連忙阻止，「不可以，不要燒掉！」三個人陷入纏鬥，同一時間鋼太的手機傳來簡訊，與相仁誠懇的聲音。

你好，我是超乎想像兒童文化出版社的代表，李相仁。

#53　出版社，代表辦公室｜深夜

電視播放著新聞畫面，相仁眉頭深鎖，盤坐在沙發上，用手指一個字一個字的打著訊息。

關於今天您與我們作家的衝突流血事件，在此向您致上萬

7　生氣或產生不安時的習慣，是尚泰最喜歡的恐龍玩偶。

分歉意，若是您明日有空，煩請務必至我們公司一趟，非常希望能見上一面，請您不要拒絕…拜託了…。

訊息過了一陣子皆未讀，著急的相仁還傳送了跪拜的表情符號。

#54 鋼太的房間｜深夜

「哥你都幾歲了，還在看故事書嗎？」、「載洙你不懂藝術，不要說話。」、「甚麼不懂藝術，19禁的限制級小說也是藝術啊。」、「回你的家啦！」、「不要，我要在這裡過夜啦！」載洙與尚泰兩個人幼稚的拌嘴，鋼太拿起手機確認訊息後，回覆相仁。

#55 出版社，代表辦公室｜夜晚

焦慮等著答覆的相仁，一聽到提醒急忙打開手機。

好。

相仁　好？！（被簡短的一字嚇到）哇…這傢伙不簡單，我有不好的預感…

同一時間，後方的新聞畫面顯示，曾試圖攜女自殺的精神病患者，被發現陳屍監護室。相仁皺起眉頭將音量轉大，新聞出現金承哲大鬧醫院的畫面以及監護室，還有出現在角落的刀子（文英的刀子）。

主播（E）　試圖攜女自殺的金姓男子，原本預計於今日下午移送警方偵辦，但卻於晚間六點左右，被發現陳屍在出入管制的監護室。（警方以患有焦慮症的金姓男子自殺的方向開始著手調查）

相仁　怎麼有不好的預感。

#56　**大樓空拍｜夜晚**

被美麗夜景環繞的文英，持著紅酒，享用牛排中，看著刀看得出神。

#INS-1 集 34 幕：徒手接下揮過去刀子的那名男子…毫無動搖的眼神…

文英　（回想）眼睛…真漂亮。

#58　**鋼太的房間｜夜晚**

鋼太左翻右翻無法入睡，一旁的載洙早已呼呼大睡，另一旁的尚泰也熟睡中，他將文英的童話書枕在頭下、抱在懷中、夾在雙腿之間。（深怕在睡覺的同時被拿去丟掉）

鋼太　…（在翻來覆去的同時不斷浮現文英的臉龐，#1 集 34 幕：沾血的蒼白臉頰、1 集 34 幕：漆黑無底的瞳孔）

睡不著的鋼太，最後還是起身，隨手拿起一本哥哥床上的

童話書《啖食惡夢長大的少年》，眼睛隨之一亮，開始認真讀起。（從朗讀會待續的部分開始）

鋼太（E） 在某個滿月的夜晚，魔女找上少年，來尋求當時的代價，少年不滿地對魔女說：「我的痛苦記憶都已經被消除了，但為什麼！我還是無法感到幸福呢？」魔女依約取走了少年的靈魂，並對他說…

#59 動畫｜夜晚

伴隨著文英的口白，許多人物的畫面交錯出現。

文英（E） 痛苦難受的回憶…深感後悔的回憶…傷害別人或被傷害的回憶…被拋棄的回憶…必須要擁抱這些痛苦，才能成長為堅強的人…才能再次感受溫度…內心才會變得溫暖豐盛…只有接納回憶的人，才能擁有幸福…

在病房內的高恩，將被子拉到頭頂，卻聽見東西掉落的聲響，往床底下一看是《啖食惡夢長大的少年》一書。

文英看著一張老舊的相片，相片是文英（12 歲）一家的合照，挽著文英手臂的女人已經被撕去，而右邊被摺起，文英將摺起的部分展開，是笑著的高大煥。

大煥躺在病床上，呆望著窗外的滿月，手臂上滿是傷痕…

兄弟的房間，似乎做了惡夢的尚泰喃喃自語中，害怕哥哥是否要發作的鋼太趕緊起身察看，但幸好只是說夢話，鋼太又再次沉浸於書中。

打開書本的高恩，看見書上有著文英的簽名與字句，「不要忘記今天」，此時剛好有護理師巡房。

護理師　睡不著嗎？

高恩　…爸爸呢？

護理師　（面有難色，但安撫她）沒事的，別擔心。

高恩　（開始啜泣）被警察抓走了嗎？還是被關到精神病院了？

護理師　高恩怕爸爸又突然出現嗎？

高恩　（大聲哭泣）

護理師　（認為高恩在害怕）不會再發生這樣的事了。

高恩　（哭啼）…我爸爸…不是壞人…

護理師　！

高恩　（哭）他只是生病而已…他的頭會痛所以才這樣的…所以不要抓走我爸爸…我要跟他一起生活…

護理師感到相當心疼，將高恩擁入懷中，高恩開始放聲哭泣：「我要找爸爸…我要跟他一起生活…爸爸…」

文英（E）　所以不要忘記…要記得，並且克服…若是無法克服…

特寫尚泰沉睡的臉龐

文英（E）　你的靈魂不會長大…將做為永遠的小孩。

鋼太　…

靈魂不會長大的字樣使鋼太看得出神，將童話書放回哥哥的懷中，並看著他像小孩熟睡般的模樣。

#60　回想｜夜晚

煙霧籠罩的深夜，數十隻蝴蝶穿梭其中，滿月散發猶如火光的顏色，畫面中的人物胸前戴著蝴蝶別針，別針一接觸到月光的同時…翅膀應聲折斷，掉落在地…呼…呼…少年（尚泰，19 歲）大口喘著氣在林木間奔跑，一大群蝴蝶追趕著他，當他轉頭時蝴蝶也撲上前！

尚泰（E）　呃啊啊啊！！！

#61　鋼太的房間｜凌晨

鋼太聽聲馬上起身察看並亮燈，載洙驚醒並問道：「怎麼了！」然後看到站在衣櫃前的鋼太。

鋼太　哥…

尚泰（E）　（躲在衣櫃中哭泣）蝴蝶…蝴蝶在追我…蝴蝶…

鋼太｜載洙　（互看對方）

尚泰　（將身子縮在一角）蝴蝶…要來殺我…要趕快跑…要在蝴蝶來之前逃跑…

載洙　（嘆氣看著鋼太）來了呢…蝴蝶。

鋼太　（儘管每年都經歷，但依然痛苦）哥…

載洙　（拍肩膀）

鋼太　（將臉朝向衣櫃）哥…

#62　鋼太家門外｜凌晨至白天

天色由黑轉白，伴隨著大力的敲門聲，「年輕人、年輕人！」

房東阿姨　（帶著俗氣的捲髮，站在門前）又不是搬家的季節，為何突然要退租？真是無言…（敲門）在家嗎！趕快出來，（繼續敲著門，此時房門打開）租約還有一陣子不是嗎，怎麼要突然退租呢？

此時，打著哈欠走出來的載洙，睡眼惺忪的他搔搔頭。

房東阿姨　搞甚麼，這個大叔又在這過夜了嗎，你再這樣我要加收水費了！趕快叫小伙子出來！

載洙　我們同年耶，憑甚麼我是大叔，他是年輕人！

房東阿姨　（不以為意）他去哪了！

載洙　我也不知道…（打哈欠），一大早就去哪了呢…

#63　超乎想像出版社[8]外觀｜白天

鋼太看著出版社的大門，上前走近。

8　一樓大廳為咖啡廳。

#64　出版社｜白天

鋼太看著出版社職員們忙碌的模樣，並看見書架上擺滿的文英作品與海報。

丞梓（E）　請問是文鋼太先生嗎？

鋼太　（轉身）

丞梓　（鞠躬）代表現在要從印刷廠回來，大約會晚十分鐘。

#65　出版社室外停車場｜白天

快速駛進停車場的高級跑車，不顧行人與其他車輛，甚至不管禁止停車的標示，大喇喇地將車子停放後，文英走下車。

#66　出版社，會議室｜白天

鋼太站在透明玻璃裝潢的會議室裡，看著一旁羅列整齊的文英作品，抽起一本翻開來看，映入眼簾的是文英的簽名，「可以給哥…就好了…」

#67　出版社｜白天

文英踩著高跟鞋，經過一樓咖啡廳，職員聽到文英抵達的消息變得分外匆忙，趕緊將辦公室能看見的刀具與尖銳物品收拾，文英經過某一張桌子時，停下腳步。

文英　這是誰的位置？

女職員　（緊張）會計組長的位置…怎麼了嗎？

文英　（對於夾在紙上的刀身相當感興趣）真漂亮…好想要。

女職員　（趕緊）喜歡的話請拿走吧！

文英　（看著女職員的臉，將刀子放進包包）正有此意。（走遠）

全體職員　啊…

丞梓　（急忙跟上）作…作家，今天怎麼會來公司呢？

文英　今天不是《喪屍小孩》的出版日嗎，代表人呢？

丞梓　喔…他…他在…

文英　（望見在會議室拿著童話書的男子…）！

#68　出版社，會議室｜白天

鋼太站在書架旁，全神專注地看著書，就像一幅…

文英　哇…就像幅畫呢。

鋼太　？！（抬頭）

文英　（上下打量）脫下制服更帥了，就像來討賒帳的牛郎。

鋼太　（將書闔起）

文英　我以為你與眾不同（冷笑），但看來跟其他人一樣呢？你要多少？

鋼太　（看著她）不懂尊敬，至少要講得讓人家聽得懂。

文英　自己講話也沒多禮貌。

鋼太　（皺眉）

文英　你不是被我刺傷了嗎。

鋼太　所以呢？

文英　醫藥費。

鋼太　！

文英　加上，封口費，你跟代表要了多少錢？

鋼太　原來…你們一直都這樣做啊。

文英　慰問有何用處，錢才是一切。

鋼太　我對那個還好。

文英　不要錢？那要肉體嗎？

鋼太　那有比錢財更有價值嗎？

文英　！那不然你來這裡幹嘛？不要錢，也不要身體，那來這裡有何目的？

鋼太　如果可以的話…

文英　…？

鋼太　想再看你一眼…

文英　！

鋼太　（直視文英雙眼）我要來…確認這雙眼睛。

文英　眼睛？

鋼太　你的眼神…跟我曾認識的某人很相像。

文英　（挑起興趣）誰呢？

鋼太　…人格有缺陷的人。

文英　！！

鋼太　良心破洞的人。

文英　（表情逐漸僵硬）

鋼太　眼神裡…絲毫溫度都沒有的…那個女人。

文英　…

#INS）江邊的花田｜過往｜白天

活生生將蝴蝶翅膀折斷的少女（文英，12 歲），受到驚嚇而逃跑的少年（鋼太，12 歲），少女的眼神與文英的逐漸重疊。

文英　…你怕她嗎…那個女人。

鋼太　…

文英　…？

鋼太　…曾經喜歡過。

文英　！！

鋼太　曾經喜歡過她。

文英　！！！

鋼太與文英就這樣凝視著彼此。

2

紅鞋小姐

#1 出版社，會議室＋回憶畫面

#C 會議室 （與第一集同一畫面）

在令人窒息緊張感中，鋼太與文英凝視著對方。

文英 那你來這裡幹嘛？不要錢，也不要身體，那來這裡有何目的？

鋼太 如果可以的話…

文英 …？

鋼太 想再看你一眼…

文英 ！

鋼太 （直視文英雙眼）我要來…確認這雙眼睛。

文英 眼睛？

鋼太 你的眼神…跟我曾認識的某人很相像。

文英 （挑起興趣）誰呢？

#C 冰川｜過往

年幼的鋼太溺水於冰川中間的大洞，大聲喊著：「救我！救救我！」但冰冷的水流就快要淹沒他，年幼的文英坐在一旁，泰然不動，似乎在欣賞般。

鋼太（E）　…人格有缺陷的人。

文英拔起結凍的花瓣，喃喃自語著：「救嗎…不救…救…不救…」瞳孔盡是黑暗與冷酷。

鋼太（E）　眼神裡…絲毫溫度都沒有的…那個女人。

文英坐在（像是曾用在溫室裡的保麗龍磚頭），繼續拔著花瓣，拔到最後一片時，輪到「不救」…此時已經不見水面上掙扎的鋼太，雪下得更大了。

#C 會議室｜現在

文英　…你怕她嗎…那個女人。

鋼太　…

#C 冰川｜過往

沉入冰川之下的鋼太，雙眼緊閉，突然一個巨大聲響自上方傳來，保麗龍磚頭被人丟進水裡，少年張大雙眼，奮力向上游去，朝著宛如冬日太陽的浮標游去，少年浮上水面，大口吸著氣，在視線模糊的彼方，隱約看見少女離去的身影消失在雪花中。

鋼太（E）　…曾經喜歡過。

 # 回想畫面｜過往

自從那天以後，少年每天跟在少女身後，下雨時就躲在學校旁的小巷…或躲在河流旁空地…或藏進鮮花盛開的田野。

鋼太（E）　曾經喜歡過她。

#C 會議室｜現在

鋼太　…
文英　（質疑）所以現在是在搭訕嗎？
鋼太　（皺眉）
文英　因為我與你美好回憶中的女人很相像？
鋼太　我可沒說那個回憶美好。
文英　！

#C 花田｜過往

文英將蝴蝶翅膀折斷後，臉上露出詭異笑容，並說：「即使這樣…也喜歡我嗎？」此時，一陣風刮起，將散落地上的蝴蝶翅膀吹起，鋼太因為害怕丟下手中的花束急忙逃離，留下文英獨自一人。

#C 會議室｜現在

鋼太　（堅定）可別誤會，不是甚麼美好的回憶。

文英　是嗎？可是…愈是痛苦的回憶…（將手指滑落至鋼太的心臟位置）

鋼太　！

文英　更會停留在這裡喔？

鋼太　（眉頭皺得更深）

#2　出版社外觀｜白天

相仁急忙將車子停妥，並打開後車廂，丞梓從公司倉促跑出來：「代表！」

相仁　（大發雷霆）搞甚麼，怎麼可以讓他們見面呢？要阻止他們啊！（將整箱的書扔給丞梓，自己拿了兩小箱的蜂蜜水）

丞梓　（因為重量大叫一聲）因為作家不先通知，就直接衝來公司了！

相仁　（停下腳步）她哪時有預告過了？用點腦啊？腦子不行，不能用行動阻止他們嗎？真是浪費我付的薪水…

丞梓　（不敢置信）該死的…（憤怒踢向車子）

#3　　出版社，會議室｜白天

鋼太，將指著自己心臟的文英的手移開…

鋼太　　如果你們代表來了…跟他說辛苦了。

文英　　甚麼？

鋼太　　但是…不用在我身上費心思，也不要再找我了。（準備轉身走人）

文英　　（看著這個人）

#4　　出版社，辦公室｜白天

正要走出會議室的鋼太撞見跑來的相仁。

相仁　　真的是很抱歉！因為塞車來晚了…

鋼太　　（不發一語）

相仁　　（遞上飲料箱）與我一同喝點甜甜的飲料，去旁邊聊一下…

鋼太　　（拒絕）不用了，謝謝。（欲離開）

丞梓　　（提著箱子走進）喔？這麼快就要走了嗎？還有簽名不是嗎！

鋼太　　（啊！）

相仁　　？

文英（E）　簽名…

鋼太　　！（看著從後方走來笑著的文英感到不知所措）不是的…

丞梓　　（不會看臉色）剛剛不是跟我要一張作家的簽名嗎…？

鋼太　　（尷尬）

文英　啊…所以剛剛在那邊說甚麼回憶怎樣，哪個女人怎樣，都是為了拿簽名嗎？

鋼太　（認真）不是的。

文英　不想要錢，也不要肉體…只想要簽名啊。

鋼太　（委屈）就說不是這樣了。

相仁　（緩和氣氛）這樣好啊，就當作是粉絲見面會，然後與我喝杯甜甜的蜂蜜水…

文英　我，簽給你。

鋼太　（發愣）

文英　（從丞梓拿著的箱子內，拿出一本《喪屍小孩》）這可是熱騰騰的新書，（拿起筆開始簽名）名字呢？

鋼太　…（猶豫）

文英　名字？

鋼太　（反抗失敗）文…尚泰。

相仁　是哪位呢…姪子嗎？

鋼太　哥…我的哥哥。

相仁　原來哥哥是粉絲啊，也是啦，我們文英的粉絲年齡層不分男女老少、國籍語言，那簽完名後，請不要忘記這個…（再度遞上蜂蜜水）

文英　（同一時間將童話書遞上）給你。

鋼太　（稍微遲疑…但還是收下童話書）

相仁　（尷尬）

鋼太　那我先走了。（對相仁微微鞠躬後轉身離去）

文英　下次見。

鋼太　不會有下次。（離去）

文英　（笑）

相仁　不是啊，這個！護工先生！護工先生？（追上去）

#5　出版社，二樓階梯｜白天

在與一樓咖啡廳連接的階梯上，相仁心急地拿著飲料箱窮追不捨。

相仁　護工先生！請等一下！（一不注意抓到鋼太受傷的左手）

鋼太　（呃！）

相仁　（急忙鬆手）真的很抱歉…因為真的太不好意思了，還是蜂蜜水您帶去享用…

鋼太　（受不了，打開飲料箱，裡面裝滿五萬元大鈔）

相仁　（尷尬笑著）

鋼太　（皮笑肉不笑）我一個人喝，有點太多了呢。

相仁　怎麼會呢…可以分給兄弟姊妹、街坊鄰居啊…

鋼太　（嚴肅）真的嗎？（伸手打算將錢灑在一樓咖啡廳）

相仁　（見狀）啊，不不不，不行，不可以啊！！（急忙接住但卻踩空階梯）

鋼太　（輕鬆地將相仁接住，並把箱子還給他）

相仁　！！（瞬間有股心動）

鋼太　我不需要那種東西，請不要再纏著我了。（走下樓）

相仁　（猶豫）那個…

鋼太　（眼神銳利）

相仁　（停止動作）

鋼太　（一步步下樓）

相仁　（看著鋼太離去的背影）真是稀奇，我幫高文英收拾善後十年的時間，第一次看到拒絕蜂蜜水的人…（打冷顫）…怎麼又有不好的預感呢…

#6　**出版社，前方道路｜白天**

文英透過出版社的落地窗，看著鋼太離去的背影。

文英（E）　…真想要…

看著鋼太逐漸在視野裡變小的身影，文英伸出手作勢抓住他，放進包包。

#7　**出版社，代表辦公室｜白天**

文英依然看著窗外的景色

文英　（目不轉睛看著鋼太的身影）…真想要…

丞梓（E）　作家你叫我嗎？

文英（窗邊）你說過想要做點像樣的事，對吧？

丞梓　（燃起意志）對！請儘管吩咐我吧！（從口袋找出紙筆）

文英　剛剛出去的那個人，去調查他的底細。

丞梓　甚麼？

文英　（視線望向遠方）絕對不可以讓李代表知道，不然我就把你的舌頭拔掉，祕密的進行。（露出意義深遠的微笑）

#8 行駛的公車上｜白天

兒童文學界極具話題性的指標！高文英作家的最新作品《喪屍小孩》，將於○○月○○日發行！鋼太剛好坐上貼有文英新書廣告的公車，他拿起《喪屍小孩》的童話書，仔細端看，詭異畫風搭配略顯殘忍的畫面，正要翻開封面時，手機響起，上頭顯示：載洙。

#9 中式餐館｜白天

載洙吃著炸醬麵，對面的尚泰（領口圍著濕紙巾），津津有味吃著炒碼麵。

載洙　（電話）我們正在吃飯，剛剛那個房東大嬸，一大早就來敲門，吵個不停。（想用筷子挾一口尚泰的餐點）

尚泰　（閃避）都有你的口水，很髒。

載洙　（可惡…放下筷子）你哥哥？現在還不錯，（撇開頭）目前為止…

尚泰　（吸著麵條）

載洙　你一大早去哪了？去當代理駕駛嗎？（聽了一陣，吃驚的說）甚麼？又是高文英？

尚泰　（停止動作）

載洙　拿到…（望向尚泰）…簽名了？

尚泰　！！（吸完最後一口麵）

#10 行駛中的公車｜白天

想到哥哥開心的表情，鋼太不自覺地感到安心，翻開後看見文英的簽名與字句，耳邊響起低沉的嗓音以及與本人不符的撒嬌用詞。

「尚泰哥哥♡，一定要來我的新書發表會唷～我會給你簽名，還可以一起合照，一起度過開心的時光吧～文英會等哥哥的唷～♡」

鋼太　　這…這…這女人真的是…！

簽名就簽在封面後，也無法撕掉…真是氣死了…（#INS-2集 4幕：下次見，沒有下次），那樣大放厥詞才不過三十分鐘前！真的是要瘋了…

#11　　載洙炸雞店｜白天

空蕩蕩社區裡的炸雞店，門外貼著（急）店面頂讓，載洙講著電話。

載洙　　所以要去哪裡？

#12　　鋼太家中＋載洙炸雞店（交錯）｜白天

鋼太　　（難為情的吞吞吐吐）就是…因為我要整理行李…還要跟房東阿姨協調…有打工的地方也要去一一辭職…（轉身看向翻找衣櫃的哥哥）

載洙一邊進行開店準備，一邊聽著電話。

載洙　你是蜘蛛在吐絲嗎？講話吞吞吐吐的？你是希望我帶哥哥去那個女人的簽書會就對了吧？

鋼太　對…

載洙　沒問題，把時間跟地點傳給我吧。

鋼太　（鬆一口氣）載洙，謝謝你。

載洙　（嘻笑）那你喜歡我？還是喜歡哥哥？

鋼太　（掛斷電話）

載洙　嘖嘖，真是害羞的小傢伙，唉唷好可愛，（傳來門被推開的聲響）歡迎光臨…喔？（呆愣）

朱里帶著尷尬的微笑站在店門口，看著載洙，「朱里…？」

#13　鋼太的房間｜白天

地上鋪滿衣物，尚泰開心的將一件件衣服披在身上照著鏡子，「英國牛津大學學士風、格紋襯衫、深色棉褲、襪子是亮點，再繫上皮帶，不可以太多。」

鋼太　（喜歡看到哥哥開心的模樣，拿起其中一件衣服）這麼開心嗎？

尚泰　（背誦得滾瓜爛熟）尚泰哥哥，一定要來我的新書發表會唷～我會給你簽名，還可以一起合照，一起度過開心的時光吧～文英會等哥哥的唷～（加上拋媚眼）。

鋼太　（笑）這件如何？（遞給哥哥）哇…很帥氣呢！去鏡子前

看看。

尚泰　（拿了衣服後在鏡子前發呆）…很帥氣…帥氣是甚麼表情呢？

鋼太　！

尚泰　…（對著鏡子擠眉弄眼的練習）

鋼太　…（不發一語的看著哥哥）

#14　**載洙炸雞店｜白天**

載洙與朱里兩人對望而坐，桌子上擺放著一盤炸雞與一杯生啤酒。

載洙　來！本店招待的啤酒！

朱里　我下午要搭車回去，喝酒有些…（婉拒地笑）

載洙　（從冰箱拿出可樂）聽說你現在在鄉下的醫院工作…

朱里　對…（看著窗外頂讓的廣告）可是載洙…你又要搬家了嗎？

載洙　我就是個居無定所，堪稱韓半島最後的流浪者！最後的浪人，哈哈…

朱里　（應付的笑容）這樣子嗎…

載洙　哈哈…（笑聲結束後盡是尷尬）

尷尬的氣氛讓載洙灌了口啤酒。

朱里　（小心翼翼）…過得還好吧？

載洙　當然，你看看我…

朱里　我是問鋼太。

載洙　（尷尬）啊…他嗎…

#15　連鎖量販店，物流倉庫｜白天

鋼太穿著工作服，勤奮地工作，快速的搬運貨物。

載洙（E）　他…每天都不顧身體地工作。

搬運到一半，或許是壓迫到傷口，發出細小的哀嚎，將手套脫下察看，手心的繃帶已經溢著血。

中年職員　（靠近）受傷了嗎？

鋼太　沒有。（連忙把手套帶上）

中年職員　受傷了就要休息啊，那麼努力也不會給你比較多的薪水，甚麼年輕時候要多吃點苦都是屁話，你看看我這把年紀了，身體不時在酸痛…（回過神）

鋼太已經推著推車走遠，中年男子獨自感嘆現在年輕人真是固執。

#16　大型量販店，男子洗手間｜白天

鋼太將沾滿血的繃帶丟進垃圾桶，開著水龍頭沖洗著傷口。

鋼太　…（呆望著沖洗下來的血塊）

文英（E）　哪裡殘忍？

#17　出版社，代表辦公室｜白天

文英翹著腳，坐在椅子上，相仁、丞梓與其他職員坐在兩側，桌上擺著《喪屍小孩》的童話書。

職員 1　（看臉色）我們統計了讀者的反應…大部分評論都說…書中的插畫有點太恐怖…

職員 2　然後…加上每次作家的作品都有太過寫實的負評，這次似乎會更推波助瀾，令人相當擔心。

相仁　（掃描大家的神情）好吧，那從第二版開始就…

文英　保持原樣…

相仁　（快速）對，保持原樣，下一件事項。

職員們　（搞甚麼…）

丞梓　之前跟美國方面商討過要製作動畫的部分。

相仁　那個《討人厭的小狗》嗎？

丞梓　對方跟我們要求，希望把狗改成貓…

文英　不准更改，要改的話，就放棄合約。

相仁　（甚麼！）這樣的話…我們的損失會無法計算…

文英　你想死還是要賠錢？

相仁　（對著丞梓說）叫那些美國人清醒點！怎麼可以未經作者同意就擅自修改呢，而且還是把狗改成貓！根本不同種好嗎！

職員們　（看不下去）

文英　（起身）

相仁　（內心雀躍）要走了嗎？

文英　明天的新書簽售會，控制在一個小時內結束，（用意義深遠的眼神望著丞梓）凡事講求效率，不是嗎？

丞梓　（被咖啡嗆到）

#18　**出版社，逃生樓梯間｜白天**

丞梓偷偷打電話。

丞梓　（不安）喂？叔叔嗎？可以麻煩你一件事嗎，可以幫我調查一個人嗎…我知道啦，人民的保母不能做這種事，還是叔叔你有認識徵信社，還是國情院的人嗎…（嘟）喂？（天哪…該怎麼辦）

#19　**大型量販店，倉庫一角｜傍晚**

鋼太向上司表明辭職意思。

上司　好吧，辛苦了，這是薪資…真是可惜呢。

中年職員　（敲門進來）外面有人找你喔。

鋼太　？

等待鋼太的是朱里，鋼太略顯驚訝。Cut to. 自動販賣機掉落兩罐咖啡，鋼太與朱里兩人坐在涼椅上。

朱里　（拿過咖啡）你的手怎麼了…？

鋼太　工作中受的傷。（與朱里坐得有些距離）

朱里　（緩緩坐靠近）

鋼太　（再往外側坐）工作留太多汗了…

朱里　啊…是載洙告訴我，你在這裡工作的。

鋼太　（那傢伙真是…）

朱里　　聽說你又要搬家了嗎？真羨慕你總是能夠沒有留戀的瀟灑離開。

鋼太　　（不發一語，就只是笑著）

朱里　　已經找到下一間醫院了嗎？

鋼太　　總會找到的，不知該開心還是難過…現在的精神病院越來越多了。（喝一口咖啡）

朱里　　（小心翼翼）其實…我們醫院現在也有資深護工的職缺。

鋼太　　（望向朱里）

朱里　　叫做沒關係病院，工作是三班輪班制，月休十天，所以可以像現在這樣趁著空檔時間打工…像你擁有護理師助理證照的護工，還有額外的津貼。

鋼太　　（有些心動，靠上前詢問）醫院位置在哪裡呢？

朱里　　（開心）城津市！我的故鄉。

鋼太　　！！（表情瞬間僵硬）

朱里　　聽說你小時候也在那裏長大。（E，現在…已經改變很多了，不再那樣鄉下，不久前還開了間電影院…）

鋼太　　（僵硬的表情，聽不清朱里的話語）

朱里　　…？

鋼太　　…

#21　　蒙太奇｜過往（18 年前）｜短暫片段

 # 在森林某處，一個脖子大量出血的女人躺在地上。

 # 停屍間，緊抓著母親遺體，大喊媽媽的鋼太，以及—

#「蝴蝶…是蝴蝶殺的，我看到了，是蝴蝶…」尚泰在警方的偵訊室不斷默唸，警察搖著頭，不知該如何是好，氣憤的鋼太抓著哥哥的肩膀喊叫：「哥！好好講啊！是男生還是女生！年紀多大！長怎樣！」，面對激動的弟弟，尚泰卻只是不斷重複唸著：「是蝴蝶！是蝴蝶殺死的！他威脅我，也要殺掉我，他會追上我…」

在警察局走廊上聚集幾位警察與社工，議論紛紛該如何安置兄弟倆，「我覺得應該將哥哥送往身心障礙兒童中心，弟弟則送至養育院…」鋼太聽到大人間的對話，下定決心後，搖醒哥哥，頭也不回的跑出警局。

兄弟倆背著背包，走在鄉間小路，尚泰問：「我們要去哪裡？」，「去蝴蝶追不到的地方。」，「很遠嗎？」，「很遠很遠的地方。」此時，一輛公車靠近，兄弟倆招手坐上車。

聲音（E）　嗶—！

#22　市外巴士總站月台｜夜晚

發著呆的鋼太與朱里，站在月台前。

朱里　（看著鋼太）很累吧？

鋼太　（回過神）

朱里　其實可以不用送我過來的…

鋼太　上車吧…要凌晨才會抵達了…

朱里　（略顯可惜）那我走囉，（走向巴士，卻突然停下腳步）那個，鋼太。

鋼太　？

朱里　我們家還有空房…（？？怕鋼太誤會趕緊解釋），是沒有在用的空房，如果真的要來城津的話，可以不用另外找房子，我跟媽媽只住在一樓而已…（害羞）

鋼太　…

朱里　那我走囉。（轉身要走，鋼太卻走上前抓緊手臂）

鋼太　（放手）謝謝你的好意，但我不會去的。

朱里　…為什麼呢？太鄉下了嗎？

鋼太　（擠出笑容）對啊，太鄉下了。

朱里　（這個人真是不會說謊）

#23　巴士內｜夜晚

朱里坐在窗邊，對著窗外的鋼太露出笑容並揮手道別。

載洙（E）　（口齒不清）朱里…你知道嗎？

#24　載洙炸雞店（回想）｜白天

灌完一大口啤酒的載洙，已經有些醉意。

載洙　鋼太那個可憐的傢伙啊，絕對不會輕易與人深交…因為他知道總有一天會離開…所以不去經營只維持一年的人際關係…

#25　　市外巴士總站｜夜晚

朱里所乘坐的巴士緩緩駛離，鋼太也移動腳步離開。

#巴士內的朱里，依依不捨地望向鋼太。

朱里（E）　為什麼他總是要離開呢…？

#26　　載洙炸雞店（回想）｜白天

朱里　（著急）應該也有原因不是嗎，是為甚麼呢？

載洙　（搖晃的眼神）因為…就是因為…

朱里　（焦急地想知道）

載洙　（將紙巾撕成兩半）就是那…該死的…蝴…蝶！（語畢則陷入昏睡）

朱里　？！蝴…蝶…？？

#27　　行駛的巴士｜夜晚

蝴蝶…在黑夜中朱里陷入深思。

#28　　旅館，頂級套房｜夜晚

輕輕哼著歌的文英，打開衣櫃，仔細的挑著衣服與項鍊，看起來心情愉悅…

#29　　鋼太的房間｜夜晚

未開燈的房內，牆上掛著明天要穿上的衣物，尚泰在一旁睡得正香甜，鋼太研究著各大醫療院所的職缺，並在筆記本上紀錄，此時，望向哥熟睡的臉龐，並在搜尋視窗上鍵入「沒關係精神病院」，視線停留在沒關係精神病院院長的採訪，沒關係精神病院吳智往院長，韓國心理創傷的第一把交椅、是天才？還是癡呆？、吳智往院長聲稱自己被學界孤立、吳院長的座右銘，治療創傷不能躲避…看著形形色色的報導，鋼太露出嚴肅的神情。

#30 鋼太家｜（隔天）早晨

洗澡流水聲。

#31 蒙太奇｜早晨

#C 浴室

褪去上衣，尚泰在浴室洗澡，用洗髮精所產生的泡沫也仔細搓揉著臉頰！將身體的每個部位都洗得乾乾淨淨，很開心的他甚至跟著電視廣告的台詞，「一瓶即淨！同時護理頭皮與毛髮，掉髮問題一次解決！」並用化妝水拍雙頰，「高尚的男兒氣息！」用慕斯整理髮型，連鬢角也梳理乾淨，鼻毛也修剪整齊。

E） 電話傳來語音聲響「您現在撥打的電話無人接聽…」

#C 房間

鋼太窩在浴室旁焦急地打著電話，「載洙…快點接電話啊…」

#C 載洙炸雞店

與朱里吃剩的炸雞、啤酒杯、可樂、手機等等，散落在桌子上，載洙躺在一旁的椅子上，呼呼大睡，似乎做著夢，嘴裡嗚咽著夢話：「這可憐的傢伙…你…還有我…」

#C 房間

穿好衣服後的尚泰，將衣物清香劑像噴香水般，噴在衣服上。

尚泰　「你用甚麼香水～殺菌又清香～」我都準備好了，載洙要來了嗎？

鋼太　（哭笑不得的表情）

#32　大型商場｜白天

對於一切事物都感到新奇的尚泰，（視角轉為自閉症看待世界的鏡頭）興奮地東張西望，將臉靠在玻璃窗上，看著裡頭用餐的客人，每樣在架上陳列的東西都摸過一次，「深咖啡色、灰白色、藏藍色、褐色」！默唸著人形模特兒身上衣服的色調，跟著店員一同唸著促銷口號，不顧他人地走在自己的路上，鋼太跟在後頭，看著哥哥開心的模樣也不由自主地雀躍起來，同時故意將帽子壓低。（不希望文英看見自己）

#33　大型商場，書局｜白天

簽書會會場湧入滿滿的人潮，帶著孩子的父母、穿著印有文英頭像上衣的男粉絲、在海報前拍照的外國書迷等等，連尚泰也不忘拍照留念。

鋼太　（安撫過度興奮的哥哥）哥，哥，聽好了，有看到那邊的洗手間嗎？

尚泰　（點頭）

鋼太　等下哥上去要簽名的時候，我會在那邊等你，等哥拿到那個女人…

尚泰　高文英作家…

鋼太　對，高文英作家的簽名，也拍了照之後，要馬上過來跟我會合，我們再一起回家，知道嗎？如果遵守約定會怎麼樣？

尚泰　你會買《恐龍大百科》給我！（衝進書局）

鋼太　（希望一切平安無事…再度將帽子壓低）哥，不要跑…

#34　大型商場，書局｜白天

兩人一進書局皆呆愣在原地，從入口處就排了長長的隊伍，孩子們與書迷們擠得水洩不通，一旁《喪屍小孩》的專屬販賣處更是湧入絡繹不絕的人潮，在人龍的盡頭，文英一身打扮華麗的坐在上頭，反覆地簽名、詢問大名、拍照、強顏歡笑，而她卻也瞥見兄弟倆走進書局的模樣，眼神馬上閃爍著光芒，嘴角輕輕上揚說：「來了呢。」

 # 此時，相仁正翻著陳列在暢銷書籍區的《西方魔女謀殺案》，用著意義深遠的眼神，看著封面文字，犯罪小說女王，都熙才未完成的遺作！淒美的懸疑小說《西方魔女謀殺案》全新封面限量發售！

相仁　…（看了眼文英，又望向手中的書）

評論家（E）　母親是推理小說的女王…

相仁　（…！）

評論家　（滿臉皺紋的中年男子）女兒是兒童文學的女王…真是不簡單。

相仁　（心中有所不滿，但依然掛上商業用微笑）唉唷，大評論家大駕光臨呢。

評論家　（手中拿著《喪屍小孩》）新書發表我怎麼能夠缺席呢，當然要來祝賀，我好歹也是專門評論高文英的評論家，不是嗎？

相仁　啊…哈哈哈…也是呢。

評論家　（看著兒童文學暢銷榜）兒童文學榜上十名中就佔了七名…真厲害，高文英是靠臉蛋吃飯嗎？

相仁　怎麼會是靠臉吃飯呢？當然是靠文筆囉，（躲避著文英的眼神，趕緊將評論家拉離現場）要不要跟我喝點甜甜的東西呢？

評論家　（作勢拒絕卻欲擒故縱）甚麼…唉唷…我有糖尿問題耶。

文英用冰冷的眼神看著兩人，繼續簽著名，此時正在排隊的尚泰，彷彿看見甚麼被吸引過去，原來是恐龍尾巴！

#35　載洙炸雞店｜白天

睡到一半跌落至椅子下的載洙突然驚醒，宿醉的酒氣未消散，帶著驚恐趕緊打開手機，手機螢幕顯示十八通未接來電，這下完了。

#36　大型商場書局｜白天

鋼太的手機響起，看見顯示為載洙的來電，輕輕嗤了一聲。

鋼太　（走去尚泰身邊）哥，我去外面講個電話，好好待在這裡唷，（邊說邊按下通話鍵／E）到底怎麼回事…

此時尚泰看著前面穿著恐龍衣服的小男孩看得入迷。

尚泰　（想要伸手觸摸恐龍）是劍龍，名字原意為屋頂上的蜥蜴，特徵是骨板沿著背部生長…推測生長在侏羅紀晚期…

孩子母親　（抱緊小孩）天哪，那個人在幹嘛！

孩子父親　（大聲）你是誰啊！

「那個人怎麼插隊…」四周開始指指點點，正在簽名的文英也停止動作察看。

 # 鋼太在走廊上講著電話，「現在來了要幹嘛…？」

尚泰　（自顧自地）比起龐大的身軀，腦部體積卻格外小，是有名的草食性恐龍…

小男孩　（受到驚嚇開始哭泣）媽媽…嗚…

孩子母親　天哪，老公，他好像瘋了！

孩子父親　喂！你不閃邊嗎？！（大力推著尚泰）

尚泰　（雖然被推倒在地，卻快速的爬起身，想給孩子看自己揹著的恐龍玩偶）我也有！我也有一樣的恐龍，是劍龍，我有給他取名字…

此時，孩子的父親突然一手抓住尚泰後腦勺。

孩子父親　你聽不懂人話嗎？！（用手大力抓住尚泰，將他推倒）給我走開！

尚泰　（後腦勺被抓住的瞬間，雙眼翻白，開始發作）我的頭…不要…

鋼太剛好轉身朝向書局，卻不見哥哥蹤影，急忙跑回書局。

尚泰　（開始發作）頭…我的頭…不要摸我的頭！不可以！！（失去理智的拍打頭顱，並放聲尖叫）不要！！！

孩子父親　！（嚇得倒退）

眾人因突如其來的爭吵開始圍觀，一個個用手指指點點，尚泰就像被獵人捕捉的獵物般，困在其中，在害怕顫抖的尚泰視線中，周遭事物開始放大，並發出巨大聲響，陷入無法控制的思緒混亂，鋼太急忙衝向人群，「哥！哥！！」並將自己外套蓋在哥哥身上。

鋼太　對不起…對不起…哥…我在這裡…不要怕…沒關係的…沒關係…

尚泰因為鋼太的保護，稍微冷靜下來，但還是在驚嚇的情緒中，人們就這樣對著兄弟倆議論紛紛…鋼太憤怒地看著剛剛抓住尚泰頭髮的孩子父親。

文英（E）	道歉吧？
孩子父親	（轉頭）
鋼太	（看著文英）
文英	（將原本看向鋼太的視線轉向孩子父親）叫你，道歉…
孩子父親	我為什麼要對這傢伙！
文英	不是，是對我。
孩子父親	甚麼？！
文英	（略顯不悅）因為大叔你搞砸我的簽書會。
孩子父親	甚麼因為我！都是因為這個瘋子…
文英	（一把抓住他的後腦勺）
孩子父親	啊！
孩子母親	老公！
鋼太	！
文英	被人家這樣抓住頭，會有人不叫的嗎？你看看你，不是自己也在叫嗎？（直到甘願才放開）

現場的人因為文英的突發行為開始交頭接耳，丞梓見狀趕緊打給李代表，並出發去找他。

孩子母親	（站向前）不是啊，那個瘋子要傷害孩子，難道要我們在旁邊看嗎？
文英	（靠近孩子母親）你是精神科醫生嗎？你怎麼知道人家瘋

了？

孩子母親　（開始吞吞吐吐）因因為…他…講話…結結巴巴的…很奇怪啊。

文英　（冷笑）瘋女人。

孩子母親　你說甚麼？

文英　（忍不住笑）因為你剛剛講話結巴，我以為你…

孩子母親　！！天哪…（對著在場眾人說／E.）大家都聽到了吧？他剛罵我瘋女人…

文英　（不顧眾人，直挺挺看著鋼太）

鋼太　（一樣凝視著文英）…

#37　大型商場書局倉庫｜白天

在堆滿書籍的倉庫裡，尚泰披著鋼太的夾克，獨自一個人縮在角落前後搖晃地喃喃自語。

#38　大型商場書局辦公室走廊｜白天

走廊的一處椅子，有著一雙老舊的球鞋…旁邊還有一雙華麗的高跟鞋，不斷敲著地板，鋼太與文英兩人坐在椅子的兩側。

鋼太　（整理思緒…）

文英　你不進去看他嗎？

鋼太　冷靜的話，哥會自己出來的。

文英　那要多久？

鋼太　最短一小時…（猶豫）久的話一兩天…

文英　…！（突然起身，想要衝進倉庫）

鋼太　（抓緊文英，不讓她開門）

文英　那要我在這裡空等嗎？

鋼太　沒有人要你等啊？（放手）不用擔心，去做你的事吧。

文英　？？擔心？我幹嘛擔心？擔心誰？

鋼太　…！（看著文英發自內心困惑的臉龐，後悔自己講出口的話）

文英　（坐下）可是你哥哥似乎後腦勺比較敏感，是像敏感帶那樣嗎？

鋼太　（雖然是比喻，但也太…）

文英　啊！像炸彈開關！只要一摸就會爆炸！

鋼太　（咬緊牙根忍著）

文英　那這樣剪頭髮時該怎麼辦？那不就會…（作勢打著頭）啊啊啊，這樣嗎？

鋼太　（制止文英）拜託停下。

文英　（看著他笑）現在才願意正眼看我了嗎？

鋼太　！！

文英　（靠近鋼太）

鋼太　（不自覺緊張）

文英　（玩笑地脫去鋼太的帽子）

鋼太　！！甚麼？

文英　（開心地用手搔弄鋼太的瀏海）

鋼太　！！（真受不了這女人）你在幹嘛！

文英　不要戴帽子了，（認真）會遮住帥氣的臉龐。

鋼太　！！！（瞬間從脖子紅到耳朵）

文英　怎麼臉紅了？

鋼太　（為了將潮紅的臉遮住，將帽子重新戴起）

文英　啊！你瀏海是敏感帶吧！

鋼太　（這女人！）

評論家（E）　是文作家啊？

文英｜鋼太　…？（轉頭）

評論家手上提著兩箱蜂蜜水的箱子，笑嘻嘻地走向兩人。

評論家　看來你又闖禍了？李代表又要一個頭兩個大了。

文英　（表情一沉）

鋼太　（察覺到文英表情變化）

#39　大型商場電梯｜白天

在電梯裡踱步的相仁。

相仁　我的天哪！這冤家一定要趁我不在的時候闖禍嗎！

丞梓　好像只要那個護工一出現就會這樣。

相仁　那你！都知道這個事實，為何不阻止他們相見呢！真是浪費薪水…

丞梓　（嘟嘴）

相仁　（電梯一抵達隨即接起電話）喂…是金記者嗎，才沒有呢，他沒有罵瘋女人…只是在說自己真是要瘋了這樣而已，韓文本來就很奧妙不是嗎。

#40　大型商場走廊｜白天

評論家　（看向鋼太）男朋友？（嘖…）你竟然會談戀愛嗎？

文英　都拿到蜂蜜水了，不閉上嘴走人嗎？

評論家　唉唷…皺起眉頭的模樣跟媽媽真像呢。（奸笑）

文英　（眼裡似乎要噴出火花）

評論家　你媽媽文筆好…（上下打量文英）還很性感…母女還真像呢。

文英　（正要伸手呼巴掌）

鋼太　（出手阻止文英，並向評論家說）風涼話說完就走吧？

文英　（將手垂下）

評論家　（來回看著兩人）真是甜～蜜蜜呢，（看著鋼太）但你最好小心點…？

鋼太　…？

評論家　曾是暢銷小說家的媽媽，有天突然被宣告死亡…知名的建築師爸爸，現在頭髮灰白，被關在精神病院…那你又會是如何呢…？

鋼太　…

文英　…

評論家　（靠近鋼太的耳邊）在這女人身邊…都沒有好下場。

輕浮地吹著口哨的評論家，轉身走向樓梯口。

鋼太　（回頭看向文英）

文英　（心中憤怒難耐）…放手。

鋼太　！

文英　（用力甩開手，衝向前）

鋼太　（不自覺地抓緊她）不要去。

文英　！

鋼太　！

文英　你喜歡我嗎？要對我負責嗎？你能夠承擔嗎？（對鋼太大吼）那你憑甚麼阻止我！！

鋼太　（逐漸鬆開手）

文英　（朝向樓梯口快步奔去）

鋼太來回看著文英離去的樓梯口與哥哥關上的倉庫門，並望向剛剛抓緊文英的手。

#41　大型商場樓梯間｜白天

樓梯傳來急促的腳步聲，心急的鋼太跑下樓梯。

評論家（E）　果然…我就知道你會追來…

 # 樓梯口

文英與評論家站在樓梯間，漫溢著緊張感。

評論家　（嘻笑）我看你的作品很久了，從一個人的文筆就能讀出他的內心世界～

文英　（緩緩地一步步走向評論家）那麼…你應該知道我想做甚麼囉？

評論家　（噗嗤）你別想惹我，我不會自己吃虧的，我會讓你跟你們李代表一起生不如死的，不然你覺得我為什麼有評論王的稱號？

文英　因為是評論界的王八蛋，所以是評論王，不是嗎？

評論家　（些微不悅）只要我提筆，你就等著下地獄。

文英　（將視線停留在評論家胸前的鋼筆）

評論家　一點也不懂童心的反社會性人格，竟然在寫兒童文學？這搞笑的喜劇如果讓世人知道了，會如何呢？

 # 鋼太大口喘著氣，看見兩人在樓下的身影，急忙奔去。

文英　（假裝安撫）…你想要甚麼？

評論家　（奸笑）這蜂蜜水有點喝膩了耶？（大膽看著文英的胸部）如果你…能夠滿足我，就好了…

文英　（對評論家露出魅惑的表情）那個很簡單…

評論家　（略顯期待）

文英　可是筆…（嚴肅）我也能提起？

評論家　？！！

文英迅速的將鋼筆[9]從評論家的口袋抽起，並瞄準他的眼球刺去，評論家因突如其來的行為失去重心，整個人向後傾倒，手上的蜂蜜水也搖搖欲墜。

9　有錄音功能的鋼筆。

文英　　不送。（用中指輕輕點在眉間）

鋼太　　不可以！！（正要伸手接住評論家）

一步之差，評論家跌落於樓梯間，箱子內的五萬元鈔票也隨之散落中，文英丟下手中的鋼筆，露出冷笑。

鋼太　　！！！！！

#42　　大型商場入口｜白天

脖子纏上固定帶的評論家被醫護人員送上救護車，但依然不停蠕動身子咒罵。

評論家　　（咳咳）你這惡魔！給我等著！我要把你們都送進地獄！

醫護人員　　（戴上呼吸面罩）脖子請放鬆！

#43　　大型商場走廊｜白天

不開心的文英走在前面。

文英　　可惡…應該要一次了結他的，這些該死的垃圾們為什麼命都這麼硬…

鋼太（E）　　站著。

文英　　？（疑問）

鋼太將手放在正要轉身的文英肩上。

文英　？？這是在幹嘛？

鋼太　（緊緊抓住）深呼吸。

文英　（？？）呼…

鋼太　慢慢的。

文英　吸…吐，這到底（在幹嘛）…？

鋼太　閉上眼。

文英　？？（先聽話閉上）

鋼太　當無法冷靜的時候…像這樣…（將文英的手環繞在胸前，呈現X字型）將手以X字放在胸前…然後輕拍肩膀。

文英　（以像是被鋼太從背後抱住般，維持姿勢）…

鋼太　這樣過度激動的情緒就能得以安撫。

文英　（微妙）這又是…甚麼？

鋼太　蝴蝶擁抱法[10]

#44　大型商場書局倉庫｜白天

在倉庫裡的尚泰，呈現與文英一樣的姿勢。

鋼太（E）　這是推薦給創傷病患的自我治療法。

稍微冷靜的尚泰，將蓋著的夾克掀開，看往門的方向…

#45　大型商場走廊｜白天

---

10 當心理狀態陷入不安時的自我治療法。

鋼太　（正要將手從肩上移開）。

文英　（將手緊緊抓緊）。

鋼太　！

文英　我不喜歡你在後面。

鋼太　？

文英抓住鋼太的手轉過身，使兩人面對面，彼此的距離只差分毫。

鋼太　！！

文英　（凝視鋼太）

鋼太　（心跳加速）

文英　創傷…要正面對視才行…而不是從後面安撫…

鋼太　！！

#46　大型商場書局辦公室前｜白天

倉庫的門緩緩被打開，尚泰從隙縫中窺探外頭，空蕩的走廊，不見弟弟的身影。

#47　大型商場電梯前走廊｜白天

砰砰砰，鋼太像生氣的人般走在前面，文英追在後頭。

文英　幹嘛突然逃跑？

鋼太　（脖子還有未散去的潤紅）不是逃跑，是要去找我哥。

文英　走慢點，我腳痛。

鋼太　（不管他，依然大步邁進）

文英　喂…！

鋼太　（砰砰砰）

文英　（大聲）喂！

鋼太　（忽視）

文英　（大叫）喂！！

鋼太　（生氣轉頭）

文英　（淺笑）不要讓我生氣，會爆炸的…

鋼太　所以教你蝴蝶擁抱法了啊。

文英　那個沒用。

鋼太　（甚麼）

文英　…你做我的安全插銷吧。

鋼太　甚麼？

文英　讓我不爆炸的安全裝置。

鋼太　剛剛才叫我不要抓住你，說我有甚麼資格抓住你，不是嗎？

文英　真是愛記仇。

鋼太　我就愛記仇。

文英　（開心）那我現在給你資格了，高文英的安全插銷。

鋼太　為什麼是我？

文英　因為你是護工啊。

鋼太　！

文英　護工不就是負責確保危險人物安危的工作嗎？

鋼太　（雖然是事實）你去找別人吧。（轉身）

文英　（追上）我可以給你酬勞，要多少？

鋼太　（不想再與她有關連）

文英　？

鋼太　我們都會對出院的病人說一句話。

文英　甚麼？

鋼太　不要再見了…拜託，我們不要再相見了。

文英　！

鋼太　所以，到此為止吧，別再追過來。（頭也不回地離去）

文英　（表情落寞看著鋼太離去的背影）…

#48　大型商場電梯｜白天

鋼太在電梯前等待上樓電梯。

文英（E）　可是，我不是患者啊？

鋼太　（天哪，又來）

文英　不要再見不是對患者的道別嗎，但我很正常啊。

鋼太　也是，你跟一般患者不一樣。

文英　對吧…

鋼太　你不是吃藥打針就會好的，你是天生，所以也沒有治療方法，癒後也容易復發。

文英　（笑容逐漸消失）

鋼太　最好的方法就是…躲開。

文英　…！

在空氣凝結的此時，電梯抵達，電梯門開啟後，只有鋼太一人搭乘，文英站在原地看著他…

文英 你不是在躲…而是逃跑…因為害怕…（對著即將關上的門冷笑）膽小鬼…

鋼太 …！（電梯門緊閉）。

#INS） 過往｜花田

「即使這樣…也喜歡我嗎？」鋼太腦海浮現當時落荒而逃的模樣，少女的聲音與文英的重疊在一起，「膽小鬼…膽小鬼…」

電梯內

鋼太不甘心地握緊拳頭…

#49 大型商場書局｜白天

一看到文英就暴風咒罵的相仁：「你打算怎麼辦！目擊者有多少人！你為什麼每次都要打破自己的飯碗…我該怎麼辦…你乾脆殺掉我吧…不想活了…」文英突然停下腳步，看著相仁，相仁改口說：「啊！最後的那句話…取消！」

尚泰 （窺探弟弟的表情）

鋼太 （馬上露出溫暖微笑）哥…

#51 行駛的公車｜白天

並肩坐在公車後座的兄弟倆，隨著道路起伏，搖搖晃晃。

尚泰 （看著《喪屍小孩》內頁文英的親筆文字發呆）

鋼太 沒有拿到簽名，覺得很難過嗎？

尚泰　…

鋼太　哥難過的話…我我也…我也痛…（縮著身子）啊！…啊！

尚泰　？？？

鋼太　我的…肚子…（裝作肚子痛）你看！（從外套內拿出《恐龍大百科》）

尚泰　天哪？是《恐龍大百科》！（像個小孩般，喜悅溢於言表）

鋼太　喜歡嗎？

尚泰　喜歡，超級喜歡！（目不轉睛）

鋼太　你喜歡我？還是喜歡高文英？

尚泰　（開始朗讀）這本書有很多恐龍跟中世紀的原始爬蟲類、原始鳥類，還有翼龍、魚龍，跟蛇頸龍亞目以及劍龍…

知道哥哥死都不會回答的鋼太，帶著微笑看向窗外，吹著微風並將帽子拿下，整理著頭髮，此時突然閃過一陣熟悉感…

 # INS-2 集 38 幕：「不要戴帽子了，會遮住帥氣的臉龐。」

他再次戴上帽子，下定決心忘卻文英的一切，帶著倦意將頭輕靠在哥哥的肩上。

#52　沒關係病院，前門｜白天

高大煥躺在病床上，準備移送至合作醫院，一旁跟著朱里與權敏錫（醫生），朴幸子與星在一側。

朴幸子　去的路上隨時注意他的生命跡象與血壓，腎上腺素呢？
朱里　我有帶著，以防萬一。
朴幸子　他的用藥清單與病歷都帶了吧？
星　（將資料遞給朱里），都在這裡了。
朱里　（接下）謝謝。（對著幸子）那我出發了。
權敏錫　（與駕駛說）出發吧。
星　辛苦了。

朱里上車，救護車開離醫院。

#53　鋼太家門前巷子｜夜晚

鋼太拿著從便利商店買的便當走著，後頭的尚泰一邊讀著《恐龍大百科》，差點撞上電線杆。

鋼太（E）　哥！！
尚泰　！（在撞到之前停下腳步）
鋼太　（走上前）不是說過走路要專心嗎，之前還發生車禍，甚至住院，不記得了嗎？（伸手）把書給我⋯
尚泰　（抱緊書，把手指著後方）喔？
鋼太　不要騙我，快點交出書。
尚泰　載洙？
鋼太　？（轉身）
載洙　（原先在門口踱步，看到兩人回來，隨即舉起手罰站）

鋼太　（嘆氣）

#54　空地｜夜晚

鋼太與載洙在附近的空地，看著美麗夜景。

載洙　（辯解）你不是知道嗎？我可以喝一噸的啤酒都不會醉，但只要跟年輕女子，就會秒醉…古人聖賢不是常說，夜晚、美酒與美人能成就一切…而我的一切…（抬頭望向天）真是黯淡呢…黯淡…

鋼太　（陷入沉思後開口）載洙…

載洙　？

鋼太　你別再繼續了…

載洙　繼續甚麼？

鋼太　跟著我們受苦了。

載洙　（眼睛瞪大）

鋼太　你也該好好安頓了。

載洙　（怒）甚麼！這是我的自由啊！你憑甚麼管我，要不要繼續，我自己決定，你真搞笑耶。

鋼太　（面顯愧歉）…

載洙　（看著他）發生甚麼事了嗎？今天你怎麼很奇怪，（閃過）高文英！那個瘋子又對你做甚麼事了對不對！

鋼太　不是的…

載洙　還否認！

鋼太　真的不是…

載洙　被我說中了吧！你說不是就絕對是！到底怎麼了！

鋼太　…

#INS-2 集 48 幕：「你不是在躲避…你是逃跑，因為你害怕…這個膽小鬼…」

載洙　（憤怒難耐，但依然等待回答）

鋼太　（望向遠方）原本以為…我們逃跑是因為哥哥…因為那無影無蹤的蝴蝶…因為哥哥會感到害怕，所以身不由己…

載洙　這是事實啊…

鋼太　但我今天卻第一次擁有這個想法…該不會…是因為我自己想逃跑，所以才拖著哥哥…

載洙　怎麼可能呢…你為什麼要…？

鋼太　活著跟死亡一樣痛苦的話…逃亡是最簡單的方式…（苦笑）

載洙　…（對鋼太的笑容感到痛心）

#55　鋼太的房間｜夜晚

鋼太整理著行李，大部分的家當都已經堆疊整齊，房間一角，尚泰正將文英的童話書裝箱，鋼太看著哥哥的身影，問道…

鋼太　（裝忙）哥，我們…你還記得小時候住過的地方嗎？

尚泰　？（轉頭）

鋼太　跟媽媽一起住的地方。

尚泰　城津市？

鋼太　對…我們搬去那裏好嗎？如果哥不想要的話，就不要去了…

尚泰（E）　好啊。

鋼太　（！！看著哥哥）

尚泰　（忙碌地搬著書）

鋼太　…真的沒關係嗎？

尚泰　那裏有間中國餐館很好吃，在市場入口，有辣醋跟海鮮，湯頭很讚。

鋼太　（搔搔頭）哥你真勇敢…我還是個膽小鬼…

尚泰　因為你是弟弟啊，相信哥就好，我是你的哥哥。（整理書）

鋼太　（笑著笑著，陷入沉思）

#56　沒關係病院｜夜晚

下班的朱里與星，兩人正討論著大煥手術，此時朱里的手機剛好響起…來電顯示為文鋼太！朱里突然一陣心跳加速，怎麼會在這個時間點來電？

星　（看著螢幕）誰啊…？是在首爾的男朋友嗎？

朱里　…

星　不接嗎？

朱里　（猶豫一陣接起）喂…是，好…（露出喜悅的笑容）

朱里開心的模樣，漸漸拉遠。F.O.

#57　旅館內｜（隔幾天）早晨

#58　旅館頂級套房｜早晨

房間內散落一地的酒杯與酒瓶，似乎喝了好幾天，此時手機突然響起，文英將手伸出棉被外，尋找手機的下落，查看訊息後，立即坐起身。

#INS）主旨：文鋼太調查報告

— 出生於城津市〇〇區

— 母親身亡後與親生哥哥離開故鄉

— 十年間穿梭於各大城市的精神病院擔任護工一職

文英　（出生地…）城津市？（該不會！）

#INS-2 集 1 幕：鋼太：「你…跟我認識的人擁有相同的眼神。」

就像窗外升起的太陽熱氣般，文英的意志也重新點燃。

文英　（意義深遠的微笑）難怪…

#59　出版社內部｜白天

不停響起的電話聲。

#60　出版社辦公室｜白天

頭髮凌亂的相仁，如坐針氈地與其他職員看著電視，每個人的臉上都掛著慘澹的表情。

#C 新聞畫面｜書局

新聞播出手機側拍的畫面，包含文英在書局內抓著孩子父親的場面，或對孩子母親辱罵的音訊。標題打上「人氣童話作家的脫序行為」。

相仁　（抓著頭）書店的監視器…難道沒有回收嗎？

記者（E）　這是今天上傳在媽媽論壇的影片。

相仁　喔…媽媽論壇…（受不了）

記者（E）　高文英記者在自己的新書簽售會上，多次做出脫序的行為，不僅對參加的書迷辱罵，還進行施暴，造成許多書迷的失望與憤怒。

#C 新聞訪談畫面

畫面中人物秀出馬賽克、聲音變造。

孩子父親　（受害家屬／金姓男子）她劈頭就要我道歉，還抓著我的頭髮，我都要掉髮了！

孩子母親　（受害家屬／鄭姓婦人）瘋～女～人…甚至還邊講邊笑，我在現場有多害怕你知道嗎，經過那天晚上，我每天都做惡夢…嗚！

#C 辦公室

相仁拍打著自己的臉龐，企圖清醒。

相仁　來來來，大家振作！首先找到那兩位，然後貼補一些補償金…

記者（E） 不僅如此！
由於這次事件，導致高文英作家過去的脫軌行為，再次引起關注。

#C 新聞畫面｜國小
黑板上寫著一日教師　高文英，文英在黑板上快速用英文寫下 Fairy tale、童話等字句。

文英 大聲讀出來，（鄙視一側打哈欠、挖鼻孔的小朋友）童話！不知道童話是甚麼嗎？來，你們這些小三們，覺得童話是甚麼，最後一排那個小三，來說說看。

鏡頭轉向。

#C 辦公室

相仁 （辯解）小學三年級，簡稱為小三，很正常啊？
職員 …（面面相覷）

#C 新聞畫面｜公寓垃圾回收場
學生家長們紛紛將文英的書打包，丟入回收箱內。

記者（E） 原本是國內外兒童間最火熱的人氣作家，因為一連串脫序行為，掀起輿論撻伐…

#C 新聞畫面｜某個廣場

文英的周邊商品被丟棄在空地中，還被人放火焚燒…

記者　（攝影棚）甚至多數人認為，應將她從被譽為兒童文學界諾貝爾獎之稱的國際安徒生文學獎候選名單中剔除…

新聞畫面被關閉。

#C 辦公室

職員　代表，該怎麼辦？這次的風波不是蜂蜜水就可以壓過去的…

丞梓　（咬著指甲，神情緊張）

相仁　（自我否定）不會，不會，沒關係的，我還有經歷過比這更糟糕的事情…一定可以解決…

職員 1　（衝進）不好了！

相仁　怎麼！又怎麼了！

職員 1　這次出版的《喪屍小孩》被民間團體抗議內容過於殘忍血腥，要求停止販售…

相仁　呃啊啊！高文英…高文英去哪了！

#62　濱海大道｜白天

跑車在道路上奔馳，文英帶著墨鏡，任由風吹散髮絲，她的表情看上去有些期待，後座還帶上一只行李箱。

職員 1（E）　作家…已經從旅館退房了。

#63　出版社辦公室｜白天

相仁承受不起打擊說道：「好，那我也從我的人生退房！」正要作勢跳下樓，其他職員紛紛上前阻攔，此時丞梓大力跪下並喊道。

丞梓　都…是因為我…

相仁｜職員　？！（轉頭）

丞梓　（打開手機）老實說…我早上傳這個給作家了…

相仁看著手機裡的文鋼太調查報告。

相仁　文…文鋼太？那個護工？！

#64　沒關係病院，庭院｜白天

被自然風景包圍的庭院，清脆的鳥叫不絕於耳，許多患者趁著好天氣在庭院散步，頭上包紮著繃帶的高大煥，一如往常面無表情，而推著輪椅的人正是鋼太！朱里也在一旁。

#65　鄉下外環道路｜白天

文英的跑車，高速奔馳在雙線道上。

#INS）腦海浮現年幼的鋼太。

在冰川內呼救的他…四處跟在後頭的他…看到撕裂的蝴蝶而害怕逃跑的他…

此時，來電顯示李代表，文英將油門狠狠踩下，遠處的一角，坐落著沒關係病院，病院上籠罩著一大塊烏雲，像要吞噬醫院般，文英接聽電話。

相仁（F） 你現在在哪！！人呢！

#68 **沒關係病院庭院｜白天至下午**

天空下起大雨，雷聲大作，鋼太趕緊引導病患們進醫院避雨。

文英（E） （冷靜）你知道安徒生故事裡，有一篇關於《紅鞋小姐》的故事嗎？

相仁（F） 甚麼？問你人在哪！

#67 **沒關係病院前｜下午**

跑車的車頭燈，照亮大雨的雨滴，文英撐起巨大的黑傘，從車上走下，腳上踏著紅色高跟鞋，看著被大雨包圍的醫院，露出意義深遠的笑容。

文英（E） 少女非常的喜愛紅鞋…無論是多麼神聖或嚴肅的場合，她都堅持要穿上它…

#68 **沒關係病院走廊｜下午**

雨滴聲響傳來，叩叩叩…還有在走廊那端傳來的高跟鞋聲響，鮮紅色的高跟鞋在地上發出清脆聲響。

文英（E） 如果穿上那雙鞋子…雙腳就會不聽使喚地跳起舞，一旦穿上，鞋子再也無法脫下，但少女依然不放棄那雙紅鞋…最後劊子手砍斷了她的雙腳…但紅色皮鞋卻依然跳著舞…

#68 出版社辦公室｜下午

看著窗外大雨，與文英通話的相仁。

文英（F） 有些東西即使努力切割，還是無法分離，這就是「執著」之所以如此美麗又高尚的原因…

相仁 （看著鋼太的報告書）你…該不會…？

#69 沒關係病院，護理站｜下午

鋼太頭上頂著一閃閃的電燈泡，一邊掛斷電話…走廊盡頭，卻出現一個細長的身影！

鋼太 …！！

文英 （看見鋼太，不自覺感到喜悅）

文英（E） 我…找到了我的紅鞋。

文英的紅色高跟鞋與鋼太的運動鞋面對面排列，此時走廊燈剛好熄滅。

鋼太 …你…怎麼在這裡…？

文英 甚麼為什麼（笑）。因為想你所以來了。

鋼太　　！！！

猶如命運的兩人再度相遇，就像預告暴風來襲般，天空傳來轟隆雷聲⋯

3

樹林中的沉睡魔女

#1　　沒關係病院外觀｜下午

下著滂沱大雨，夾雜著轟隆雷聲，文英打著傘下車後走進醫院。

#2　　沒關係病院內部｜下午

走廊

鋼太看著故障的走廊電燈，閃爍不停。

朴幸子（E）　下雨的時候，都會這樣。

鋼太　（發現身旁的幸子）

朴幸子　當初選在公墓地上興建醫院時，被大家勸阻…看來這裡的地縛靈怨念很深…你值夜班的時候要小心。

鋼太　（木訥）我先跟設備組聯絡。（短暫行禮後離開）

朴幸子　（看著背影）這人…真是大膽…（笑）

走廊至護理站

院內的光源因故障而閃爍，走廊盡頭傳來叩叩叩的紅色高跟鞋聲，文英望著護理站，正是她想見的身影！

鋼太　（看著頭頂上的電燈與設備組通話中）是的，病房一側沒有故障，只有大廳跟護理站這裡的電燈有問題，好…謝謝。（掛斷電話後轉身）

文英　（帶著微笑走上前）

鋼太　（該不會…天哪…是那個女人）

文英　（踩著高跟鞋）

文英的高跟鞋停留在鋼太的球鞋前，頭頂上的電燈也不再閃爍，兩人對視。

鋼太　…你…怎麼在這裡…？

文英　甚麼為什麼（笑）。因為想你所以來了。

鋼太　！！！

轟—窗外雷聲大作…從診療室走出的朱里，看見兩人。

#3　沒關係病院外觀｜下午

黃昏時分，雨水在四處積成水窪。

鋼太　不是跟你說過不要再見了嗎？

文英　那是你單方面的決定，我可沒同意。

鋼太　！

文英　（靠近一步，仔細端詳著鋼太的五官）

鋼太　（將臉往後縮）做甚麼…？

文英　（鑑賞的神情）因為很神奇，長大了呢…你根本已經不是成長，已經算是進化了。

鋼太　你以前認識我嗎？

文英　正在認識中，你何時下班？一早出發來到這裡，肚子都要餓死了，這種鄉下應該有美食吧？

鋼太　（不好抽身的預感）你想要甚麼？

文英　（看著他）

鋼太　若是沒達到目的，你不會善罷干休吧，所以你的目的是甚麼？

文英　要我得到後趕快走人的意思嗎？

鋼太　所以你要甚麼？

文英　你。

鋼太　！

文英　達到目的我就會閃人了，把你，文鋼太，獻給我吧！（閃閃發亮的眼神）

鋼太　（明白文英是真心）…為什麼偏偏是我？

文英　因為想要。

鋼太　所以說為什麼啊！

文英　因為長得好看。

鋼太　（無言以對）

文英　（思考）世人都這樣不是嗎，鞋子、衣服、包包、車子…因為好看所以喜歡，因為喜歡所以想擁有，無論是用買的、偷的，還是強行奪取…只要擁有就好，慾望有需要甚麼長篇大論的理由嗎？

鋼太　！

該拿這個無理的慾望怎麼辦呢…該怎麼做…鋼太不知所措的愣在原地…

朴幸子（E）（從後方）高文英小姐？

文英｜鋼太　（回頭看）

朴幸子　（笑容）院長希望能夠和病患家屬會談…

鋼太　（…！看著文英）家屬…？

#4　沒關係病院，院長室｜下午

牆上高掛「痛嗎？我也痛，想死嗎？我更想死，有關係也沒關係的沒關係精神病院」的口號，院長室有著許多怪力亂神的物品，十字架、佛像、處容娃娃[11]、大蒜、藥草…文英四處張望，就像走進奇幻世界般。吳智往院長一邊用著頭皮按摩器，一邊看著高大煥的腦部掃描片唸唸有詞，一旁的朴幸子留意著走來走去的文英。

吳院長　還需要觀察恢復的情形，但他的認知功能原先就有障礙…短時間內要認出女兒可能有些困難。

朴幸子　（親切地指引沙發位置）這邊請坐。

---

11 是韓國流傳的一尊具驅魔功能的偶娃。

文英　（好奇地摸著展示品）不用了…

朴幸子　（面色僵硬）

吳院長　像你父親因腦瘤而導致的精神障礙，非常難痊癒。

朴幸子　（使眼色）但有機會緩和病情啊。

吳院長　開甚麼玩笑？華陀在世也束手無策。

朴幸子　（受不了院長並瞪著他）

文英　（毫不在乎）

吳院長　記憶出現混亂，又有嚴重的幻聽、幻覺現象，還會莫名的恐慌…自言自語…皆是很嚴重的症狀。

文英　（摸著長相奇怪的驅魔小偶）聽起來…很像被鬼附身，難道我要找人來做法嗎？

朴幸子　（甚麼！）

吳院長　（靈機一動）我有比驅魔作法更有效的處方箋…

文英　…？（轉過身）

#5　沒關係病院，203 號男子病房｜下午

鋼太替高大煥服用藥物，攙扶他至病床上休息，簡畢翁（70 歲）帶著老花眼鏡讀著書，一旁的朱正泰（30 歲）鋪著報紙，剪著腳趾甲。

鋼太　（替高大煥蓋上棉被，並看得出神）

簡畢翁（E）　不像吧？

鋼太　！

簡畢翁　高教授的女兒很漂亮，可能像到過世的媽媽吧？

朱正泰　（衝向畢翁的床鋪）他女兒來了嗎？很漂亮嗎？像哪個女

明星？

簡畢翁　（嗅嗅鼻子，對著正泰說）你又喝酒了嗎？你難道要一輩子住在這裡嗎？

朱正泰　（心虛地否認）沒、沒有…我沒有喝酒…

鋼太　（看著大煥滿是抓傷的手，沉默地將手放置在棉被裡）

#6　沒關係病院，院長室｜下午

五顏六色的傳單紙上印著「比吃藥更有效的團體治療！」下方標記每天不同的主題。

文英　…這甚麼？

吳院長　（堅定的神情）我的處方箋。

朴幸子　（沉不住氣）這是我們醫院實行的團體治療。

吳院長　我們的團體治療有烹飪、繪畫、音樂、冥想、園藝…各式各樣的主題課程…（可惜的語氣）但…偏偏欠缺最重要的文學藝術，在精神醫學中，最重視的就是平衡…

文英　（困惑）所以呢？

吳院長　每周兩堂課，每次一小時，無論是寫作或朗讀都沒問題，就當作是貢獻才能，是否能夠邀請你來幫我們上課呢，高文英作家？

朴幸子　！！（努力壓低聲音）那個…院長…

文英　…（不發一語）

吳院長　啊！差點忘了最重要的聘用條件，每次上課的時候，要陪伴你父親散步三十分鐘！

文英　（可笑…）聘用條件應該是我方提出吧？

吳院長　（帶著微笑，眼神卻格外堅定）這是我開給患者與家屬的共同處方箋。

文英　（這樣嗎？）

#7　沒關係病院一角｜傍晚

文英走出辦公室，並隨手將傳單紙撕掉，丟進一旁的垃圾桶，吳院長與朴幸子看著她離去的背影。

吳院長　（觀望）個性還真野蠻呢。

朴幸子　院長該不會以為她會答應吧？

吳院長　…（沒有多語的看著）

朴幸子　沒有看到新聞嗎？她最近可是大紅人。

吳院長　（眼神閃爍）這樣的人物突然來到我們這裡…

文英面無表情地走著—

吳院長（E）　一定有甚麼吸引著她…

#8　沒關係病院，護工休息室｜傍晚

她的目的就是他，準備下班的鋼太，打開置物櫃，準備換下制服，正要上班的吳車勇走進休息室，音樂從耳罩式耳機中傳出，誇張的飾品與衣著，看上去相當輕浮。

鋼太　你來了？

吳車勇　（不跟前輩問好，自顧自的打開櫃子）外面有一台超讚的跑車耶，誰會開著跑車來精神病院…正常的人應該不會這樣才對…你看到是誰來了嗎？（將口香糖吐在垃圾桶）。

鋼太　別管那些不重要的事，（拿起一籃紗布）你看看這是怎麼回事？

吳車勇　那個又怎麼了？

鋼太　（拿起一條剪得歪七扭八的繃帶[12]）你怎麼把它剪成這樣？

吳車勇　（不悅）你不是叫我剪嗎？說患者會拿它自殺。

鋼太　要剪也要剪得整齊啊，怎麼會剪成這樣呢？我明明有…

吳車勇　（摀住耳朵）好了，知道了，那個才幾塊錢，我去買一個新的不就解決了嗎，真囉嗦…吵死了…

鋼太　（氣到說不出話）

深呼吸後，鋼太脫下制服正準備更衣，此時門突然被打開。

鋼太　（背對門口）只是怕你被護理師罵，如果怕的話就放著吧，我拿去歸還。

文英（E）　挨甚麼罵，先不要挨餓吧。

鋼太　！！！（驚恐地轉過身，文英看著鋼太赤裸的上身）

文英　哇嗚…（想伸手觸摸）

鋼太　（阻擋）出去！這裡外部人員禁止進入！

文英　剛剛人家帶我來的，還幫我開門呢？

鋼太　（可惡…）快點出去！不要待在這裡！（硬推）

---

12 精神病院內的醫護人員會事先將彈性繃帶剪成小段，以防病患拿取造成傷害。

#9 沒關係病院，護工休息室｜傍晚

兩人拉拉扯扯走到門口，恰好碰到已換便服的朱里，裸著上身的鋼太剛好抱著文英呈現引人遐想的姿勢…三個人的視線在空中交會。

#10 沒關係病院，戶外停車場｜傍晚

文英與朱里站在車邊。

文英 是要…彼此假裝不認識嗎？你的心情都寫在臉上了。

朱里 …如果可以的話…

文英 反正不是難事。（點菸）

朱里 （猶豫）…你跟鋼太是甚麼關係？

文英 （嗤笑）這就不能假裝不知道了嗎？

朱里 …

文英 （吐著煙霧）我覺得，人與人之間的關係，怎麼有辦法用一句話形容呢？

#INS） 文英和鋼太間的相遇場景。

2 集 6 幕：救起跌落冰川的鋼太。

1 集 60 幕：看見文英撕裂蝴蝶後逃跑的鋼太。

1 集 34 幕：徒手抓住文英揮向的刀子。

2 集 36 幕：替鋼太教訓孩子父親的文英。

2 集 41 幕：將評論家推下樓的文英與試圖挽救的鋼太。

2 集 43 幕：蝴蝶擁抱法的兩人…以及今日重逢的場景。

文英（E）　每次都是在生死關頭相遇…而每次的見面都成為彼此生命的轉捩點…不斷相遇的緣分…持續羈絆著…

文英　這段關係該稱之為甚麼呢？

朱里　（不是滋味）

文英　俗稱的命中注定，不就太過迂腐了嗎？（吸了口菸，笑著）

朱里　…（無法反駁，覺得自己顯得格外渺小）

#11　沒關係病院，護工休息室｜傍晚

方才兩個女人的視線交會，使鋼太相當不安，急忙收拾物品後走出休息室。

 # 打卡後，急忙跑出醫院。

#12　沒關係病院，戶外停車場｜傍晚

鋼太匆忙地趕到停車場，已經不見朱里的身影，只有坐在跑車內的文英對著他揮手。

鋼太　（走上前）

文英　上車！

鋼太　（忽略文英，往公車站方向走去，並撥電話給朱里）

文英　叫你上車！

鋼太　（對方接起）你在哪裡？

叭！叭！喇叭聲充斥於耳，使鋼太不得已掛斷電話，文英不斷地按著喇叭！

鋼太	（摀著一邊耳朵，些微不悅）我再打給你。（掛斷電話）
文英	（開心笑著）不要廢話，趕快上車，我肚子好餓，我們去吃肉。
鋼太	你自己吃，我有約了。
文英	啊，尚泰哥嗎？
鋼太	！
文英	太好了，上次沒有見到面，今天可以碰面了，你家在哪裡？
鋼太	（嘆氣）看來大家都默默忍受你這樣恣意妄為…但對我行不通。
文英	你是鐵壁男嗎？真有趣，來試試看誰贏啊。
鋼太	（瞪大眼睛…）
文英	（嘻笑）好啦，知道了，知道了，眼神都要殺死我了，今天就先這樣吧。
鋼太	（稍微安心）
文英	（探出車窗）但下次再反抗的話，我就會綁架你喔！
鋼太	…

跑車的引擎聲揚長而去，鋼太嘆口氣，拖著沉重的步伐離去。

#13　森林深處，外環道路｜夜晚

漆黑的山林間，有著一條蜿蜒的道路，跑車的車頭燈劃過黑暗，疾行前去，文英收起嘻笑的神情，冰冷的眼神直視前方，不經意地確認後照鏡。

擦著鮮紅唇膏的女人坐在後座，嘴角上揚的笑著！

此時突然有物體出現在車子前方，文英急忙踩下剎車，嘎！！剎車聲震盪整座森林…文英害怕地抬起頭，再次望向後照鏡，卻空無一人，她走下車察看，前方站著一隻受驚嚇的獐子，看著文英發出叫聲。

文英　（瞪）閉嘴！該死的獐子！媽的…嚇死我了，（用比獐子更大的音量反擊）啊！！

彼此像是較勁般，在路中間互不相讓。

#14　村落超市結帳台｜夜晚

朱里將五花肉、餃子、牛奶等結完帳的物品，一一放進塑膠袋，正好遇見從門口進來的鋼太，兩人互看並相視而笑。

#15　家門前的小巷｜夜晚

鋼太提著大袋子，一旁的朱里提著較小的袋子，兩人一同走著。

朱里　沒有跟她一起吃飯嗎？

鋼太　我們不是那種關係。

朱里　（點點頭，露出安心的笑容）

鋼太　在家只能吃一餐…晚餐當然要跟哥一起吃。

朱里　也是…

在回家的路上，兩人沒有過多的交談，此時鋼太的手機響起載洙的來電。

鋼太　（接起）快到了…都有買，可樂在冰箱裡…好…

朱里　（先走向門口，拿出鑰匙）

鋼太　（掛斷電話，將郵箱內的信件拿出，並遞交給朱里）今天的信。

朱里　（自然地接下）

兩個人進到屋裡，對著屋內喊：「回來了。」

#16　森林，小徑入口｜夜晚

在森林深處，文英的車子停在小徑路口，此處杳無人煙，雜草叢生，小徑的另一頭就像異世界般神秘…入口處矗立一座高大的鐵門，彷彿將隔絕外物入侵，在皎潔的月光下，文英將深鎖的鐵鍊開啟，拉著行李箱，拖著大傘走進小徑的深處。

相仁（E）　啊…不能去那裡啊…不可以…

#17　出版社，代理辦公室｜夜晚

相仁焦急地咬著嘴唇，四處走動。

丞梓　(從旁)那裡怎麼了嗎…?

相仁　是遭受詛咒的城堡…

#18　城堡外觀|夜晚

在文英前方出現一座猶如中古世紀的歐洲古堡…宛若公主在此安眠的童話故事場景…給人陰森又莊嚴的氛圍。

相仁(E)　她的父親為了紀念文英誕生所親自設計建造的房屋，為了讓夫人能夠安心寫作，特別選定建在森林深處…

長時間荒廢的屋子，佈滿蜘蛛網與灰塵…生鏽的柵欄和乾枯水池…雕像因日曬雨淋，失去原有樣貌…文英用冰冷的雙眼走進大廳。

 # 似乎有人監視著文英推開大門，走進大廳的模樣。

#19　出版社，代理辦公室|夜晚

相仁　(懊悔的神情)那是個曾榮獲建築設計獎的房子…現在只不過是座廢墟，跟鬼屋一樣。

丞梓　那為什麼不賣掉呢?

相仁　(鬱悶)那也要賣得掉啊，在那棟城堡裡，她的母親…(嘖)變成那樣…她的父親…變成這樣…那種晦氣的房子誰要買?

丞梓　??這樣…那樣…所以是怎樣?

相仁　　不要問，會死。

丞梓　　那作家為什麼要突然去那裡呢…（啊！）

相仁　　（將文鋼太調查報告一丟！！）為什麼？為什麼？（作勢掐住）因為有個笨蛋，暗中調查了某人，瞞著我，所以才這樣不是嗎！

丞梓　　（害怕地向後退，但還是不放棄辯解）交出報告總比交出我的小命好吧…

相仁　　（瞪！）還狡辯！

#20　　城堡，大廳至階梯｜夜晚

文英拉開深黑色的窗簾，月光透過陽台將室內照亮，傢俱被白布覆蓋，猶如還在沉睡般的寧靜，文英將行李箱隨意打開，奔波了一整天似乎腳踝有些疼痛，脫下高跟鞋後隨手扔去…最後從雨傘內倒出那個處容娃娃！

#INS-3 集 4 幕：院長辦公室

趁院長與幸子自顧自地談話時，文英順手將娃娃丟入傘內。

文英拿著娃娃走上樓梯。

大廳後端的長廊盡頭，有一座通往地下室的階梯…陰森黑暗的氣氛讓人不寒而慄…

#21　　城堡，階梯至二樓走廊｜夜晚

文英走上二樓，將視線所及的每個白布掀起，傢俱們再次迎接主人，室內的大笨鐘、古典的三角鋼琴、高級名畫、各式雕像…文英輕輕踩過白布，推開角落的一座大門…

#22 **城堡，文英的房間｜夜晚**

文英打開略顯空蕩的房間…拉開窗簾後，躺在連白布尚未掀起的床鋪上頭，她將處容娃娃放在床頭邊，就這樣盯著天花板發呆…窗外傳來冷風搖晃枝葉的簌簌聲響…還有鳥獸的啼叫。

文英　啊…肚子餓…

她輕閉雙眼，獨自一人蜷縮在床上。

#23 **朱里的家[13]，屋頂｜夜晚**

大家齊聚在頂樓上，朱里翻動著在鐵板上滋滋作響的烤肉，尚泰將蒜片整齊地排放在鐵盤的另一端，載洙用生菜包起烤好的肉片，正要大口咬下時，恰好朱里視線相交，趕緊將食物塞到拿著洗好生菜過來的鋼太，「親愛的，啊～」，此時，順德拿著滾燙的大醬湯走上頂樓，鋼太見狀趕緊上前幫忙 Cut to. 順德看著大家吃得盡興的模樣，露出關愛的笑容。

朱里　尚泰哥…（將大醬湯舀進尚泰的湯碗內）。

---

13 有庭院的兩層樓住宅，載洙住進地下室空房，朱里與順德母女同住一樓，尚泰與鋼太則住在頂樓。

順德　（用手撕著泡菜）算命仙說我過了花甲之後會運勢大開，看來真的如此呢，這屋子如今有三個年輕人與我們同住，還能讓我收個租金，每天熱熱鬧鬧的，真的是福報滿滿。

載洙　（順應）其實老實說，我住在日照量稍嫌不足的半地下室房間，卻要與頂樓房間繳納相同房租，確實有些…

順德　你那間房最大好嗎，（將自己飯碗內的飯挖給鋼太）來多吃點。

載洙　（賭氣）

鋼太　這太多了…

順德　我還要吃藥，所以需要留點肚子，（又挾許多飯菜至鋼太的碗內）多吃點，你就是吃太少才那麼瘦…嘖。

鋼太　（為了不辜負順德好意，將飯菜大口塞進嘴中）

朱里　幹嘛硬要人家吃那麼多，等下肚子不舒服。（挖取鋼太碗內一半的飯至自己的碗內）

順德　唉唷…是誰還說著要減肥…（眼神假裝斥責，但卻掩飾不住笑意）

載洙　（看著三人的互動，對著一旁的尚泰細語）尚泰哥，鋼太被看中了啦。

尚泰　哪裡被砍中？（手？腳？）

載洙　（小聲）不是啦，是被看中做女婿啦，眼睛都要冒火了！

尚泰　（看著弟弟與朱里兩人）…

#24　城堡，文英的房間｜深夜

「啊…好冷…」，熟睡的文英因襲來的寒意顫抖，一旁某處地板，有著某人…用手指寫下的 welcome…窗外原本高掛的明月被烏雲覆蓋…漆黑之影從地面竄起，從虛空中傳來女人的低沉嗓音[14]。

女子（E）　很久很久以前…在森林深處有座城堡…有一位沉睡的公主…

#25　城堡，蒙太奇｜深夜

#C 地下室前至地下室階梯

地下室門前用生鏽的大鎖緊緊拴住，此時一陣黑影從門縫中流瀉而出…

女子（E）　（魔女語氣）「這個孩子將會因紡針刺中而喪命…」邪惡的魔女在公主誕生的那天，對她施加詛咒。

#C 一樓至二樓

黑影穿過階梯…悄悄滲入文英的房間。

女子（E）　害怕的國王為了不使詛咒成真，下令將王國內的紡車都燒毀，但最後公主還是因易容的魔女所給的玫瑰刺中而深陷沉睡…

#C 文英的房間

寒氣使玻璃窗覆蓋一層冰霜，就連床頭的處容娃娃也被黑影團團包住，文英感到十分寒冷…身體緊縮在一起不斷顫

---

14 就像母親替孩兒唸故事書般的朗讀聲音（與第一集開頭動畫相同聲音）。

抖…「好冷…」

女子（E）　這個童話告訴我們…絕對無法躲過註定的命運…

此時，水珠滴落在文英臉上，文英睜開眼睛看向天花板，文英的上方有著一個長髮的女子，正看著她…不斷滴著水珠。

文英　！！！

女子（E）　（邪惡地笑）沒錯…王子的親吻…可以解開公主的魔咒…

文英拚命想移動身軀，但手腳卻像凍結僵硬般，不聽使喚，她的眼眶開始泛紅，那片黑影逐漸化為女人的模樣，躺在文英身邊…女人帶著水氣的蒼白指尖，擦著鮮紅的指甲油，並帶著一只獨特的結婚戒指，血紅的嘴唇露出詭異笑容…

女子（E）　但是可別期待奇蹟…

鮮紅又蒼白的手輕輕劃過文英的臉龐，文英的身軀因寒冷逐漸失去知覺。

文英　！！（全身只剩瞳孔能控制，焦急地瞪大雙眼）

女子（E）　因為…我會…（血紅的嘴唇在文英耳朵邊細語）殺了王子…哈哈…哈哈哈。

文英　！！！（眼角掉下眼淚）

#C 水庫／凌晨

水庫被濃厚的霧氣包覆，年幼的文英穿著睡衣站在木棧道的尾端，盯著漆黑的水面看，耳邊傳來女人哭泣的聲音，「救我…拜託…救救我…」，而文英就只是盯著水面，一動也不動…

文英的房間

咳咳咳，坐起身的文英大口呼吸著空氣，毫無血色的臉龐掛著斗大的汗滴…雙手不自覺地顫抖。

鋼太（E）　當無法冷靜時…可以這樣做。

文英轉過頭…看見鋼太就在眼前，並溫柔地將文英的手交叉，放在雙肩輕拍，就像先前教過文英的蝴蝶擁抱法…

鋼太　…這樣就可以靜下心。

文英　…（用濕潤的雙眼看著鋼太）

鋼太　…（用前所未見的溫柔眼神看著文英）

不知道是否心理作用，還是真的有效用，文英原先急速的呼吸逐漸恢復規律，在月光下，她靜靜地拍著自己的雙肩。

#26　朱里的家，屋頂｜夜晚

鋼太披著夾克，帶著那稍微悲傷的眼神，躺在涼床上看著月夜。

#27　沒關係病院，前門｜某天早晨

一台高級轎車停在院門前，保鏢下車替某人敞開車門，不久後，一名穿著寶格麗大衣的年輕男子（20 歲出頭）大步走下車，帶著墨鏡的他，看著醫院說：「這裡…一點都沒變呢…」身後的保鏢，對著手機另一頭報告：「是的，已經抵達醫院了…」

朴幸子（E）　恭候蒞臨。

#28　沒關係病院，大廳｜白天

在大廳內朴幸子、星、吳車勇、權敏錫等人，皆前來迎接「寶格麗男」的道來。

吳車勇　？？是高官嗎？

星　（小聲）是國會議員的兒子。

吳車勇　（嘴型：「喔，喔」）

朴幸子　（歡迎）遠遠地看，還以為是周潤發呢，過得還好嗎？（握手）

寶格麗男　（握手）一如往常，醫院的大家都還好嗎？

朴幸子　托您的福，一切都好。

權敏錫　那我們這邊請。

寶格麗男　（左顧右盼）可是怎麼沒看到院長呢？

#29　　沒關係病院，院長室｜白天

吳院長在辦公裡翻箱倒櫃。

吳院長　容啊…處容啊…（翻找）放哪去了，午睡的時候，沒有祂我會做惡夢…（邊講話邊按摩頭皮）難道已經開始癡呆了嗎…

#30　　城堡，文英的房間｜白天

處容娃娃就放在窗戶邊，房間地板散落著白布，打開的行李箱與衣物散落在床鋪上，文英穿著輕柔材質的睡衣，坐在欄杆邊，抽著香菸。

文英　（略顯疲憊）怎麼可能有無法收拾的事呢…

相仁（E）　這次的規模非同小可，目擊者才不是一兩個，大家不停的轉貼分享，這該死的科技強國…

文英　（因睡不好按摩著太陽穴）不要大聲嚷嚷，我頭痛…

#31　　出版社，代表辦公室｜白天

因處理風波，好幾天沒回家的相仁。

相仁　頭痛？有我痛嗎？現在吵著要拔除你安徒生獎的入圍資格，還要停售這次的新書…（哽咽）文英…我們乾脆開記者會，痛快地哭一次如何，你演技不是很好嗎？

#31　城堡，文英的房間｜白天

文英從地上挑選著衣服，一件件拿起照鏡子，選了件華麗的洋裝穿上後，卻發現無法輕易拉上背後的拉鏈而咒罵了幾句…相仁在電話那端滔滔不絕地講著。

相仁（E）　台詞我都擬好了，因為深陷創作新書的痛苦…備受矚目的負擔感…承受不了巨大的壓力之後，犯下一連串無法收拾的錯誤…

文英　出賣高大煥吧。

#33　出版社，代表辦公室＋城堡，文英的房間（交錯）｜白天

相仁　（？！）你…父親？

文英　你把我說的抄下（輕鬆地更衣）高文英銷聲匿跡，據悉為了照顧罹患痴呆症的父親，短期沒有復出計畫，難道就此隱退？就將句子停在問號。

相仁在白紙上快速寫下文英所唸的重要字句，「銷聲匿跡」、「父親健康」、「復出X」、「隱退？」，明白了她的用意。

相仁　（細看）現在正是獵巫行動的開端…但魔女卻就此消失…這樣的話（彈指！）大眾就會有所期待了！！哇，你真是厲害！

#此時，文英的手機跳出提醒，您所在的位置收不到訊號。

相仁　我們真是心有靈犀一點通，堪稱夢幻搭檔…喂？喂？（聽到斷訊聲後將電話掛斷）哇塞，這狠毒的女人，竟然要出賣自己的爸爸？真是太可怕！（按下電話）是我，將有收過蜂蜜水的記者名單給我。

#34　沒關係病院，護理站｜白天

星使用著電腦，不時確認院內的監視器畫面，其中監護室[15]畫面出現剛剛的寶格麗男子，他看著監視器開心笑著。

朴幸子　（將監視器畫面用紙張擋住）好戲要上場了…

#35　沒關係病院，監護室｜白天

寶格麗男發現監視器鏡頭，興奮地將衣物脫下，呈現全身赤裸，以雙腿大開的姿勢躺在床上，拿著病人服的鋼太剛好走進房間…他平靜地走上前。

鋼太　（沉穩）這裡有監視器喔。

起道　我知道，如果有人專心地看著我的話，我會感到更興奮。（變換姿勢，開心的笑著）

鋼太　（遞上置物籃）將你的個人物品放進籃子內，天氣冷趕緊

---

15 只有病床的單人病房，通常用於安置發作中的患者或緊急護送的患者。

將衣服穿上吧，看你都起雞皮疙瘩了。

吳車勇（E） 甚麼？躁症[16]？！

#36 沒關係病院，護理站｜白天

星 他每年春天都會因急性躁症復發而回來住院，所以務必小心他逃跑，若是下雨，他可以從這個山頭跑到另一個山頭，抓都抓不住。

吳車勇 哇…國會議員的兒子也會有躁症…

朴幸子 （走上前）難道總統就不會感冒嗎？病症不分你的爸爸是誰，躁症又不是難以啟齒的性病？面對患者不能有偏見…

吳車勇 是是是，我會謹記在心，皇后陛下…（走遠）

朴幸子 （！！！）甚麼！他瘋了不成？

星 其實我懷疑他有輕微的對立性反抗症。

朴幸子 （自我催眠）對…好…不可以對生病的人發火…要冷靜…幸子…

#37 沒關係病院，監護室｜白天

鋼太在旁等候著，起道一邊更衣，一邊興奮地講著話（揮舞手腳）。

---

16 情緒障礙的一種，會產生無法控制的興奮感（發作時易產生衝動購物、暴露、失眠、多語等症狀）。

起道　哥，你知道朝陽嗎？又稱玩到太陽升起的夜店，最近超級火紅，我當然不能缺席，（畫面轉換）那裡酒水好、音樂好、甚麼都好，心情也很好的我當然要做點大事，（站上舞台的起道，對著眾人大喊：「今天晚上！我請客！」，伴隨著香檳開瓶的畫面）我最喜歡在別人身上花錢了，以後是不是要做慈善家啊？結果你知道嗎，那天晚上的酒錢就花了我 2000 萬韓幣？可是當我…（在結帳時遞出信用卡，店員卻表示為掛失卡片，四周保鏢亦步亦趨靠近起道），我爸竟然算計我！那該怎麼辦，我當然…溜之大吉！（在馬路中央奔跑）情急之下我在大馬路上跑著，（閃避的車子撞成一團！）跑著跑著，整個人都熱起來，因為太熱了，我就將全身的衣服都脫掉，（手上揮舞著內褲，全身赤裸地奔跑）就這樣跑著跑著…就來這裡了…

鋼太　（順著起道的話）你一百公尺跑幾秒？

起道　我？（浮誇）超快的好嗎，七秒左右吧，你呢？

鋼太　我六秒。

起道　（瞪大眼睛）甚麼，是獵豹嗎？

鋼太　運動時間來比一場吧。

起道　（開心）這哥真是我的菜。

鋼太　那我們現在去面談室吧？

#38　沒關係病院，監護室外頭｜白天

走出房間的兩人，起道依然不停地講著話，對著鋼太說：「可是哥你好適合穿這身制服，你是新來的嗎？可是感覺很有經驗？我每年春天都來這裡，就跟我家一樣，這裡的醫生都像我的家人，那哥你有女朋友嗎？」

#39　沒關係病院，庭院｜白天

鋼太坐在涼椅上與尚泰通話中

鋼太　哥記得三點要來醫院吧？抵達的時候打電話給我…現在在做甚麼呢？在書上畫畫嗎？

#40　披薩店廚房｜白天

尚泰　（穿著制服，拿著湯匙很專心）畫在麵粉團上…
鋼太（E）　甚麼？
尚泰　（用湯匙沾著番茄醬，在餅皮上畫畫）
載洙　（衝進廚房）哥！哥！客人來了！

載洙知道尚泰與鋼太正在通話，趕緊摀住嘴巴。

#41　沒關係病院庭院＋披薩店（交錯）｜白天

鋼太　（察覺不對勁）剛剛是誰在講話？
尚泰　（不知所措地支支吾吾）
載洙　（無聲地要尚泰掛斷電話！）
鋼太　哥，你現在在哪裡…？（正要再次撥通電話）
吳車勇（E）　病人要移動到治療室了。
鋼太　好…（雖然在意但先專心工作）

#42 **披薩店外觀｜白天**

門外貼著歡慶開幕活動！買披薩就送肖像畫！

#43 **披薩店內｜白天**

一對情侶拿著廣告傳單坐下，載洙遞上菜單。

男子 （指著傳單）這是真的嗎？只要點披薩就有免費肖像畫？

載洙 當然，那是我們限定一個月的開幕活動，那位畢卡索畫家只要十分鐘就能畫出唯妙唯肖的畫像。

一旁的尚泰拿著畫筆，卻略顯不安。

載洙 （興奮走來）他們答應要畫了！

尚泰 （踱步）鋼太知道了會不開心的…我說謊，我沒有去職業學校…

載洙 （安撫）哥我們不是說好了嗎，每一張畫我都給你一萬塊，你不是需要錢嗎。

尚泰 對，我要賺錢…

載洙 那就對了！哥哥可以發揮才能賺錢，我也能賣披薩，客人帶走免費的畫，大家開開心心，那就好了啊。

尚泰 （困惑…？）

載洙 （將畫家帽戴在尚泰頭上）這是件好事，是捐獻…捐獻才能。

尚泰 捐獻才能？

#44　　沒關係病院，治療室｜白天

鋼太不敢置信地看著台上的文英，文英卻看著他燦爛地笑著。

文英　　（看著鋼太）我是從今天起擔任文學藝術課的高文英。

在大家的歡呼拍手聲中，鋼太陷入混亂與困惑 Cut to. 文英將童話的韓文與英文書寫在身後的黑板，看著分組坐在台下的患者們（台下有簡畢翁、朱正泰、朴玉蘭、李雅凜、劉宣海…等人[17]），患者身後則站著鋼太與星。

文英　　（回頭）童話…是甚麼呢？

朱正泰　（主動舉手）童話就是…我跟 IU 結婚！

眾人哄堂大笑，「他又喝醉了…老師他有酒精成癮啦，朱正泰又發酒瘋了啦。」

朱正泰　（哼）我才沒有發酒瘋！

文英　　是瘋言瘋語沒錯。

眾人　　（甚麼！）

---

17 簡畢翁：70 歲，男，創傷後遺症，體型瘦長，戴眼鏡。
朱正泰：30 歲，男，酒精成癮症，身材健壯，外貌佳。
朴玉蘭：50 歲，女，妄想症，優雅的阿姨。
李雅凜：30 歲，女，憂鬱症，溫柔婉約，面容姣好。
劉宣海：40 歲，解離障礙，看似陰森可怕。

文英　大家聽好了，（熟練地看著大家）童話…是將現實世界的殘酷與暴力以悖理的方式…（看著鋼太）所撰寫的殘忍幻想。

鋼太　…！

眾人　（交頭接耳，暴力？殘忍？童話嗎？甚麼意思…？）

文英　舉例來說，《興夫傳》的寓意是甚麼？

朴玉蘭　為人善良，才有機會發橫財！（眾人發笑）

文英　（有甚麼好笑？）錯，因為興夫不是長子才窮途潦倒的，意指批判家中長子獨佔家產的繼承問題。

鋼太　（甚麼！）

眾人　（熱烈討論）

文英　那《醜小鴨》呢？

簡畢翁　不要歧視與自己不同的人。

文英　錯，是不要擅自養其他人的小孩，先顧好自己的。

星　（試圖提醒）那個…高作家…？

文英　（忽略）那《小美人魚》呢？

李雅凜　（抄寫筆記至一半，舉起手）即使最後會化為泡沫…也要至死不渝地相愛…

劉宣海　唉唷…這麼至死不渝的愛著老公，結果被打成泡沫嗎？

鋼太　（警示）劉宣海小姐。

李雅凜　（啜泣）他…他不是故意的…他只是喝酒…因為酒…

文英　（對著雅凜說）如果要哭就去外面，（雅凜吸吸鼻子，忍住淚水）《小美人魚》的寓意是覬覦有婚約在身的男人，必遭天譴。

李雅凜　（哭到一半）甚麼…？

朱正泰　（舉手）那《國王的驢耳朵》呢？

文英　在背後說閒話，才不會悶出病。

文英對於童話的獨特見解，使在場患者陷入熱烈討論，以及一旁無奈的鋼太，Cut to.

文英　總結今天上課的內容，童話不是傳達夢想的迷幻劑，而是認清現實的清醒劑！所以各位也請大量閱讀童話，（強調）然後，從夢中醒來。

鋼太　高文英老師。

文英　（不理睬）不要呆望遠方夜空的繁星，要認清腳下深陷的淤泥，那就是你的現實，而當你認清現實並接納的瞬間…！（彈指）大家都開心～！

患者們望著文英發呆…鋼太默唸「真是受不了…」。

#45　沒關係病院，治療室｜白天

朱里　（整理著藥品冰箱時，一愣）甚麼，你說誰來了？

朴幸子　（喝著咖啡）你沒參加周會所以不知道啊，院長讓高作家擔任文學藝術的老師，並說好每堂課後要陪同父親散步。

朱里　散步…

朴幸子　但真的被老狐狸講中…他說這裡必定有原因吸引高作家，還真的呢…

朱里　（不安的預感…）

#46　沒關係病院，治療室｜白天

鋼太整理著散會的教室，文英坐在一處看著他。

文英　我的第一堂課如何？

鋼太　（擦著黑板）

文英　問你話呢。

鋼太　（停下動作）你真的那麼想嗎？

文英　甚麼意思？

鋼太　（轉過身）接納就沒關係了嗎？

文英　對，你有你的樣子，我有我的樣子，彼此認清事實並接納，就好了。

鋼太　（看著文英）兩個人開心又能如何，其他人以及這世界卻不這樣想，大家都拒絕接受…

文英　（打哈欠）

鋼太　！

文英　抱歉，太無聊，害得我想睡。

鋼太　（嘆氣）出來吧，我要關燈了。（轉身離開）

#47　沒關係病院，走廊｜白天

鋼太拿著鑰匙[18]將治療室房門鎖上。

文英　所以你也接受現實吧。

鋼太　甚麼？

---

18 護工持有的鑰匙串，包含管制區域、藥物儲藏間等區域的鑰匙。

文英　你慾求不滿。

鋼太　！（想制止文英）

文英　你看，眼睛裡的慾望火焰熊熊燃燒…（笑）所以我喜歡你，高尚又膚淺。

鋼太　（…！鎮定情緒）

文英　（跟在後頭）剛剛看你對患者好溫柔。

鋼太　（不以為然繼續走著）

文英　可是對我為什麼那麼冷漠，晚上分明熱情如火的。

鋼太　…？你在講甚麼。

文英　前幾天你出現在我的夢中，我坐在床上，你就…（用蝴蝶擁抱法輕拍自己）喔嗚…

鋼太　（在意四處有無人員經過）

文英　我承認自己慾求不滿！

鋼太　（警示）你不閉嘴嗎？

文英　（將嘴巴俏皮地閉上）

鋼太　（轉過身扶著頭）

文英　（大聲）要跟我睡一晚嗎？！

鋼太　！！！

走廊上的患者聽聲紛紛抬頭望向兩人，鋼太情急之下將文英拉進樓梯間。

#48　沒關係病院，樓梯間｜白天

將文英拉至牆壁…鋼太用手抵著牆。

鋼太　　（憤怒）適可而止吧，開玩笑也要有分寸，我可沒有時間陪你玩。

文英　　你只是沒時間，但不代表不想吧。

鋼太　　（皺眉）…別輕易替別人下定論。

文英　　你為什麼活得那麼無趣呢？

鋼太　　！

文英　　這樣忍著有天會發瘋的，想玩的話就玩，你不是想玩嗎？

鋼太　　（眼神冰冷）你一點都不了解我，你憑甚麼？為什麼裝作一副事事都知道？

文英　　偽善者…

鋼太　　！！

文英　　（看到鋼太的反應，順勢說）怎麼說不出話來…？我又沒說你是殺人兇手…

鋼太　　！！（思緒受到衝擊）

文英　　表情怎麼這樣…？別人看到還相信是真的…

鋼太　　…

文英　　大家都這樣吧，在心中將他人殺掉，表面上卻裝作在乎的偽善者，（別過頭）天底下沒有完美無瑕的人。（走出門外）

鋼太　　（呆愣在原地，傳來關門聲響）

「兇手」、「偽善」，這兩個字詞就像鐵釘牢牢釘在鋼太的雙腿上…站在原地一動也不動，口袋的手機不斷震動，他卻沒有心思注意。

#49　沒關係病院，走廊｜白天

文英臉上露出狩獵成功般的開心笑容…卻在下一秒急轉嚴肅，她看見坐著輪椅的父親就在走廊的彼方！星在一旁與劉宣海談話中。（要求她不要講話刺激雅凜，以防憂鬱症病情加劇）

文英　！（步伐變為沉重）

大煥　（看見文英，驚恐地伸出手指）呃…呃…

文英　（每踏出一步，伴隨著不同畫面交錯，# 大煥掐住文英脖子、# 年幼文英在大煥手上抓出傷痕、# 大煥說著忍一下就好的泛紅眼眶）。

大煥　（文英愈靠近就反應更加劇烈）呃…！（指著文英）呃啊…

星　（衝上前）高大煥先生？高大煥先生！你怎麼了！（望向大煥手指的方向）高作家？

文英　（漠視高大煥，走向出口）

星　！

#50　沒關係病院，大廳｜白天

急診送進病院的男子被綑綁在病床上，大吼大叫地發出聲響，尚泰站在一旁持續打著電話給鋼太，由於一直無人接聽，他感到不知所措，此時朱里急忙跑來。

朱里　尚泰哥！

尚泰　鋼太沒有接電話，所以我按緊急電話鍵三號的南朱里。

朱里　（笑）你做得很棒，我等一下帶你去院長室，在這裡等我一下。

朱里到掛號處說明情況的同時，尚泰看著來來往往的患者和家屬，然後發出「喔！」的驚呼後⋯朝向某處追上去，當朱里回過頭時，已經不見尚泰的身影。

#51　**沒關係病院內｜白天**

尚泰揹著掛有恐龍的包包，穿梭在人群間。

尚泰　是作家？是高文英作家嗎⋯？

看到神似文英的身影掠過眼前，尚泰穿過病院的每個角落，試圖追上前⋯此時鋼太一把接住尚泰⋯「哥！」。

鋼太　（喘著氣）你怎麼亂跑呢？朱里到處找你⋯

尚泰　高文英作家。

鋼太　！

尚泰　我有看到，我有看到她，但她不見了。

鋼太　⋯你認錯人了，那個女人怎麼會⋯

尚泰　不是那個女人，是高文英作家。

鋼太　對，作家大人怎麼會來這裡呢，哥你看錯了，我們走吧，要遲到了。

尚泰不死心地到處張望，鋼太趕緊將哥哥帶往院內。

#52 **沒關係病院，正門｜白天**

文英快步走出醫院，星急忙追上她：「作家！高文英作家！」

文英　（回頭）

星　你要離開了嗎，不是還要陪你父親散步？

文英　（不在意）我為什麼要？

星　（慌張）我…聽說那是你的聘用條件…當初跟院長談好的條件。

文英　沒有這回事，我從不做任何承諾。（戴上墨鏡，準備揚長離去）

星　（不敢置信）怎麼有這種人…

#53 **沒關係病院，院長室前走廊｜白天**

靠在牆上的鋼太，略顯焦急的模樣。

#54 **沒關係病院，院長室｜白天**

尚泰坐在院長室內的沙發上不知所措，院長就只是靜靜地觀察他。

吳院長　（不發一語，臉上掛著微笑）…

尚泰　（對於院長的視線感到壓力）…

吳院長　（用頭皮按摩器按摩著頭皮）…

尚泰　（緊張地摸著恐龍玩偶）…

時間緩慢地流逝，兩人所在的辦公室盡是寂靜與尷尬。

尚泰　（再也坐不住，揹起包包正要起身離開）

吳院長　劍龍。

尚泰　！

吳院長　（看著玩偶）雖然體積龐大，但腦卻出乎意料地小，是恐龍裡最無知的，但是個性溫順。

尚泰　（露出尊敬的眼神！）

吳院長　那隻玩偶…叫甚麼名字？

尚泰　高吉童！他、他、他的名字是高吉童！

#55　沒關係病院，院長室前走廊｜白天

一邊看著手錶，等待哥哥的鋼太神色凝重，難掩心中的焦慮，此時從內側傳來院長的呼喊聲，「文護工？」

#56　沒關係病院，院長室｜白天

鋼太走進院長室，看見兩人露出困惑的表情，尚泰緊挨著院長，一一將包包內的所有東西放在院長桌上，並開心地說明每樣東西，吳院長在一旁慈祥地笑著。

吳院長　（戴著尚泰所給的帽子）這是你哥哥送我的，（他）似乎挺喜歡我的。

鋼太　（終於放心）

吳院長　（翻著尚泰在文英童畫書上的繪畫）你哥哥的繪畫實力相當傑出，只作為興趣太可惜了。

尚泰　（開心）我也可以給院長畫肖像畫，一張一萬塊，不吃披薩也沒關係。（拿出筆記本）

鋼太｜院長　？？？

鋼太　我哥…（小聲問道）有提到…蝴蝶嗎？

吳院長　蝴蝶？沒有耶，才認識第一天而已，有天會告訴我的吧，（起身望向窗外）尚泰？（示意尚泰過來身邊）

尚泰　（移動腳步）

吳院長　（看著窗外景致）看見那邊的庭院了嗎，那是我們醫院最驕傲的景觀，我想將這片美景移去其他的地方，尚泰你願意幫我嗎？

尚泰　？

鋼太　要搬去哪裡呢？

#57　沒關係病院，大廳一側｜白天

鋼太　…（瞪大雙眼）

尚泰　…？？？

吳院長　（笑）移至這裡。

鏡頭拉遠，三人站在大廳一隅寬闊的潔白牆壁前。

鋼太　那個…院長…

吳院長　我相信尚泰能將美麗的庭院景致移來此處，你可以完成嗎？這是我開給尚泰的處方箋。

鋼太　！！

尚泰　？（看著牆壁）…要付多少？

院長｜鋼太　（異口同聲）嗯？／哥！

尚泰　給很多錢的話，我就畫，要給多少錢？

吳院長　（意義深遠的笑著）取決於你的作品…？

鋼太　（這…這是甚麼情況…）

#58　**朱里的家，外觀｜夜晚**

#59　**頂樓房間｜夜晚**

尚泰悄悄挖出衣櫃深處的小鐵盒，用鑰匙開啟，鐵盒內堆疊著千元、五千元、萬元鈔票與零錢，（尚泰的財產）並將今天畫肖像畫的兩萬元…偷偷放進鐵盒內…

鋼太（E）　哥哥你是富翁呢？

尚泰　！！（趕緊將鐵盒關上）

鋼太　（髮絲帶著水氣）存到多少了？（開玩笑的語氣）讓我看看好嗎？

尚泰　（將鐵盒藏在身後）不行！沒有存到目標前，不能給別人看！

鋼太　（落寞地笑）我對哥來說是別人嗎？

尚泰　（背誦字典般）對於自閉症患者來說，家人就是最親近的陌生人！

鋼太　！！（忍住悲傷的心情）那…目標金額是多少？

尚泰　3289萬。

鋼太　！！（對於龐大卻又精準的數字感到訝異）那筆錢…要做甚麼…？

尚泰　買車。

鋼太　車？為什麼…要突然買車…？

尚泰　（支支吾吾）

鋼太　那個也是秘密嗎？

尚泰　（搔搔頭）

鋼太　好的，我不逼問你。（放棄後準備轉身）

尚泰短暫猶豫後，打開鐵盒…抽出底層一張摺好的紙張，遞給鋼太，是一張廂型露營車的廣告，上頭標價特惠價格32,890,000 元！

尚泰　（背誦廣告詞）將美好又浪漫的回憶送給家人！隨時隨地皆能享受居家般的舒適感，廂型露營車，現正優惠價出售，只要 3289 萬！

鋼太　…！這…為什麼…？

尚泰　（真摯）有了露營車的話，我們就不用每年搬家，就算蝴蝶來了…也可以馬上逃跑…不用再整理搬家的行李…不用退租…我的弟弟就不會被房東罵…想去哪就去哪…

鋼太　（一陣哽咽湧上）哥…

尚泰　（將廣告紙放進鐵盒）我還剩 3227 萬…

鋼太　（緊緊抱住尚泰，既是心疼又是沉重…）

尚泰　（不明白弟弟的行動…張大眼睛）

鋼太　（抱得更緊）哥…我不需要家…也不需要車子…更不需要錢，我只要哥哥在我身邊…

#INS） 腦海中閃過文英戲弄的臉龐：「偽善者」。

鋼太　（像是否定那句話）…我是真心的，哥哥你是我人生的全部…

#60　**沒關係病院，外觀｜（某天）白天**

競選造勢的聲響在院內響起。

權萬秀（E）　我對大家保證！要將沒關係精神病院趕出我們城津市！！

#61　**沒關係病院大廳｜白天**

大廳中間擺放著大型電視，患者們與醫護人員聚集在電視前看著新聞，畫面中的權萬秀議員（50歲出頭），正在發表競選政見：「倘若我當選，必定會全面抬升城津市的土地價格，並將威脅市民性命安全的精神病院和孤兒院廢止…」

朴幸子　那個人每次到競選期間都會威脅要將我們趕出去…

星　（回應）可是卻是自己兒子所住的院所…他真是親生父親嗎？

權敏錫　工作比兒子重要吧。

吳車勇（E）　權起道先生！！權起道先生！！！站住！！這小子…不站住嗎？

眾人因車勇的喊叫而抬頭張望，「搞甚麼！」、「他要逃跑嗎？！」，此時穿著寶格麗大衣的起道，快速跑過大廳，臉上帶著興奮的笑容，此時的他，比起掙脫醫護人員，更像是帶著醫護人員玩…幸子見狀趕緊請求支援，院內陷入一片混亂，電視裡的權萬秀依然大聲吆喝著：「城津市的兒子！請將神聖一票投給權萬秀！」

#62 行駛中的朱里車內｜白天

朱里開著車，一旁的鋼太上網搜索著露營車的資料。

朱里 （試探）想要去露營嗎？

鋼太 不是…只是看看。（放下手機）

朱里 …（稍微猶豫後）我認識的大學前輩在經營出租露營車…租一台大家一起出去玩也不錯的樣子…（偷看鋼太的神情）

鋼太 （沒有回應，只是看著窗外）

朱里 （果然太突兀了嗎…）

鋼太 （打破沉默…）有一起休假的時候，一起去吧。

朱里 （開心）那等下個月的班表出來時…

鋼太 （接起吳車勇的來電）喂…你說甚麼？逃院？甚麼時候！

朱里 ！！

#63 沒關係病院，護理站｜白天

朴幸子與權敏錫研究著監視器畫面，一旁坐著與鋼太通話的車勇。

吳車勇　他就…要帶他去會談的時候，突然尿失禁[19]，正準備回去拿換洗衣物的時候…

鋼太（E）　那他最後往哪個方向！

吳車勇　他…

朴幸子　等等！那台跑車…不是高文英作家的車嗎？

#INS）監視器畫面

距離醫院五十公尺處的雙線道上，起道大吼大叫地奔跑著…此時文英的車迎面而來，停在起道前方，起道見狀，興奮地將寶格麗大衣敞開，露出身體，文英在片刻之後，下車與起道對望，畫面轉回實際場景。

#64　沒關係病院，大門｜白天

文英與起道面對面相望，文英脫下墨鏡…將視線停留在起道的「重要部位」。

起道　（對於文英太過直接的視線感到些微困惑）？？

文英　（仔細研究後，嗤笑）所以…大家都叫你小可愛嗎…因為…小小的很可愛？

起道　！！（趕緊將大衣扣上）因因因…因為很冷，所以…縮起來…

文英　（看著手錶，推估時間）他正要上班，真是絕佳的時間點，上車吧。

19 躁症伴隨的症狀之一，患者會不自覺地排尿。

起道　甚麼？？

起道坐上副駕駛座，文英流暢地迴轉，駛離病院，場景轉回監視器畫面。

吳車勇（E）　高文英…那個女人綁架病患了！

#65　雙線車道上｜白天

鋼太｜朱里　！！！！！

就在此刻，不遠處傳來跑車的引擎聲，起道從天窗探出頭，興奮地大喊：「開快點！油門踩下去！！」

朱里　（驚覺後大喊）天哪？他們在那！（將車子停靠在側）。
鋼太　（下車後衝向對方車道）高文英！！停車！！
文英　（笑）果然在這。
朱里　（跟在後頭）鋼太不要站在那裡！很危險！
鋼太　（堅信文英不會傷害他…用以奇怪的信念站在路上）
文英　（測驗鋼太會不會閃躲…因此將油門踩得更大力！）
起道　（見狀察覺不對勁）那個…姐姐？姐姐前面…！
朱里　（眼見文英的車沒有減速的趨勢）鋼太！（試圖阻止鋼太）
鋼太　不要過來！！
朱里　（停下腳步）

鋼太　你…在那裡就好…（緊張地凝視文英快速駛來的車身）

人車的距離迅速拉近，五十公尺…三十公尺…十公尺…

起道　停車！停車！趕緊停車！（坐在位置上，將安全帶繫緊）

朱里　（閉上眼睛）

嘎—！像要刮破耳膜的剎車聲響起！一陣寂靜後，朱里抖著身子張開眼，鋼太毫髮無傷地站在文英的車前，朱里嚇得雙腿失去力氣，癱坐在地，文英將太陽眼鏡拿下，一臉饒富興味地看著鋼太。

#INS）過往鋼太逃跑的畫面

1 集 60 幕：看著蝴蝶被撕裂的場景，轉身逃跑…

2 集 47 幕：在商場的走廊上，對著文英說不再相見…

2 集 48 幕：鋼太在電梯前說：「像你這樣的人…躲開才是對的」

起道　（發覺寶格麗大衣下襬早已濕透）這叫做小便失禁，是我這種躁症容易發生的。

文英　閉嘴。

起道　（哼嗯…）

鋼太　（走過車身，嚴肅地說）下車。

文英　（雀躍地笑著）你現在不會逃跑了，真帥氣。

鋼太　下車。

文英　（對著起道）叫你下車。

起道　不要，我還要玩，（抓緊）安全帶。

文英　（對著鋼太）還是換你上車，我們去玩。

鋼太　給我下車！！

對於鋼太少見的動怒，朱里與起道都瞪大雙眼！

文英　（不為所動）…你為什麼每次都針對我？

鋼太　針對…（深呼吸）因為你讓人無法不在意啊。

文英　忽視就好了啊。

鋼太　！

文英　可是你知道嗎？比忽視更可怕的東西…是疏忽？（大力踩下油門！）

鋼太　！！！

朱里　（急忙站起身）

鋼太　（這女人！）車子借我一下！（情急之下跳上朱里的車）

快速迴轉的鋼太，身後的朱里大喊：「注意安全！」，朱里著急地撥通電話：「這裡是良津路口，趕緊派一台救護車來！」

畫面中是文英開的跑車。

起道（E）　姐姐，我穿件內褲喔。

文英（E）　你隨身攜帶內褲嗎？

起道（E）　這不僅只是內褲，是我最後的理智線。

#66　沒關係病院前門｜白天

權敏錫與吳車勇坐上救護車，伴隨著警鈴出發。

#67　道路上行駛的兩台車子（交錯）｜白天

文英與鋼太開始的道路追緝戰，場景從濱海道路漸漸轉往市區…文英與起道兩人，享受著在車陣中穿梭的快感，後方追趕的鋼太則是焦急地踩著油門。

#救護車[20]內的朱里準備含有鎮定劑的針筒…權敏錫則是聯絡警方，告知車牌號碼…

#68　市區｜白天

熱鬧的市區內，人車熙攘，前方駛來一輛權萬秀的競選車，起道站起身，向競選演說一樣對著路人大喊。

起道　城津市的市民們！絕對不要！投給一號候選人權萬秀！他是個表裡不一的雙重人格，還是個歧視主義者！我是他的小兒子，我跟各位保證都是真的！

市民　（交頭接耳…權萬秀的兒子嗎…）

鋼太　（鋼太將車身靠近文英的跑車）停車！快點靠邊停！

文英　才不要。（快速駛離）

---

20 移送患者專用的車輛，車外印有沒關係病院的標誌。

鋼太　（可惡！）

此時，鋼太的車後響起警鈴，「車號3819！3819的車主請停車（文英的車牌號碼）」。路邊的指標掛著「權萬秀議員造勢活動」的布條，文英腦海閃過念頭，輕快地轉進巷弄中，後頭跟著鋼太與警車…

#69　**市民廣場，造勢會場｜白天**

叭叭啦叭～咚咚隆咚～一號權萬秀～！捐獻天使權萬秀～！

競選團隊跟著熱鬧音樂翩翩起舞，權議員一一跟市民握手致意，對著老人說：「我會成為傾聽民意的城津之子！」、對著兒童們說：「長得真聰明，一看就知道要上首爾大學，在班上考第幾名呢？」虛偽地慰問在場民眾並合照，一旁跟著議員的家人們（母親、姐姐兩名、哥哥一名），而跑車大喇喇地衝進會場中央！文英泰然地下車，拿下墨鏡，看著搭建好的造勢舞台。

文英　（笑）小可愛…我們今天在這裡玩吧…

片刻後，像周潤發走星光大道般，起道穿著浸濕的寶格麗大衣，以迅雷不及掩耳的速度衝上舞台，搶走主持人的麥克風，開始了演說。

起道　（跟隨著熱鬧音樂）大家好！我是一號候選人權萬秀議員的小兒子權起道！如同各位所見，我是個精神病患者，（E，「沒錯，我就是那種在有錢人家中，一定會出現的突變物種！家門之恥！哈哈！」）。

競選團隊開始騷動，起道的家人們紛紛哀號，權萬秀說：「那該死的傢伙怎麼在那邊！我不是將他關在精神病院了嗎！」，保鏢見狀企圖奔向舞台，阻止起道，文英在台下看著起道，露出笑容，鋼太正好抵達會場，奔向眾人圍觀的舞台。

起道　我們家，媽媽、爸爸、哥、姐姐、甚至表兄堂弟每個人都是首爾大學法律系或名門高校畢業！但只有我！從小就不會讀書！但那不是我的錯…我只是跟他們不一樣而已！

鋼太　（奔向起道的腳步逐漸放慢）

起道　他因為我功課不好就打我！因為不理解我的想法，就忽視我，說我闖禍還把我關起來！（眼眶泛著淚水）我也是他的兒子…但卻跟透明人一樣…

鋼太　…（靜靜地看著起道）

起道　我也希望你注意我，發了瘋似地要引起你們的注意，結果！到最後我就真的瘋了！！（嘴上發狂地笑，但淚水滴落臉龐）

鋼太　…

鋼太看著起道看得出神，文英走向鋼太身邊，此時保鏢衝上台，要捉住失控的起道，但起道卻隨著音樂，移動步伐，作弄著保鏢們，他拿著麥克風唱著：「看看我吧～看看我～一號候選人權萬秀的小兒子～阿里郎啊～阿里郎～他的傻瓜兒子～」，鋼太看著快樂的起道，流露出羨慕的眼神…

鋼太　…

#INS） 慢動作處理起道在舞台上幸福的嬉鬧場景，穿插鋼太羨慕的眼神，參照電影《鋼琴師》的海報）。

文英（E）　他玩得真～開心。

鋼太　…

文英　對吧？

鋼太　（看著起道，領悟）…我…要不要也…跟你玩…

文英　！

鋼太　（有些茫然地看著文英）…要嗎？

文英　！

起道的華麗表演在後方上演…鋼太用帶著些許悲傷又百感交集的眼神看著文英。

4

喪屍小孩

#1　　市民廣場，造勢會場｜白天

舞台上的起道，單穿一件寶格麗大衣，興奮地跳著舞，唱著：「看看我吧～看看我～」，鋼太目不轉睛地盯著台上。

文英（E）　他玩得真～開心。

鋼太　…

文英　對吧？

鋼太　（看著起道，領悟）…我…要不要也…跟你玩…

文英　！

鋼太　（有些茫然地看著文英）…要嗎？

文英　（看著鋼太，露出孩子般的單純笑容）

鋼太　（看著燦爛笑著的文英）

混亂夾雜浪漫的造勢會場轉換為電視上的新聞畫面。

#2　　地方新聞畫面

主播（off）　今日上午十點左右，一名二十歲左右的年輕男子闖入競選造勢會場，該名男子經確認為國民黨權萬秀議員的小兒子，距離大選之日不到一周的時間，本次事件想必將對選情造成不小的變數。

權議員　（大吼）那該死的**（消音），為什麼在那裡！我不是把他關進精神病院了嗎！！

道路旁造勢畫面＋舞台上混亂（交錯）

站在文英車上的起道。（道路監視器畫面）

起道　（臉部馬賽克處理，新聞字幕）市民們！絕對不要！投給一號候選人權萬秀！他是個表裡不一的雙重人格，還是個歧視主義者！（舞台上）因為我功課不好就打我！因為不理解我的想法，就忽視我，說我闖禍就把我關起來！

訪問

智安黨（競爭對手），林庚旭

林議員　（振振有詞）自古以來，修身齊家！像這樣無情的父親，怎麼能夠體恤市民的苦楚！權議員必須請辭以示負責！

 # 造勢會場

抗議的市民團體高舉布條，「虐待子女，蹂躪人權，權萬秀下台！權萬秀下台！」

主播（off） 從畫面中可以看到，因本次騷動造成權議員的候選資格備受質疑，市民團體紛紛走上街頭，要求權議員下台。

#3 沒關係病院，院長室｜白天

「那該死的 **（消音），把他抓來！」新聞畫面中的權議員面紅耳赤地辱罵，朴辛子和吳院長看著新聞。

吳院長 看來那個人選不上了呢？（淺淺笑著）

朴幸子 高作家…你打算怎麼辦呢？他可是騷動的罪魁禍首。

吳院長 （搔搔頭）嗯…該怎麼辦呢…（抓抓…）

畫面持續播著造勢現場，跟在後頭的警車與救護車抵達現場，畫面轉至文英與鋼太兩人間。

#4 市民廣場，造勢會場｜白天

S／S 三個小時前

文英 （期待的眼神）那現在要玩甚麼呢？

鋼太 （走回車上）

文英 （抓住他）要去哪？不是說要玩嗎…

鋼太 我甚麼時候講過。

文英　　你有幻謊症嗎？

鋼太　　（辯解）要玩嗎…那只是我自言自語而已。（走離）

文英　　可惡…（跟上）無論如何，我做得很好吧，趕快稱讚我。

鋼太　　哪裡好了。

文英　　綁架！

鋼太　　（皺眉）

文英　　你沒有上台抓小可愛，就是因為認同我的所作所為不是嗎！

鋼太　　（語塞）

文英　　不是嗎，那不然為什麼不抓他？

鋼太　　…他舞跳得那麼好，怎麼忍心抓他。

文英　　（笑出聲）

鋼太　　（看著文英孩子般的笑容）

助理（E）　喂！！

不遠處，穿西裝的助理朝他們走來。

助理　　你們是誰，醫院的人嗎？

文英　　不是，我是作家，他是我的安全插銷。

鋼太　　（瞪著文英）

助理　　（哼！）你們聽好，如果因為今天的事情，讓議員有個三長兩短…

文英　　（挑釁）會怎樣？

助理　　做好心理準備。

文英　　（故意）噢天哪，真的嗎？我好害怕，我要死了嗎，怎麼辦？

助理　（被激怒）這女人真是！（舉起手作勢揮過去）

鋼太　（緊抓保鏢的手）

助理　（甚麼！）

文英　（看著鋼太）

鋼太　不用…（臉上平靜，但力道卻出奇地大）…動手動腳吧？

助理　（啊！）

鋼太　（用力放手）

助理　（被震懾但不放棄）你們承擔不起的，覺悟吧！（走離）

文英　怎麼一直要我們覺悟，真是神經病。

鋼太　（有不好的預感…）

朱里（E）　鋼太！

鋼太　（望過去）

朱里　起道想要找你。（語畢望向文英）

文英　（想要我怎樣的笑著）真是辛苦了～

朱里　（心中暗罵還不都是因為你）

鋼太　你在這裡等我。（與朱里一同前往車子）

鋼太的視線

圍觀的人潮逐漸散去，敏錫正在一旁與警察說明情況，吳車勇扶著起道正要上車。

吳車勇　你去哪裡了！

鋼太　等一下！（將身上的夾克脫下，綁在起道的腰間，遮住浸濕的部分）

起道　（苦澀的笑著）哥…我今天實現了畢生的願望…出生以來今天是我最快樂的一天，所以請務必不要責怪那個姐姐，好嗎？

鋼太　…

不遠處

口吐白沫的權議員正要送上救護車前往鄰近的醫院，家人們皆聚集在此處。

朱里（E）　不好意思。

權家人　？

朱里　不好意思…我們需要有一位家人陪同起道…

兒女　甚麼？／我們為什麼要去精神病院！

朱里　…（殷切地看著起道的母親）

母親　…（嘆了口氣）你們先陪爸爸去吧。

不顧其他家人的阻止，朱里與起道母親一同走向移送車。

沒關係病院的移送車前

鋼太與吳車勇正在安頓起道時，他的母親一臉沉重地走過來。

起道　（感動）媽…我現在…

母親　（呼了起道一巴掌）

起道　！！（望向母親）

鋼太　！

朱里　！

母親　（泛著淚光）將家醜暴露在世人眼光下之後，你開心了嗎？讓你最討厭的父親，永遠抬不起頭來，你滿意了嗎？！

起道　（哽咽）媽…我只是…

母親　（自責的神情）當初…為什麼要生下你呢…為什麼要淨做些讓我操心的事…為什麼不能安分的過活，要連累他人，到處惹事生非！為什麼！你說啊！（痛苦地哭著）

權敏錫　（企圖安撫）那個…夫人…

母親　（將敏錫的手大力揮開！擦去臉上淚水後轉身離去）

起道　（凝視母親離去的背影）…

鋼太　（看著起道）…

起道　（即使被打了也擠出笑容）我媽媽…力道真大…她每天只在乎哥哥姐姐，從來沒有關心過我，現在被打了，有些開心…

鋼太　（不發一語）

起道　（眼眶泛紅）我媽媽…不討厭我…原來她是愛我的…哈哈…

鋼太　你怎麼知道？

起道　被打的人才知道…如果有愛的話…被打也不會痛…好奇怪…哈…

鋼太　…

伴隨著鋼太的表情，傳來拍打的聲響

母親（E）　文鋼太，（砰！）你為什麼不聽話（砰！）說話啊！（砰！）

#5　蒙太奇｜過往（18 年前）

農家前院｜白天

拿著跆拳道紅帶子的鋼太，被母親教訓。

母親　哥哥被打的時候你人在哪裡！為了讓你保護哥哥，還花大錢送你去學跆拳道！結果你看現在被打成甚麼樣子回來？！

坐在長廊的尚泰雖臉上帶著傷，卻依然笑著看著鋼太。

市場內，中國餐館｜白天

吃完海鮮麵的母子三人走出餐館，母親撐起傘將兩兄弟擁入懷中…畫面拉遠之後，母親漸漸將傘身往尚泰一側靠攏…鋼太微小的肩膀淋著斗大的雨滴。

房間｜白天

簡陋的屋內一角，尚泰與鋼太正熟睡中，母親獨自一人在父親的遺像前喝著酒。

母親　（臉頰掛著淚，用以酒醉的語氣）我啊…才不會像你一樣早走…我會活到長命百歲…等到送走我們尚泰後…我才會離開人世…

因聲醒來的鋼太，叫了聲媽媽，母親將他緊緊抱住。

母親　我的孩子被吵醒了嗎…（雖不明白發生甚麼事，但被母親抱著很開心的鋼太）鋼太…你到死之前都要陪在哥哥身邊…媽媽會負責養育你們，你就專心照顧哥哥…（鋼太的表情開始僵硬）媽媽…就是因為這樣才生你的…（緊緊抱著並啜泣）

年幼鋼太　…

#6　造勢會場｜白天

鋼太回憶起過往，若有所思地不發一語。

朱里　那我們也走吧。

鋼太　…朱里。

朱里　？

Cut to. 無聊的文英正要點燃香菸，被鋼太阻止。

文英　？

鋼太　（將香菸一丟）現在我們也出發吧。（坐上副駕駛座）

文英　（雀躍）要去玩了嗎？

鋼太　回醫院，（停下動作）以安全的限速回去。（坐上車）

文英　（嘴上哼了一聲，但仍舊開心地上車）

#7　朱里開著車｜白天

朱里略顯不悅地開著車。

#INS）不久前。

鋼太　…朱里。

朱里　？

鋼太　（遞上車鑰匙）你先走吧，我搭那台車回去。

朱里　（！）…為什麼？

鋼太　（看著不遠處的文英）只是，覺得不能讓她一個人…

朱里　！

煩躁的朱里踩下油門，快速行駛在道路上。

#8　行駛中的文英車｜白天

行駛在盛開櫻花樹間的跑車，鋼太看著滿開的花景陷入沉思。

文英　如果你沒搭我的車，我就要綁架你了。

鋼太　你的興趣是綁架人家嗎？

文英　你不是羨慕人家嗎，小可愛在玩的時候。

鋼太　！

文英　你也想要和他一樣，放開自我，盡情地玩不是嗎…臉上清楚這樣寫著？

鋼太　！

文英　想要玩的時候跟我說，我會綁架你，然後幫你打造一座遊樂園。

鋼太　（被發現真實心意，羞愧地轉過頭）不用了。

文英　知道了，想要逃跑的時候再跟我說，我會帶著你逃亡的。

鋼太　！

文英　（嘻嘻笑著）期待吧。

鋼太　（心頭一沉）

在花瓣掉落的路上兜風，挺浪漫…但是…

文英　我好討厭這些飄落的花。（關上窗戶）

鋼太　（不解）

文英　我喜歡木蓮，以整顆的姿態掉落，乾淨俐落，又漂亮。

鋼太　（笑出聲）

文英　（這人在…笑甚麼）

鋼太　你的比喻也太…

文英　比喻像花一般美麗吧。

鋼太　蠻適合你的…木蓮…

文英　你喜歡甚麼花？

鋼太　…我不喜歡花，（落寞地看著窗外）我討厭春天…

文英　為什麼？

鋼太　（喃喃自語）因為又要離開…

文英　甚麼？

鋼太　（以落寞的神情看著繽紛的春日街道）

#9　出版社外觀｜白天

#10　出版社，代表辦公室｜白天

相仁焦急地咬著指甲，雙腿不停抖動，丞梓急忙地衝進辦公室。

丞梓　代表！代表！

相仁　結果出來了嗎！

丞梓　《喪屍小孩》的停售假處分…（停頓），被許可了！

相仁　（面無表情）…那麼就要退貨了不是嗎。

丞梓　對！

相仁　（走上前）那幹嘛笑，這是好事嗎？公司都要倒了，你很開心嗎！你這薪水小偷！

丞梓　那要哭嗎？

相仁　不需要，你走就好，留下辭職書，走人就好。

Cut to. 相仁看著文鋼太報告書，搔著頭。

#INS-2 集 70 幕：文英說：「我找到紅鞋了。」

相仁幾經思索後，抓起手機與夾克，匆忙地走出去。

#11　出版社，咖啡廳階梯｜白天

相仁將車鑰匙塞入口袋中，急忙下樓，在樓梯間撞見拿著拿鐵的丞梓。

丞梓　代表！憂鬱的時候要不要來杯甜甜的拿鐵？（遞上）

相仁　（雖然快被氣死，但還是拿走咖啡）

丞梓　代表要去哪裡？

相仁　出差！

丞梓　路上小心！（手舞足蹈）太棒了！自由時間！

#12　便利超商｜白天

停在一旁的文英車。

#13　便利商店內｜白天

鋼太將熱水注入泡麵中，一側內用桌上坐著等候的文英，將兩碗泡麵遞給文英後，鋼太的手機響起。

文英　說要去吃飯，結果來吃這個嗎？

鋼太　趕緊吃一吃，我還要回去交班，（拿出手機）還是要買個三角飯糰給你？

文英　（哼）不用！（接下筷子）

鋼太　（接起）喂，（瞄一眼文英）…請等一下，你先吃吧。（拿著手機走出門外）

文英　可惡…連個泡菜都沒有，這個人真是省錢…我可以忍受貧窮，不能忍受寒酸。

#14　便利商店外＋行駛中的相仁車內（交錯）｜白天

在文英視線內，通話中的鋼太。

鋼太　有甚麼事嗎？

相仁　沒有甚麼事嗎？（開著車）

鋼太　甚麼？

相仁　（吐氣）那就好。

鋼太　（看著手機）在講甚麼…

相仁　護工…我想問一下…我們作家有沒有對你講過長得好看…想要擁有…之類的話？

鋼太　…

#INS） 3 集｜醫院庭院

鋼太　為什麼是我？

文英　因為想擁有。

鋼太　所以說為什麼是我！

文英　因為長得好看。

相仁　（因為鋼太的沉默而明白一切）那…看來是有說過，有說了。

鋼太　說了會怎樣嗎？

相仁　護工，請聽好我的話，文英所謂的「想擁有」，就猶如「肚子餓」，一定要抓來吃的宣戰一樣。

鋼太　…（望向吃著泡麵的文英）所以呢？

相仁　現在我與護工都處於紅色警戒狀態。

 # 便利商店內

看著鋼太通話中的背影，文英用手指比著鋼太肩膀的大小，「哇…真是寬…」。

相仁 加上這次新作被下了停售的處分，作家現在沒有時間和護工在鄉下玩，她需要趕緊構思下一部作品。

鋼太轉身看著文英，文英玩到一半對著鋼太嘻笑。

鋼太 …

相仁（E） 總之我現在趕過去了，無論如何都要將她帶回來。

鋼太 …

相仁 （囑咐）請務必…活到…不是，請務必撐到那時，祝你幸運。（掛斷電話後，踩下油門）

鋼太 （若有所思）

#15 便利商店｜白天

鋼太回到店內，裝作沒事地吃著泡麵。

文英 是誰打來？

鋼太 醫院。

文英 為什麼，叫你趕快回去嗎？

鋼太 （不發一語，吃著麵）

文英 還是要解雇我嗎？

鋼太 （反覆思索著相仁的話）…

文英　是把我的話配麵吃進肚了嗎，那麼好吃嗎？

鋼太　你這次的新書…聽說被下令停止販售了。

文英　（吸食）喪屍小孩嗎？

鋼太　（在意）難道…是因為在書局的事情嗎？因為我哥哥…

文英　只是罵了幾句跟抓頭髮，才不會這樣，是因為內容被批評太過殘忍，不適合孩童閱讀，哼，這些瘋子根本看不懂文字背後的涵義。

鋼太　那是甚麼涵義呢？

文英　你去看吧，我等你的讀書心得。

鋼太　我已經過了看童話書的年齡。

文英　（玩弄）在我看來正剛好呀。

鋼太　（將筷子放下）你都幾歲了？

文英　我？我還是小孩啊。

鋼太　（荒謬）

文英　（將手撐在下巴）可是，我覺得你比我更像小孩。

鋼太　我為什麼是小孩。

文英　（輕輕撫摸鋼太的瀏海）因為你…依然想得到關愛。

鋼太　…！！！

文英　（笑）

鋼太　…

窗外開始下起大雨。

 # 便利商店外

大雨打在玻璃上，映照兩人的模樣…畫面轉為年幼的鋼太與文英…雨就這樣下了一陣子…

#16 **沒關係病院，走廊｜白天**

起道躺在病床上，正在被運送前往監護室，他看著頭上快速閃過的日光燈，幸福地露出笑容。

#17 **沒關係病院，院長室｜白天**

召開緊急會議的眾人，在場有吳院長、朴幸子、朱里、星、權敏錫、事務總長等人，寂靜中只有頭皮按摩棒的聲音，咚咚咚…咚咚咚。

吳院長 （用按摩棒敲著後腦勺）…（咚咚咚）。

眾人 …

大家用眼神示意著誰先講些甚麼，感受到眾人眼神的幸子，清了清喉嚨。

朴幸子 咳咳，權萬秀議員那種跋扈的個性，如果他這次選不上議員，肯定會鬧得雞飛狗跳，我們有必要採取對策。

吳院長 （對著事務總長說）我們要先有被告的心理準備。

事務總長 又來嗎？（血壓升高）天哪…

權敏錫 那也要解雇高文英作家吧，她可是綁架犯人的罪魁禍首。

吳院長 嚴格來說也不是綁架，是起道自己上車的。

星 但還是要讓她走人吧？院長，高作家也拒絕陪同父親散步，還理直氣壯的說自己沒有答應過誰，對吧，前輩？

朱里　（猶豫）對…

吳院長　（看著朱里）你們兩位之前認識吧…？

眾人　？？？

朱里　（知道再也無法隱瞞）…是的。

眾人　（訝異）甚麼？／怎麼認識的？／甚麼時候開始？

朱里　（僵硬）只是…小時候…有碰過面。

吳院長　那就是朋友了呀。

朱里　！

吳院長　那南護理師覺得…應該要怎麼處置她呢？

朱里　我覺得…（觀望大家的眼神）。

#INS-4 集 7 幕：將車鑰匙給朱里的鋼太：「似乎不能讓她一個人…」

朱里　…我覺得要解雇…高文英作家…（看著吳院長）不能待在這裡。

吳院長　這樣子嗎…（點頭）。

朴幸子　院長打算怎麼做？

吳院長　反正也不急，先觀察病患的狀態吧。

#18　沒關係病院，監護室｜白天

施打鎮靜劑後的起道，癱軟在病床上看著天花板發呆，但依然呵呵笑著。

起道　嘻嘻…媽媽…媽媽…（流下淚水）。

#19　**文英行駛中的車輛｜白天**

文英開著車，鋼太摸摸瀏海，對於沉默的氛圍感到些許尷尬。

鋼太　（正要伸手打開收音機）

文英　（拍打鋼太的手）不要開收音機，我不喜歡聽別人講話。

鋼太　（嘖…）

文英　我要聽你的聲音，多說幾句吧。

鋼太　…（想不出要說甚麼）

文英　你難道沒有要對我說的嗎？

鋼太　你的父親…

文英　（表情僵硬）

鋼太　怎麼不陪同他散步呢？不是答應過院長了。

文英　（冷笑）承諾，就像是擤過鼻涕的衛生紙，用完即丟。

鋼太　！

文英　反正他都痴呆了，靈魂已經死去，只剩肉體的軀殼，那為什麼要花時間在那種人身上，真是浪費時間，（望向前方）早點死了更好。

鋼太　！！

文英　你的父母為什麼去世？

鋼太　（！！）為什麼…你會知道？

文英　（理所當然）我有做過小調查，（窺探鋼太表情）只是小小的戶口普查而已，我們買東西的時候也會看標示的產地和有效期限吧。

鋼太　東西…（皺眉）人…對你來說是物品而已嗎？

文英　有甚麼不一樣嗎，當父母的有效期限過了之後，子女就會將他們拋到身後，父母也只喜歡那些漂亮的、好教養的孩子，對於沒出息的孩子看也不看一眼，小可愛…不就是這樣嗎？

鋼太　（忍無可忍）…停車。

文英　嗯？怎麼了？

鋼太　叫你停車。

文英　幹嘛？尿急嗎？

鋼太　（強制將方向盤轉向）

 # 嘎—！停在路旁的文英車輛

鋼太生氣地走下車，文英見狀也下車追上前。

文英　幹嘛突然這樣？幹嘛突然生氣？理由是甚麼！

鋼太　（痛苦難解的表情，向前走著）

文英　（生氣）喂！！

鋼太　（停下腳步）

文英　幹嘛突然生氣？說啊？

看著真的不明白自己心意的文英…鋼太的表情從憤怒轉為冷酷。

鋼太　（帶點自嘲）我…竟然忘記了。

文英　甚麼。

鋼太　我不小心忘了…你跟他人不一樣。

#INS-4 集 8 幕：造勢會場裡，文英對鋼太說：「想逃跑的時候跟我說，我會帶著你逃亡的。」

我大概在不知不覺中…對你有了期待…

#INS-4 集 15 幕：在便利商店內，文英摸著鋼太的頭。

文英　（看著鋼太…自我解嘲式地笑）你對我有甚麼期待？

鋼太　…

文英　問你話啊？期待甚麼了？

鋼太　現在甚麼都沒了。

鋼太不帶感情地轉身就走。

文英　我愛你！

鋼太　（受驚）！！！！

文英　（不出所料）我愛你…鋼太。

鋼太　（逐漸握緊拳頭，生氣地往前繼續走）

文英　（甚麼？）我愛你！！

鋼太　（漸漸走遠）

文英　（這傢伙）我說愛你了呀！！真的真的很愛你！！！

鋼太的身影逐漸遠離，後方的文英依然高聲大吼著：「為什麼要逃跑？！說愛你為什麼要跑啊！我愛你！愛你！

啊！！」。

#20　**森林｜行駛中的文英車輛｜夜晚**

文英開著車穿越黑暗的樹林，不停地在駕駛座上碎唸著。

文英　真是無語，氣氛明明好好的，為什麼突然暴怒，精神上有甚麼問題嗎？真是搞不懂，到底是哪一點惹到他！

#21　**職業學校｜夜晚**

外觀稍嫌陽春的職業學校外頭，鋼太帶著滿臉疲憊，不久後聽到學生吵雜的下課聲，他抬頭望見尚泰。

鋼太　（笑容）哥！（揮手）

尚泰　（用一貫的表情看向鋼太）

Cut to. 走在商店街。

鋼太　今天學了甚麼呢？

尚泰　學做果醬。

鋼太　好像很有趣耶，做了甚麼，草莓醬嗎？

尚泰　無聊。

鋼太　！

尚泰　很無聊。

鋼太　…哥，對不起，因為這附近沒有美術課程的學校…以後再…

尚泰　我要在牆壁上畫畫，畫畫賺錢，然後還可以撿大廳的零錢，這就是一石二鳥！

鋼太　（放心地笑）那我以後就可以靠哥哥養了嗎，那我可以玩了。

尚泰　相信我吧，我是你哥哥，不是叔叔。

鋼太　（笑）那我們先去買用具吧，（張望）這附近有沒有美術社呢？

#22　**森林，鐵門前｜夜晚**

文英將車子停在門口，一旁停著另一輛陌生的車子。

 # 相仁的車內

相仁將雙腳放在方向盤上呼呼大睡，文英走上前，靠在車窗邊，砰砰砰！拍打著車窗，相仁因聲驚醒，大喊一聲，文英以恐怖的表情貼在玻璃上看著他。

相仁　（啊啊啊—被嚇到的相仁，差點摔進後座）

#23　**城堡，一樓大廳｜夜晚**

跟在文英後頭的相仁走進城堡，「我竟然走進這被詛咒的城堡…」，以驚恐的視線四處環顧，屋子尚未妥善整理，略顯髒亂。

相仁　（害怕）我就知道…我就知道會這樣，（踩到腐爛的蘋果）啊！

文英　（從空蕩的冰箱拿出水喝）怎麼來了？

相仁　（緊跟在後）在這種豬圈裡要怎麼創作下一本作品呢？跟我回首爾吧，我們回去高級飯店裡，優雅的寫作吧，好嗎？

文英　（坐在沙發）說要隱退不是才過幾天嗎？

相仁　我忘了你是作家，也是名人，沒有持續曝光的名人，一下子就會被大眾遺忘，現在的人腦裡都是石油，一下子就會揮發的。

文英　不要，我要在這裡玩。

相仁　（可惡）文英啊…我們去首爾玩吧，（感受到一陣涼意）這裡不可以…你也知道的…這裡…你的母親…

文英　（冷冰冰看著）

相仁　（閉嘴）

文英　還是…你要來這裡跟我一起住？

相仁　（驚恐地站起身）你…看起來好像很累，先好好休息吧，（後退）我明天再跟你聯絡…先走了…（跑走）

文英　…（看著又再度一個人的空間）

#24　城堡，文英的房間｜夜晚

穿著睡衣的文英，坐在化妝台前，輕輕地梳著頭髮。

#INS-4 集 19 幕：鋼太：「我…竟然忘記了。」

文英面無表情地梳著長髮…

#INS-4 集 19 幕：鋼太：「我忘了…你跟他人不一樣。」

文英　…

突然有一雙女人的手抓住文英的梳子，蒼白的手擦上鮮紅色指甲油，是文英的母親！（畫面只呈現鮮紅唇色、漆黑的瞳孔、美麗別緻的長捲髮、高級精緻的婚戒）母親用梳子梳著文英的長髮，鏡子裡的文英轉換成年幼文英。

母親　（關愛的語調）你跟其他小孩不一樣…你很特別…

年幼文英　（直挺挺看著鏡中的自己）…

母親　你是我所創造的最佳作品…

母親溫柔地摸著文英的頭，並在耳邊細語。

母親　你…就是我…我愛你…女兒…

年幼文英　（嘴上雖帶著笑，卻格外悲傷）

#25　城堡，地下室前｜夜晚

年幼文英穿著睡衣站在地下室門前，手中拿著地下室的鑰匙（看起來像是文英親自上鎖的模樣…），地下室門縫滲出一攤液體。

 # 地下室內

母親躺在門後，從頭到腳滲出大量的不明液體，一動也不動的，似乎已經斷氣。

 # 地下室裡外（門在中央，同時拍攝裡與外）

裡頭的母親看似已經死亡的躺在地上，外頭的文英冷冰冰地盯著大門。

#26　　披薩店｜夜晚

端上一盤披薩給客人的載洙，而該名客人正是…相仁。

相仁　不好意思。

載洙　（轉身）有甚麼事？

相仁　（指著廣告單）不是說…點一盤披薩就有免費的肖像畫嗎。

載洙　（難為情）那個…是白天的限定活動，很抱歉。

相仁　（失望）這樣嗎…被騙了呢，（舉起啤酒杯）那我要怎麼騙文英回首爾呢…唉…（吃著披薩望向門口）

此時開著門進來的朱里，因門外的一陣風吹起髮絲，朱里開心地朝載洙揮手問候，吃著披薩的相仁瞪大雙眼看著朱里清新的氣質，幻想著是對自己打招呼。

相仁　…！

朱里　（對著載洙）我要一份雞翅跟啤酒。（坐在相仁斜後方）

載洙　怎麼了，平常滴酒不沾的人竟然…

朱里　沒甚麼…只打算小喝一杯而已。

載洙　（觀望表情）在醫院發生甚麼事了吧。

朱里　（笑而不語）

載洙　（脫下圍裙）等著，我陪你喝。

朱里　（謝絕）不用了！店長要顧店啊，我自己喝就好。

載洙　（尷尬）好…好吧。（裝盛啤酒）

相仁（E）　我今天也自己一個人。（轉頭）

朱里　？（看向相仁）

相仁　（提著啤酒杯，笑著）要不要跟我併桌呢？一整盤披薩我自己吃有些太多…

朱里　不用了。（望向別處）

相仁　（尷尬）哈哈…真好吃…

Cut to. 喝了一口啤酒的朱里陷入沉思。

#INS-4 集 17 幕：吳院長問道：「南護理師覺得要怎麼處置她？」朱里回答：「我認為要將她解雇。」

朱里　（自責）我怎麼…那麼無情…南朱里啊…

相仁　（自言自語）無情也無可奈何…要活下來，這是必要手段…

朱里　她絕對不能留在這裡…不可以。

相仁　當然不行…無論如何都要帶她走。

載洙在收銀台看著兩人喝酒的模樣。

載洙　是回音嗎…怎麼覺得…這兩個人在講同一件事情。

#27　美術社｜傍晚

尚泰在美術社興奮地採買繪畫用具，雙手拿著滿滿的畫筆、畫刷、顏料等等，鋼太雖然看著哥哥，思緒卻在另一個地方，耳邊依然環繞著文英的聲音：「我愛你！都說了我愛你！」（#INS-4 集 19 幕）

尚泰（E）　真好看…

鋼太　！（望向哥哥）

尚泰　（出神地看著迷你恐龍的公仔組），真想要…

鋼太　…

#3 集 3 幕，病院庭院的文英

想起文英對他說：「覺得好看的、漂亮的就會想要擁有」，文英的模樣與現在哥哥的模樣開始重疊。

尚泰　（拿著恐龍公仔，對鋼太說）我想要這個，我要買。（語畢隨即奔去收銀台）

鋼太　…

鋼太最後還是將哥哥想要的物品一同結帳。

鋼太　多少錢？

結帳後，尚泰[21]開心地將包裝拆去，像個孩子般呵呵笑著，鋼太帶著憐憫的眼神看著他。

#28　沒關係病院大門｜（隔幾天）白天

一連好幾台黑色轎車停在醫院門前，從車上走下多名保鏢與助理，其中一名看似官階最大的助理打開車子後門，一名中年男子走下車，正是一臉不悅神情的權萬秀議員。

#29　沒關係病院，蒙太奇｜白天

大廳（患者的公共休憩區域）

數十名保鏢不顧走廊上的患者，逕自穿越大廳走上樓，患者們看著眼前場景感到害怕。

李雅凜　（被撞）搞甚麼…好可怕…這些人是流氓吧…

朱正泰　除了觀看打火救災之外，最有趣的就是看打架現場了，我們走吧。（一手拉著雅凜走靠近）

劉宣海　（冷眼）看來…要掀起腥風血雨了…

護理站

見狀急忙上前阻止的朴幸子說著：「那個…權議員」，想要試圖安撫議員，但卻被身旁的保鏢推擠，星趕緊撥電話

21 一邊背誦著包裝上的字，「劍龍…」

給院長告知樓下情況。

病院走廊

吳車勇與順德（穿著廚師服裝），一同推著餐車，正在送餐，看見迎面而來的保鏢們絲毫沒有禮讓的氣勢，趕緊將餐車靠往一側，困惑說著：「這些西裝男想幹嘛…」

#30　沒關係病院，院長室｜白天

「好，我知道了。」吳院長掛斷電話，看著桌上的象棋與簡畢翁。

吳院長　這次就算我輸了吧，聽說有客人要來。

簡畢翁　反正你本來就要輸了，（起身）要記得你答應我的外出證。

話才剛說完，院長室的門就被大力開啟，議員走進辦公室內。

吳院長　（吸氣）

Cut to. 權議員傲慢地坐在沙發上，對面的院長雖然掛著笑容，卻也知道議員今天是有備而來。

權議員　一個瘋女人綁架一個精神不正常的人，把他放到我的造勢會場來，竟然還有一個跟他相通的護工，你們分明是要給我難堪，（看著院長）都給我帶來下跪。

吳院長　（不發一語）…

#31　沒關係病院，護工室｜白天

鋼太寫著工作日誌，此時吳車勇倉促地跑進。

吳車勇　前輩！前輩！

鋼太　？

吳車勇　（些微興奮）出大事了！很嚴重的那種！

鋼太　…

#32　沒關係病院，護理站｜白天

星　（對著朱里說）該怎麼辦，要打電話給高作家嗎？

朱里　（思索）

星　她不來怎麼辦？一定會說不要來的。

朱里　…我來打吧。

朱里拿起電話，正要按下文英的電話時，有人將話筒拿去。

朱里　？！（抬頭）

鋼太　…別打給她。

朱里　！

星　為什麼？

鋼太　我自己去就好。

朱里　可是…

鋼太　不要打給她…絕對不要。

朱里　（不發一語）

鋼太走上階梯。

星　（察看朱里臉色）怎麼辦？真的不打給她了嗎？

朱里　（動怒）他不是說不要打，他要自己扛責任。（語畢走進辦公室）

星　幹嘛遷怒我…

#33 沒關係病院，公車站｜白天

下車鈴響起後，尚泰下車，慢步前往沒關係病院。

#34 沒關係病院，院長室前｜白天

鋼太帶著沉重的腳步走向院長室，院長室前站著兩排保鏢與助理們。

助理　（奸笑）我警告過了吧？

鋼太　（面無表情地敲門）

#35 沒關係病院，院長室｜白天

敲門後的鋼太走上前對權議員微微鞠躬致意。

權議員　你怎麼自己來，跟你串通的女人呢？

鋼太　她不會來，因為沒有必要來。

權議員　那女人才是罪魁禍首，誰說她可以不用來！

吳院長　（欲言又止）

鋼太　您的兒子是自己逃院的，不是誰強押著他…

權議員　甚麼！那傢伙是患者，只要一戳就會爆炸，到處大小便，一個晚上可以花上千萬元的神經病！所以我讓他不要到處惹事生非，將他關在醫院內，結果呢！偏偏來我的造勢會場鬧！你們是故意的對吧！因為我要關掉你們醫院而心生不滿，故意讓我難堪的吧！！

吳院長　（插話）有沒有難堪我不知道，但議員兒子的狀況好很多了，幾乎可以出院了耶。

權議員　（瞪大眼睛）你瘋了嗎？那種人怎麼可以讓他出院！

吳院長　這是一種心理劇的效果，他在舞台上對他人講出壓抑的真實想法…

權議員　算了，全國的精神病院那麼多，我一定可以找到一個，關他一輩子！

鋼太　（表情僵硬）

吳院長　怎麼可以對自己小孩這樣呢。

權議員　我不需要沒有用的小孩。

鋼太　（出聲）沒有…用。

權議員　（瞪得出火）甚麼？

鋼太　子女對於父母而言…（直視權議員）一定要有用處嗎…

權議員　（看看這小子）聽好…子女呢…是順應父母的要求而生的，你去問問你爸媽，看他們要不要個沒有用的子女。

鋼太	那當初就不應該生下他！！！
權議員	你說甚麼！（一氣之下，將巴掌呼過去）
鋼太	（將頭別過）
吳院長	（皺眉）
權議員	哪來的護工敢這樣無禮…呼…
鋼太	（一邊的臉頰脹紅）

「笑一個～」，喀擦！

#36　沒關係病院，庭院｜白天

尚泰在庭院內拿著3G手機，到處拍照，拍下漂亮盛開的花朵，拍攝太陽底下閃閃發光的水池，也拍下在涼椅上坐著日光浴的患者們，一旁的朴玉蘭也擺出迷人姿勢要尚泰幫她拍照，但正要按下快門的時候，一隻蝴蝶停在尚泰的手背上，尚泰害怕地趕緊逃走，留下不知所措的玉蘭。

#37　沒關係病院，洗手間｜白天

鋼太用冰冷的水沖洗著臉龐，但臉頰熾熱的觸感卻難以消退，他試著深呼吸整理情緒，看著鏡中自己，眼神望向洗手台上所貼的口號，「掛著微笑，幸福就會來敲門～」

鋼太	…（試圖擠出微笑，但失敗）

看著鏡子的他，握緊拳頭，想抑制心中的怒氣。

#38　沒關係病院，院長室前｜白天

幸子走上前，敲了敲院長室的門，隨即進門。

#39　沒關係病院，院長室｜白天

專心地看著電腦的吳院長，因幸子突然現身而受驚嚇。

吳院長　啊啊…要記得敲門啊…

朴幸子　敲過了，權議員那個人，你該不會想要放任他吧？

吳院長　（將視線望回螢幕）正有此意？

朴幸子　院長！

吳院長　（示意她過去）你來看看這個。

朴幸子　（受不了）

監視器畫面（4 集 30 幕、35 幕）

鋼太被權議員呼巴掌的畫面。Cut to.

在這之前，吳院長知道權議員要來時，確認監視器方向的畫面，Cut to.

當權議員靠近時，空出畫面的吳院長，Cut to.

啪！鋼太被呼巴掌的瞬間的監視器鏡頭

吳院長　這畫面…如果我們拿去威脅他…說不定還可以拿點補助款。

朴幸子　…院長你是認真的嗎？

吳院長　當然，權起道是我們的患者…這次的綁架，反而使他大幅好轉…而我能做的事…就是要對我們護工施暴的傢伙付出代價，不是嗎？

朴幸子　（覺得毛骨悚然…）我對院長，一直以來，都沒有做錯事吧。

吳院長　這…你自己最知道吧？（對著幸子露出微笑）

#40　**沒關係病院，朝向大廳牆面｜白天**

尚泰坐在白牆前…翻出剛剛所照的相片們，並再次抬頭…將病院周遭的美麗風景，用想像的方式描繪在牆上。

尚泰　（像在作畫般，揮舞手指）這裡是噴水池…這裡有花田…那邊有…

尚泰旁邊出現一個黑影，一名女性的身影。

尚泰　…？（坐在地上，將頭向上察看）

尚泰的旁邊是稍微彎著腰，看著白牆的…文英！

文英　（看著牆）這甚麼？只有善良的人才看得到的嗎？

尚泰　（僵直…）

文英　（看著尚泰笑）終於見面了，尚泰哥？

尚泰　（全身癱軟）

Cut to. 吃過午餐後，拿著外帶咖啡的朱里走進大廳，看見某物之後的朱里，對著同事們說：「先進去休息吧。」

然後開心地走上前，但卻看到尚泰旁邊坐著文英，文英在《喪屍小孩》的童話本上簽名，（一旁還有許多等著文英簽名的童話書）兩人還一起用 3G 手機自拍。

朱里　…
文英　（看著朱里）
尚泰　（因為拿到簽名又看到本人，開心地不知所措）
朱里　（冷冰冰）…你是接到電話來的嗎？
文英　甚麼表情…接到甚麼電話？
朱里　（原來還不知道）…沒有，想說你今天沒有課不是嗎。
文英　我來…陪高大煥散步的。
朱里　！
文英　有人因為我不遵守承諾而大發雷霆，所以來讓他開心的…（看著尚泰）順便進行福利粉絲。
尚泰　我也知道福利，一盤披薩一張肖像畫！
文英　噗哈哈…！你真有趣。
朱里　…

#41　沒關係病院，護工休息室｜白天

換上便服後打電話給哥哥的鋼太。

鋼太　哥你在哪裡？沒有在大廳看見你…

#42　沒關係病院，庭院｜白天

看著尚泰替自己所畫的肖像畫，感嘆中的文英。

文英　（眼睛發亮）好漂亮…我喜歡…

尚泰　（害羞地別過身，默默將手伸向文英）

文英　？

尚泰　一萬元。

文英　！…剛剛有合照了耶。

尚泰　但你沒有吃披薩。

文英　哈哈～！該拿你怎麼辦？真的太可愛了。

正想要摸尚泰頭的時候，文英的手被鋼太阻止。

鋼太　（冷冰冰）不要摸我哥哥的頭。

文英　你還在生氣嗎？我來陪他散步了，你是因為我沒有遵守承諾而生氣吧？

鋼太　（對著尚泰）哥，你先去大廳等我。

尚泰　不要，我要在這裡跟作家一起…

鋼太　（暴怒）聽話！！拜託你！

尚泰　（嚇到）

文英　！

鋼太　（深呼吸冷靜）先去大廳，我稍後就過去。

尚泰　（因為弟弟第一次動怒而感到混亂）呃…？我…？這…？（搔著頭來回踱步）

鋼太　（心中的怒氣尚未消散）哥…哥…

文英　（看著鋼太一邊泛紅的臉頰）你…又被打了嗎？

鋼太　！

鋼太躲避著尚泰，拉著文英的手去別的地方。

文英　（走到一半說）是誰！哪個傢伙打你！我去修理他！說！是誰！

鋼太　（鬆手後轉身面向文英）

文英　你又忍下來了吧？被挨打又要忍下來，對吧？

鋼太　（用冰冷的眼神看著氣急的文英）…

文英　（再次）到底是誰？

鋼太　你為什麼要生氣？

文英　甚麼？

鋼太　為什麼要這麼生氣？

文英　因為你被打了啊！

鋼太　所以呢。

文英　！

鋼太　心疼了嗎？

文英　！

鋼太　還是感到悲傷嗎？

文英　！

鋼太　現在你內心所感受到的情感到底是甚麼？

文英　…

鋼太　（冷笑）你不知道，你根本不知道自己是因為什麼而這樣激動，你的內心只是空蕩蕩…只有聲音大聲而已…跟空罐頭一樣…

文英　！（心頭一震）

鋼太　所以不要裝作了解我一樣…你甚麼都不懂…在你死之前…

都不會了解我的。

文英　…

鋼太頭也不回地離開文英，而文英就像一副空殼般呆愣在原地。

從院內的窗戶邊，有雙眼睛注視著兩人。

#43　沒關係病院大廳｜白天

鋼太在大廳四處都找不到哥哥的身影。

鋼太　…

#44　沒關係病院，屋頂｜白天

鋼太用虛無的眼神看著天空並且與某人通話中。

鋼太　（蹲下）好的…我現在過去…（掛斷電話）唉…

五味雜陳的心情，使鋼太吐了長長的嘆息。

#45　沒關係病院，餐廳｜白天

尚泰抱著包包蜷曲身子，一手摸著劍龍玩偶，躲在廚房桌子下發抖。

#INS-4 集 42 幕：（自閉症視角）鋼太大聲喊著要他聽

話，鋼太憤怒的五官開始放大，並不斷在腦海裡重播，一邊在腦裡唱起「Look at me ～ Look at me ～看表情就了解你」

尚泰　（回想著弟弟的表情）他生氣了…（鋼太銳利的眼神）他…討厭哥哥…

此時尚泰一旁突然出現一隻用紅蘿蔔雕刻的兔子。

尚泰　！兔子？（伸手）

順德　（抽走）

尚泰　（再度伸手）

順德　（又抽）

尚泰　（縮回原位…）

順德　出來吧，你出來我就給你。

尚泰　（不理睬）

順德　我還可以用白蘿蔔刻烏龜給你喔？

尚泰　（背過身）

順德　（蹲下身靠近）鋼太現在在外面等你，你要在這裡待一個晚上嗎？你要出去我才可以打掃，才能下班回家…

尚泰　（整個人縮起）

順德　（忍不住，抓著尚泰的包包，試圖將他強行拉出桌子底下）

尚泰　（本來用力抵抗，最後將包包交出）

順德　天哪！（拉著包包整個人向後倒）

尚泰　(將頭埋進膝蓋)

#46　沒關係病院，餐廳外｜白天

鋼太在餐廳外等候，順德一手扶著腰，一手將包包遞給鋼太。

鋼太　我哥呢…?

順德　我等一下再帶他回家，別擔心，你先回去吧。(遞上包包)

鋼太　(無力地接下)…真的很抱歉，那再麻煩你了。

順德　有甚麼好抱歉的，快回去吧…

鋼太　(鞠躬道別後轉身)

順德　鋼太。

鋼太　(看著)

順德　不要先吃晚餐，晚點我回去炒好吃的牛肉給你們。(溫暖地笑)

鋼太　(回以感謝的笑容)

順德　(感到痛心)

#47　沒關係病院，庭院｜白天

文英坐在涼椅上，一旁盆栽上停了隻蝴蝶的身影，文英糟透的心情導致現在甚麼都想破壞，她朝向蝴蝶伸手過去。

朱里(E)　咳咳。

文英　…(看著)

朱里推著高大煥的輪椅走上前，大煥的頭上依然包著繃帶，眼神渙散，文英用冰冷的眼神看著他。

朱里　　（意識到文英不懷好意的眼神）前幾次…會由我陪同。

文英　　（看著大煥）你真的都失去記憶了嗎？

朱里　　？

大煥　　（看著文英的瞳孔起了些微變化）

文英　　不是在演戲吧？

朱里　　請不要刺激患者…

不遠處的朴幸子看著文英與大煥的背影…

文英　　（靠在大煥的耳邊）你真的忘記…我是怎樣的孩子了嗎，爸爸？

大煥　　（眼神突然快速轉動）你…你…你…

文英　　（冷笑）我怎麼了？

大煥　　你怎麼…活著…！

朱里　　！

文英　　（表情冰冷）

大煥　　（眼球充著血，將手伸向文英）去死…你去死…這個怪物…！

大煥從輪椅上撲向文英，用雙手緊緊掐住文英的脖子，兩人就這樣倒在地，朱里在一旁想阻止，卻抵不過大煥的力氣。

一雙眼睛就在鄰近處看著

傳來女人的聲音。

女子（E）　（冷酷）就是說啊…叫你不要來了…

周圍的醫護人員與吳車勇趕緊跑來阻止大煥，幸子也跟在身後，其他患者們也湧上察看，躺在地上的文英，脖子還留有鮮紅的掌痕，但卻從喉間發出笑聲，呵呵呵…像笑又像哭…真的像瘋女人般。

#48　沒關係病院，治療室外｜白天

尚未完全冷靜的文英，大力踏步地穿越走廊，與剛結束課堂的患者們在走廊上擦身而過。

李雅凜　（開心）老師？上次你所教的小美人魚的寓意…

文英　（看也不看地走掉）

李雅凜　（受傷）嗚嗚…被忽視了…老師討厭我…（哭相）。

朱正泰　（安慰）才不是，老師臉上就寫著，不、要、惹、我，沒看到嗎？

李雅凜　我沒看到耶。

朱正泰　是不是藥效退了，來，去吃藥…

 # 文英就這樣用茫然又無神的表情，踩著高跟鞋走著離開醫院。

#49 沒關係病院，公車站｜白天

坐在公車站等候的鋼太，摸著哥哥的劍龍玩偶，若有所思，此時公車到站。

#50 行駛的公車上｜白天

看著遠方天空發呆的鋼太，頓時瞥見不遠處一名女人的身影…該不會…在經過的瞬間，果然是文英，她的臉上帶著難以形容的表情…悲傷又無神…

鋼太 …（不管了…不想再管她了…閉上雙眼不去想她）

載著鋼太的公車漸行漸遠，文英繼續失神地在道路邊，走著…又走著。

#51 朱里的家，外觀｜白天

#52 頂樓｜白天

鋼太不知道從何而來的想法開始打掃家中，將衣服丟進洗衣機、整理冰箱、清掃房間、晾棉被…還把尚泰已經灰黑的劍龍玩偶用手仔細洗淨…雙手卻愈來愈沉重…

#INS-4 集 42 幕：「不要裝作了解我…你甚麼都不懂…在你死之前…都不會了解我的。」

鋼太 …

鋼太自責自己講出過重的話，後悔不已。

#53　外環道路｜傍晚

澄紅的夕陽低垂…不停走著的文英…感受到腳踝的痛楚，她將高跟鞋脫去，無力地坐在路邊矮牆上，她看著路上的螞蟻。

#INS-4 集 42 幕：「你會心痛嗎？還是難過？你現在的情緒到底是甚麼？」

文英落寞地低下頭，望著緩緩走來的螞蟻，用高跟鞋擋住他的去路，但螞蟻卻繞道繼續走，她再次用高跟鞋擋住另一條去路，而螞蟻卻不放棄地轉向另一邊。

#INS-4 集 42 幕：「你不知道，你根本不知道自己是因為什麼而這樣激動，你的內心只是空蕩蕩地…只有聲音大聲而已…跟空罐頭一樣」

文英　你也不了解我，到死都不了解…

#54　屋頂｜傍晚

正在幫尚泰整理包包的鋼太，拿起筆記本，看見文英美麗的臉龐，畫布上的文英像個小孩般笑著…然後他拿起《喪屍小孩》，翻開看見文英的簽名，他將身子靠在牆上，開始閱讀，就像文英替鋼太唸故事書般的嗓音傳來。

文英（E）　很久很久以前，有一個小男孩出生在村落中，皮膚蒼白，有雙巨大的雙眼。

#55　**蒙太奇＋實際畫面**

文英坐在杳無人煙的外環道路上。

文英（E）　隨著孩子一天天長大，母親發現他是個沒有感情…只有食慾的孩子…就跟喪屍一般。

 # 文英的城堡

通往地下室的階梯…還有被鎖上的大門…

文英（E）　因此母親趁村莊的人不注意時，將孩子鎖在地下室…在每天深夜時分，偷取村民的家畜來餵養孩子…有時候是雞…有時候是豬…

 # 動畫畫面

文英（E）　就這樣過了幾年…某天村莊內的家畜們因為瘟疫大量死亡…也死了很多人，剩下的村民們紛紛離開村莊。

 # 呼兒子一巴掌後就離開的起道母親…

 # 偏心於哥哥的鋼太母親

 # 梳著女兒頭髮的文英母親

文英（E）　捨不得丟下孩子的母親…最後將自己的腿砍下給孩子食用…隔一天則將自己的手砍斷…

尚泰的畫

文英（E）　就這樣，母親只剩下軀幹…她將最後的自己給了孩子。

鋼太的過往，農家

媽媽面向著熟睡的哥哥，輕拍他的背，還不時確認尚泰有沒有蓋好棉被…鋼太靜靜地看著一切，面向媽媽的背影，試圖獲取點溫暖，他將頭靠在媽媽的背上，眼淚不自覺地流下。

文英（E）　孩子用雙手抱住只剩軀幹的母親…並第一次開口說話。

頂樓

鋼太用顫抖的聲音唸著童話書。

鋼太　媽媽…真溫暖…（哽咽）

在眾目睽睽之下被父親掐住脖子的文英

提著高跟鞋，落魄地走在路上的文英

文英（E）　孩子所想要的…究竟是食物…還是母親的溫度…

 # 再也壓抑不住情緒的鋼太，將臉埋藏在書中，放聲大哭。

#56 **朱里的家｜夜晚**

騎著摩托車回來的載洙，走上樓梯，進入頂樓房間，看著烏雲密布的天空，將晾在外頭的棉被收起。

#57 **頂樓｜夜晚**

載洙拿著棉被進屋。

載洙　外頭好像要下雨了…？

屋內的鋼太倚靠著牆而坐，眼睛還發著紅，一旁放著童話書。

載洙　（不捨）你…還好嗎？

鋼太　…

載洙　朱里打給我，要我來看看你，你被打了嗎，真的不要再被打了，我好心痛…自我虐待也要有個底限。

鋼太　…

載洙　（摺著棉被）可是高文英那個女人聽說被他爸爸勒住脖子耶？

鋼太　（回神）甚麼？甚麼時候？誰說的！

載洙　我剛剛去你們醫院跑外送，患者們都在討論，感覺大家都看到了。

鋼太　…！

#INS）閃過搭公車時所看到的文英背影

載洙（E）　到底多討厭女兒要勒住脖子呢…他爸爸也不太正常吧？

鋼太　載洙…

載洙　嗯？

鋼太　摩托車借我一下。

轟隆隆！引擎聲大作。

#58　道路｜傍晚

鋼太不顧雨勢騎著摩托車，穿越車水馬龍的路口，找尋著文英的身影，在道路的一側，文英淋著滂沱大雨，赤腳走在積水上，此時鋼太看到全身溼透，緩慢走在路邊的文英，快速行駛至她的身邊。

文英　…？！

鋼太　（脫下安全帽）

文英　（是他…）

Cut to. 兩個相互對望，看著在眼前的鋼太，文英露出淺淺笑容，而鋼太卻因為那個笑容感到不捨，眼睛也開始泛紅。

鋼太（E）　孩子想要的…究竟是食物…還是母親的溫度…？

在大雨下，彼此凝視的兩人。

5

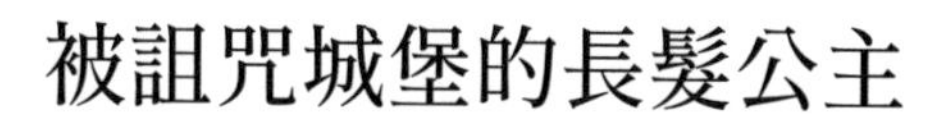

被詛咒城堡的長髮公主

#1　　外環道路｜深夜

鋼太騎著摩托車穿越滂沱大雨。

催著油門，焦急的雙眼找尋著文英的身影，並在文英前方停下車。

鋼太望著文英在大雨中孤零的模樣，走上前。

文英　　…？

鋼太　　（脫下安全帽）

文英　　（是他）

鋼太走下車，看著文英，渾身濕透、雙腳滿是傷痕、因寒冷而顫抖的身軀，但她的表情卻隱約笑著，鋼太深吸一口氣，走上前。

鋼太　（脫下身上的外套，披在她的肩上）

文英　（雙腿失去力氣，癱軟在鋼太身上）

鋼太　！！

文英　（抱緊）

鋼太　（心臟劇烈跳動）

文英　（將頭靠在鋼太胸膛上）…真溫暖。（閉上沉重的雙眼）

鋼太　（雙手不知所措，全身僵硬）

文英　（用蒼白的嘴唇，虛弱地）…好餓。

鋼太　！

在原地站了一陣子的兩人，鏡頭往上，摩托車引擎聲響起。

#2　**道路｜深夜**

文英（披著鋼太的夾克），用雙手緊緊摟住鋼太的腰間，鋼太心想：「現在該拿這個女人怎麼辦。」帶著沉重的心情，在大雨中騎著車。

#3　**汽車旅館｜深夜**

方圓百里只有這間旅館可落腳，鋼太無可奈何地騎進入口處，將車身停在五顏六色的招牌旁。

文英　（脫下安全帽，投以興奮的眼神）感覺很讚。

鋼太　　先在這休息吧。

文英　　好，在這裡過夜吧。

鋼太　　只有你自己。（往內走）

文英　　（真是嘴硬！）

男職員（E）　歡迎光臨～

#4　　汽車旅館大廳｜深夜

被雨淋得濕漉漉的兩人走進旅館內，男職員在大廳迎接他們。

職員　　（上下打量）雨可真～大呢。

鋼太　　（皺著臉看向昏暗的燈光、俗氣的大紅花紋窗簾、保險套販賣機）

文英　　（在遠方看著鋼太，渾身因寒冷顫抖著身子）

職員　　休息？過夜？

鋼太　　那個…（語塞）

職員　　要甚麼房型呢？鏡面房？主題房？角色扮演房？

鋼太　　不…那個…

職員　　（輕聲）啊…要加購的嗎？按摩椅？震動床墊？皮鞭？手銬？

鋼太　　（終究良心過不去，轉過身面向文英）

職員　　現金還打九折！

鋼太　　我們還是走吧。

職員　　再送你按摩浴缸！

鋼太　　（抓著文英手臂）我們走吧。

文英　（輕輕甩開）不要，我喜歡這裡。

鋼太　回家吧，我載妳回去。（抓住）

文英　（鬧脾氣）路上凍死了怎麼辦？

職員　房間很～溫暖喔。

鋼太　（嘆氣）你家離這裡很遠嗎？

文英　到底有甚麼問題，在大雨中淋雨騎車的你的腦子最有問題耶？

鋼太　（嘖…）那你搭計程車回去吧。

文英　（伸出手）那給我計程車費。

鋼太　（不敢置信）你…該不會…

文英　對，錢包、手機都放在醫院。

鋼太　（皺眉）那如果我沒來找你的話…

文英　整夜淋著雨走回去，名符其實的瘋女人。

鋼太　（強忍怒氣）所以我說…在行動前不能先思考嗎，不要為所欲為！

文英　（賭氣）

職員　（這兩位是演哪齣？）

鋼太　（想起母親的遭遇）女孩子自己一個人，大半夜地走在荒郊野外！如果發生甚麼事了怎麼辦…！！（發現文英的表情）

文英　（笑臉嘻嘻）

鋼太　！

文英　…為什麼生氣？

鋼太　！

文英　我要在雨中走一整夜…或是在雨裡跳脫衣舞…又怎樣，你為什麼要激動。

鋼太　（說不出話）

文英　（將鋼太的話，原封不動對著他說）你擔心我嗎？

鋼太　（向後退）…！

文英　難過嗎？

鋼太　…！

文英　心疼嗎？

鋼太　（向後退，退到保險套販賣機前，咚！）

文英　（將手，砰！放在販賣機上）你…喜歡我嗎？

鋼太　！！！

職員　（吃著零食，看著兩人的互動）

文英　（理直氣壯）我是真的不明白，你也知道的，我到死也不明白情感是甚麼，就只是一個空蕩的罐頭。

鋼太　（別過頭）

#INS-4 集 42 幕：「你的內心只是空蕩蕩…只有聲音大聲而已…跟空罐頭一樣…所以不要裝作自己甚麼都知道…你到死也…不會理解我。」

鋼太　（…可…惡…）

文英　你現在的心情是甚麼？

鋼太　（腦子一片空白）

文英　說說看。

鋼太　（語塞）

文英　為什麼不說話？你也是罐頭嗎？

鋼太　…！我…

文英　（你？）

鋼太　我…

職員　（你！）

鋼太　給…給我們一間房間。（掠過文英的手臂，逃向櫃檯）

文英　（哼）

鋼太　（找著錢包）只要乾淨的一般房就好，多少錢？

職員　（失去樂趣）五萬元。

鋼太　（甚麼！！四處翻找卻找不到錢包，眼球快速轉動）

文英　（走上前）

鋼太　（腦中混亂，愣在原地）！！

文英　沒帶錢嗎？

鋼太　（僵硬）…

文英　手機呢？

鋼太　（保持僵硬）…

職員　（這兩個是來鬧的嗎？）這裡不能賒帳喔。（將窗戶拉上）

文英　看來剛剛很匆忙地出門？（強調）沒有思考就行動？

鋼太　（想把自己的嘴縫起來）

文英　（拍拍肩膀）沒關係的，男人總是遵照本能行動的，騎車吧！（臉上帶著微笑，心情相當好）

鋼太　（像洩了氣的氣球）

職員　這兩人是不是瘋了？

#5　朱里的家、廚房、客廳｜夜晚

順德在廚房裡忙碌地穿梭，載洙則在一旁自顧自地說著話，尚泰坐在一角看著壓力鍋的鍋蓋喃喃自語：「鍋蓋要開了，噗噗噗…再三分鐘…噗噗噗…」順德同時在火爐上炒著牛肉…一邊煎著南瓜餅，另一個鍋子裝著冒著泡的大醬湯，動作迅速地煮出一桌好菜。

載洙　(為了不讓尚泰聽到，壓低聲音)鋼太絕對不是那種被打了會陷入低潮的人，他可不是普通的受氣包，是頂級的那種，我跟在他旁邊 15 年了，從沒看過他流下一滴眼淚，我都曾經懷疑他是不是精神有問題，可是他今天…竟然看著童話書哭了？！而且還是看著那個瘋女人的書！我們鋼太是不是真的要看醫生了…

順德　(俐落地切著白蘿蔔)現在是我要因為你去看醫生了，耳朵都要出血死掉了！去旁邊安靜點好嗎！

尚泰　甚麼？耳朵流血會死掉的，阿姨你要死了嗎？

順德｜載洙　(嗯…)

#6　朱里家前｜夜晚

在家門前停下的摩托車。

鋼太　(脫下安全帽)下車。

文英　(下車後看著建築物)…？

#7　頂樓｜夜晚

站在陌生房間的文英，觀望著周遭，將眼神停留在晾衣繩上的男用內褲。

文英　（看著恐龍內褲）喜好真是…

鋼太　（瞬間將內褲收起，丟毛巾給文英）先擦乾吧。

文英　（…看著衣物）給我你的衣服，我不喜歡侏儸紀。

鋼太　（翻找衣櫃）拿去換吧，浴室在那邊。

文英　（拿著衣服）真神奇。

鋼太　？

文英　（環視房間）可以在一個小空間裡吃喝拉撒睡…就跟動物園的柵欄一樣耶（雀躍）。

鋼太　（皺眉）

文英　在這裡生活沒有被飼育的感覺嗎？（看向鋼太）…？怎麼？太失禮了嗎？

鋼太　（算了）去換衣服吧。（整理衣櫃）

文英　你哥哥呢？

鋼太　…在樓下。

文英　不要叫他。

鋼太　我也沒有想叫他。

文英　（意外）？

鋼太　（堅定地看著文英）我不喜歡你跟我哥在一起。

文英　！（笑）…忌妒嗎？

鋼太　（堅決）不要靠近我哥…絕對。

文英　（微妙的心情）…是在警告我嗎？

鋼太　是警告也是請求，放過他吧。

文英　你哥也這麼想嗎？

鋼太　！

文英　叫他上來直接問不就好了嗎。（朝向門）

鋼太　（緊緊抓住）
文英　（困惑）做甚麼？
鋼太　（冰冷的眼神）
文英　幹嘛用那種眼神看我？
鋼太　我現在看起來是甚麼表情。
文英　很帥。
鋼太　不是長相，是表情。
文英　不開心。
鋼太　表情裡能看出對方現在的心情、情緒、狀態。
文英　我不在乎。（正要轉身）
鋼太　（抓著文英到牆邊）
文英　（掙扎）甚麼！幹嘛！（鋼太將她拉至某一面牆）

海報上畫著喜悅、幸福、憤怒、煩躁、悲傷、痛苦等情緒表情，專門給自閉症患者學習表情。

文英　…！！
鋼太　（抓著肩膀）看好，這是人們臉上會出現的表情，不在乎也要從現在開始學，不想用心感受到，那至少也要從頭腦讀出，世界不是只有自己活著，至少要做點基本的努力。
文英　才不要，我為什麼要學？（努力掙扎）
鋼太　（施加力氣）不想要也要學。
文英　我又不是自閉症…
鋼太　（鬆手）…但也不是喪屍小孩。
文英　！（轉過身看著他）

鋼太　沒有感情…只有食慾的孩子，（#INS：書桌上的童話書…）那個孩子想要的是甚麼…是食物…還是某人的溫暖…

文英　…！

鋼太　你的答案是甚麼？

文英　（眼神晃動）

鋼太　食物嗎？…你認為只要滿足他的口腹慾望就好了嗎？

文英　（說不出話）

鋼太　（一隻手溫柔地放在文英的肩上）

文英　！

鋼太　（另一隻手握緊文英冰涼的手掌）

文英　！！

鋼太　（握住文英的手，並用自己的手背貼在文英臉頰）…溫度…

文英　！！！（瞪大眼睛）

鋼太　孩子想要的，從來就不是食物…

文英　（心中某處開始澎湃…）

鋼太　你不是想要傳達這件事嗎…

文英　（開始動搖，卻潛意識地壓抑自己）…才不是。

鋼太　（說謊…）不是嗎？

文英　（刻意提高音量）才不是！食慾就是一切，喪屍怎麼能夠擁有感情，不管要切身上的哪裡，只要可以吃飽就好！溫度？別搞笑了，那種東西只是你們這些情感主義者幻想出來的濫情而已，不要隨意曲解人家的書。

鋼太　（只是看著文英）

文英　（轉過身）我肚子餓了，給我東西吃，在我吃掉你的腿之前。（走進浴室）

鋼太　（靜靜看著文英，文英用力的關上浴室門，砰！）…

#8　頂樓，浴室｜夜晚

文英帶著僵硬的神情走進浴室，靠在門邊思索，鋼太手背觸碰過的臉頰還隱隱發燙，她抬頭望向狹隘的浴室，脫線的毛巾、使用成小塊狀的肥皂、老舊的洗衣機，以及用膠帶貼補的透氣窗。

文英　（輕佻地笑）是誰在同情誰…。

浴室裡貼著大小標語，洗髮精要按三次、刷牙不超過三分鐘、刮鬍子要由下往上，還有大大小小的圖片或照片…都是鋼太替尚泰所做的。

文英　（一一默唸）…偽善者…（嘴上講著惡毒的話，但眼神卻帶著一絲溫柔）

#9　朱里的家，房間[22]｜夜晚

尚泰窩坐在房間裡，用頭撞著牆壁，發出咚咚咚的聲響，鋼太用手抵著牆壁，保護哥哥的頭部。

---

22 順德的房間，沒有床鋪的房間，有著化妝台與許多藥罐，還有和朱里的合照。

尚泰　（撞到手掌後停下）

鋼太　哥…你還在生氣嗎？

尚泰　…（#INS-4 集 42 幕：「聽話！！」尚泰回想起當時弟弟勃然大怒的眼神與表情，再次開始撞牆壁）

鋼太　抱歉剛剛…對你大吼大叫…我錯了…下次不會了。

尚泰　（咚…咚…）

鋼太　哥…

尚泰　（咚…）

鋼太　好痛…

尚泰　（咚…）

鋼太　很痛…

尚泰　（咚…）

鋼太　我今天被人家甩巴掌了。

尚泰　（停止動作）

鋼太　（孩子撒嬌般）因為他打得很大力，嘴巴裡面都流血…耳朵也聽不到…臉頰都腫起來，像長肉瘤一樣…我該怎麼辦？

尚泰　（直到現在才願意抬起頭，# 尚泰的視線裡原本雙頰浮腫的鋼太，逐漸轉為正常的鋼太）…？？肉瘤呢？

鋼太　（摸著臉頰）嗯？消失了？好神奇呢。

尚泰　（直視鋼太）

鋼太　（哈哈）

尚泰　（用拳頭朝鋼太的頭揮過去）

鋼太　（被哥哥突如其來的舉止嚇傻）！！

尚泰　你說謊！！

鋼太　（捲起身躲避）

尚泰　（用拳頭敲打著鋼太）你說謊！你說謊！說謊的是壞人，會被警察抓走！像皮諾丘一樣壞，大壞蛋！不乖說謊要被打！（砰砰！）

鋼太　（雖然被打，但放下心中大石…）

#10　**朱里的家，客廳｜夜晚**

鋼太搓揉著手臂走出房門，原本在房門外偷聽的順德與載洙趕緊跳開。

鋼太　（看著兩人）

順德　還…還沒吃飯吧？趕快坐下來吃吧。（替鋼太盛碗飯）

載洙　（傷心）被打了開心嗎？為什麼總是要挨打的？你是在演電影《毆打誘發者》嗎？

鋼太　（笑著）我做了該被打的事。

順德　（將白飯放好，拉開椅子）趕緊坐下來吃吧。

鋼太　（欲言又止）啊…我…

順德　怎麼了？

鋼太　（看著滿桌豐盛的飯菜）我可以…

#11　**頂樓｜夜晚**

小餐桌上擺滿美味可口的家常菜，文英（穿著鋼太的衣服）與鋼太面對面坐著。

鋼太　（準備碗筷）

文英　（看著滿桌飯菜）是家裡有養田螺姑娘[23]嗎？

鋼太　（緩緩）是房東阿姨。

文英　…！

鋼太　…

文英　難怪看起來手藝高超…

鋼太　好了，趕快吃吧。（先挖一口）

文英　（嘖…）

Cut to. 鋼太看著大口大口吃著飯的文英，筷子一秒都沒有停止地夾著飯菜。

文英　（塞滿食物）真想把她帶回家，太會煮了。

鋼太　你在那裡…都吃甚麼。

文英　餓著。

鋼太　（看了一眼）

文英　（咀嚼）因為我沒有可以給我四肢吃的媽媽。

鋼太　…

文英　也沒有你的田螺姑娘…可惡！（想用筷子夾起鵪鶉蛋，卻一直失敗）

鋼太　（將鵪鶉蛋輕巧地夾進文英碗內）

文英　（開心地吃進一大口）

鋼太　（吃到一半突然？！！）

文英　（用湯匙敲著肉盤，示意要鋼太替自己挾菜）

---

23 民間傳說故事，從田螺裡幻化出一位姑娘，為男主人每天烹調美味料理。

鋼太　（用眼神怒罵他，這不知羞恥的女人…）

#12　**沒關係病院外觀｜夜晚**

被黑暗籠罩的醫院，散發著陰森氣息…

#13　**沒關係病院，病房外走道｜夜晚**

在灰暗的走廊[24]上，朱里和吳車勇拿著手電筒巡視病房，朱里仔細地察看每間病房的溫度與濕度，吳車勇則是在一旁打著瞌睡。

#14　**沒關係病院，男子病房｜夜晚**

車勇在走廊外頭打著哈欠，朱里確認著大煥的脈搏[25]…大煥則是盯著窗外高掛的月亮發呆。

朱里　…（看著大煥手上夾著的血氧機發呆）

#INS-4 集 47 幕：庭院

大煥　你…為什麼活著…！去死…去死吧！這個怪物…！（掐著文英的脖子）

朱里　（將棉被拉上）有不舒服的地方嗎？（…）趕緊休息吧…

大煥　…

24 醫院夜間時所開的夜燈。

25 確認脈搏、心跳、血壓、尿。

#15　　沒關係病院，病房前走道｜夜晚

打著瞌睡的吳車勇，聽見聲音突然驚醒！用驚恐的神情看向黑暗的走廊盡頭，此時朱里正好從病房出來。

吳車勇　（恐懼的表情）

朱里　…？你怎麼了？

吳車勇　你剛剛…有聽到甚麼聲音嗎？

朱里　…？沒有啊？

吳車勇　（指著走廊盡頭）那裡…好像有人在唱歌…

朱里　啊…那個嗎？（走在前頭）

吳車勇　（害怕而跟在後頭）那是甚麼？

朱里　你沒有聽過劉宣海病患說過嗎？

#INS）劉宣海只要見到醫護人員或病患，就會說自己晚上都聽得到半夜有人在走道盡頭唱著歌，絕對有鬼出沒…

吳車勇　（害怕）鬼…？她是騙人的吧？

朱里　不一定喔，劉宣海以前都是跟鬼打交道的人。

吳車勇　甚麼…？

朱里　（戲弄）因為她以前是女巫。（嘻笑轉身離開）

吳車勇　（彷彿聽到走廊盡頭有鈴聲傳來，害怕地趕緊跟上）一…一起走啊！

#16　沒關係病院，護理站｜夜晚

透過監視器以難以言喻的表情看著大煥的朴幸子…此時朱里回到護理站。

朱里　病房沒有異常狀況。

朴幸子　辛苦了。（眼神找尋著車勇）

朱里　他…說想睡覺，去洗把臉了。

朴幸子　要來杯咖啡嗎？

朱里　好的，謝謝。

朴幸子　（攪拌著咖啡）高大煥患者的狀態呢？

朱里　血壓有點高，也尚未入睡。

朴幸子　這樣子嗎…

朱里　（猶豫）可是…剛剛早上在庭院…為什麼他會那樣對待女兒呢？

朴幸子　剛進行完腦部手術的患者，容易好發無法控制的暴力行為。（遞上咖啡）

朱里　（接下咖啡）但如果不是單純的後遺症呢？

朴幸子　那麼…你真的覺得他要殺了女兒嗎？

朱里　不是，是為了活下來。

朴幸子　？！

朱里　…（#INS-1 集 21 幕：在病房裡抓著朱里說，自己的女兒若是來醫院，會死掉的畫面）他為了不想死掉，所產生的自我防禦行為呢…

朴幸子　（冷靜）南朱里護理師。

朱里　…是的。

朴幸子　你跟高文英作家是舊識對吧？

朱里　！

朴幸子　不想讓大家知道的話，應該以前交情也不太好吧？

朱里　（沉默）

朴幸子　（將朱里的手放在她的胸膛）那你冷靜地捫心自問，是不是將自身的情感過度投射在那對父女身上。

朱里　！！

朴幸子　要小心不要陷入反移情[26]，你是個專業人員吧？（拍拍肩膀後離去）

朱里　（發愣地看著幸子離去的身影）

#17　屋頂｜夜晚

鋼太清理著迅速被掃空飯碗（雖然鋼太的飯還剩一半…）文英心滿意足地躺在地上，然後自然地鑽進被窩。

鋼太　（忙碌地打掃中）

文英（E）　不要弄了，趕快過來躺著。

鋼太　（不理會）

文英　（慵懶）你上輩子應該是男僕…而我是主人…你勤勞的背影看起來真「好吃」…

鋼太　（眼神要射出雷射光…）！！

文英　（以誘人的姿勢躺在床墊上）啊我說錯了，不是好吃，是好帥，口誤…口誤…

---

26 醫護人員將情感投射於病患的現象。

鋼太　（哼…）起來，我給你計程車費，趕快回家。（準備拿起錢包）

文英　才不要，我要在這裡過夜。（蓋上棉被）

鋼太　！！誰允許你可以過夜的！（衝上前）

文英　我。

鋼太　快點起來。（抓起身）

文英　不要，我要睡在這。（抵抗）

鋼太　我要拖你走了喔？

文英　是你拖我來的。

鋼太　但我沒說要讓你過夜！出去！

文英　都穿了衣服，還餵了飯，再來就是哄睡啊！

鋼太　我可沒有要養新生兒！快點！

文英　放手！我要叫了喔！

鋼太　快點回家！

文英　尚泰哥！

鋼太　！！！

文英　尚泰哥…！

鋼太　（摀住嘴，用力地瞪大雙眼）

載洙（E）　兄弟啊～！

鋼太｜文英　！！！／？？？

載洙（E）　一起吃飯吧。（開門）

鋼太　（光速衝向門口）

載洙才剛開門（拿著飯碗和餐具）鋼太就將他推出玄關，將門關上。

#18 屋頂｜夜晚

鋼太看起來格外焦慮。

載洙 ？？怎麼了？為什麼出來了？（打算開門）

鋼太 （用腳一踢！將門關上）

載洙 （吃驚！！？？）你怎麼了？還流那麼多汗…

鋼太 沒事…裡面很熱，哇嗚，很熱呢…（搧動衣服）

載洙 ？？你還好嗎？你今天真的很奇怪…（望向房間）

鋼太 （阻止載洙東張西望）有嗎…

載洙 想說你自己一個人吃飯，所以上來陪陪你。

鋼太 我吃完了。

載洙 這麼快？

鋼太 可能很餓吧，你也趕快下樓吃飯吧，去吧。（推下去）

載洙嘴上唸著：「你今天真的很奇怪喔，連哥哥都不帶上來，你在房間裡幹嘛？是不是…偷偷吃好料？」確定載洙下樓後才鬆口氣的鋼太，轉身正要開門，卻發現…門被反鎖了！

鋼太 （大力開著門）開門！快點！（怕樓下聽到，因此放低音量）開門…

文英（E） 答應讓我過夜就開門。

鋼太 你先開門…開門再說…

文英（E） 然後你就會拖我出去。

鋼太 （好聲好氣）不會的，我不會這樣對你。

文英（E）　真的嗎？

鋼太　真的，所以趕快開門。

文英（E）　…開了。

鋼太　（呼…）

但文英卻開啟另一邊的小窗…

文英　（伸出頭）打開了。

鋼太　（這女人！！！先忍下浮躁的心情，兩人對望）

文英　（在窗邊頂著下巴，看著鋼太）

鋼太　（直挺挺地回看）

文英　我們這樣挺像羅密歐與茱麗葉的。

鋼太　（應聲）對啊，冤家與死對頭，不該相遇的孽緣。

文英　是姻緣，我們是命運。

鋼太　是悲慘的命運，兩個最後都死了。

文英　你知道為什麼兩個都死了嗎？因為茱麗葉獨自喝下安眠藥的關係，如果兩個都一起喝藥然後入睡，就不會死了，所以說，跟我一起睡吧。

鋼太　！！這是哪門子的曲解，還不趕快開門嗎？

文英　我要在這裡過夜。

鋼太　開門。

文英　你要睡在我旁邊。

鋼太　在我踢破門前趕快開門。

文英　還是要跟哥哥三人一起睡？

鋼太　！！！

文英　　尚泰哥…（啊！）

鋼太　　（摀住嘴巴）

載洙（E）　　水管破了？

#19　　載洙的地下室房間｜夜晚

凌亂的房間內，尚泰環顧四周陌生的環境，拿起散落的衛生紙團，載洙講著電話，連忙阻止尚泰，將衛生紙丟進垃圾桶。

載洙　　好好的水管怎麼會突然破掉？還是要我上去看看？

鋼太（F）　　不！不要！不要來！

載洙　　嚇死我了…

尚泰　　（困惑地看著載洙）

#20　　頂樓｜夜晚

鋼太　　（冒著汗）可能是管線太老舊…我明天再請人來修…現在家裡都淹水…可能要清一整晚…不用上來…只是我哥就麻煩你了…好…謝謝…（呼…掛斷電話）

文英　　（靠在窗邊，面帶微笑看著）

鋼太　　（！！這人還笑得出來）

文英（E）　　你演技真好。

#21　　屋頂｜夜晚

檯燈昏暗的燈光下，文英與鋼太躺臥在鋪好的床上。

文英　你應該去當演員的，怎麼當護工？

鋼太　（哼…轉過身）

文英　（轉向鋼太一側）…你有說謊的資質…足以說服對方…

鋼太　…

文英　…

鋼太　…哥…我哥…因為他很常看我的表情…我的眼神…我的嘴角…我臉上的每一絲紋路…（#「Look at me ～ Look at me ～看表情就了解你」尚泰仔細研究鋼太）…他需要透過觀察表情來了解我的心情…即便我痛不欲生…心情跌落谷底…只要我擠出笑容…哥就會相信我是快樂的…（# 鋼太苦笑著的臉龐映照在尚泰的瞳孔內），只要哥這樣相信就足夠了…即使是演戲也沒關係…微笑不是件難事…

文英　（不發一語地看著鋼太的背影）…

#22　載洙的地下室房間｜深夜

載洙帶著耳塞相當痛苦地在棉被裡翻來覆去，尚泰則坐在地上，將棉被蓋過頭，用筆記型電腦（載洙的）看著卡通[27]，大聲地唸著台詞。

尚泰　（多利）大叔有講過吧？對吧？你無法否定的！大叔真奇怪，是常人無法理解的人格，你就這麼見不得人好嗎？為什麼呢？（高吉童）哼！（喜多多）氣氛真奇怪，他的個性我最了解，他平時溫和穩重，但一生氣就會翻臉不認人，我有

27　多利的卡通（大叔的血型）篇，內容為多利和喜多多討論著高吉童。

預感他今天會鬧事。（砰！被高吉童揍一拳的多利…）

文英（E） 那你也對我多笑點吧。

#23 再次回到頂樓｜夜晚

鋼太 …！

文英 如果不難的話…笑一個吧。

鋼太 （閉上眼）早點睡吧，很晚了。

文英 小時候就這樣了嗎？

鋼太 （望向文英）

文英 我看見相片了。（#書桌上放著兄弟倆的相片，年幼的鋼太牽著哥哥的手）

鋼太 不知道，時間久遠，早就已經忘了。

文英 那麼那個女人呢？

鋼太 …？

文英 你以前曾經喜歡過的…跟我有相同眼神的女人…你會想起她嗎？

鋼太 （不發一語）

文英 …思念她嗎？

鋼太 …不…我想忘記。

文英 （！不讓鋼太察覺眼神…）看來…她真的很壞。

鋼太 確實很壞…我很壞，（#救起溺水的鋼太）她救了我…（#看著文英撕裂蝴蝶的樣子，害怕逃跑的鋼太）但我卻逃跑了…懦弱的逃跑了…

文英　…

鋼太　從那時開始…我就一直在躲避…（自嘲地笑）

文英　（看著鋼太的苦笑）那剛剛為什麼來找我？

鋼太　…

文英　不是應該逃避的嗎，怎麼向我跑來了？

鋼太　所以我在後悔中。

文英　（呿）…

鋼太　（看著）…

文英　（閉上眼）但…

鋼太　…？

文英　（緩慢的語氣）有點…帥氣…（進入夢鄉）

鋼太　（看著入睡的文英好一陣子）

#24　沒關係病院，病房走道｜凌晨

只有逃生指標的燈光在走廊的盡頭，陰森的氣氛襲來，在天花板角落閃爍著的監視器鏡頭，突然關上…

#25　沒關係病院，男子病房｜凌晨

大煥安穩地熟睡在月光下，此時一名女性的黑影突然出現，並緊緊勒住大煥的脖子！！一旁監測生命跡象的儀器因數值出現異常，發出嗶嗶嗶的警戒音，（由於女性的臉龐背對著月光，因此看不清五官）原先正在熟睡的簡畢翁與朱正泰從尖銳的警戒音中醒來，趕緊呼叫醫護人員。

#26　沒關係病院，走廊至護理站｜凌晨

朱正泰急忙從病房裡奔向護理站，大喊著：「護理師！護理師！！」

#27　沒關係病院，病房｜凌晨

「高教授！醒醒啊！高大煥！高大煥！」，簡畢翁大力搖著大煥的雙肩，但大煥卻雙眼上吊，呼吸急促，隱約聽見女人哼歌的虛弱聲響…

#28　沒關係病院，走道｜凌晨

女人的身影緩緩飄過走廊，另一端的朱里與吳車勇匆忙地跑向病房…歌聲就這樣消失在走廊盡頭。

#29　頂樓｜凌晨

滿月高掛，某處傳來狗吠聲，啊嗚～～

文英將腳正要跨向鋼太，鋼太卻一把抓住並丟回去，Cut to.

文英將身子翻滾至鋼太的背後，鋼太立即將她推向牆的另一邊，Cut to.

絲毫不理會文英所發出任何聲響的鋼太。

#30 **朱里的家，外觀｜凌晨至早晨**

破曉的天空，漆黑的大地逐漸籠罩光芒，但如雷貫徹的鼾聲卻比雞啼還大聲。

#31 **載洙的地下室房間｜早晨**

載洙徹夜打著鼾，導致尚泰整夜無法入睡，他站起身將不明的衛生紙團塞住載洙的鼻孔與嘴巴，好讓他安靜。

#32 **頂樓｜早晨**

鋼太還在熟睡當中，但文英的位置卻空無一人…她呆站在牆上所貼的表情海報前。

文英 …（面無表情地站在海報前）

#33 **朱里家外觀｜凌晨**

順德整理著家門前的垃圾，下了夜班的朱里剛好歸家，帶著疲倦的臉龐下車。

順德 我的女兒，真是辛苦了…（將包包背在肩上）熬了一夜屁股都瘦了一半…

朱里 媽…我肚子餓了…

順德 （從牛奶箱中拿出牛奶）我煮了蛋花湯，趁熱吃完趕緊休息。

#34 **朱里家，庭院｜早晨**

快速接過媽媽手上的牛奶，並說：「我拿上去…」開心地踩著階梯，往頂樓的方向去。

#35 **屋頂｜早晨**

爬上頂樓的朱里，看到文英坐在涼床上，悠悠抽菸的模樣，心頭一驚！

朱里　…！

文英　（…同樣也露出吃驚的眼神，站起身子）

朱里　…你…為什麼在這裡？（看見文英穿著鋼太的衣服）

文英　（看穿朱里的心意）甚麼為什麼，我在這裡睡，現在當然在這裡。

朱里　！！

文英　那你呢？（看著手中的牛奶）打工嗎？來送牛奶？

朱里　…我住這。

文英　？！

朱里　這裡…是我家。

文英　（冷笑）

朱里　（緊張）

文英　（靠近）所以說…是你…讓文鋼太…住進這裡的？

朱里　（感受到文英可怕的氣勢…但不認輸…這是我的地盤…握緊拳頭）對，住的地方跟醫院的工作都是我介紹的，但是鋼太自己選的。

文英　（厭惡）講得好像他是因為你回來城津市的？

朱里　（不發一語）

文英　你喜歡他嗎？

朱里　…！！

文英　（看穿）講對了呢，告白了嗎？

朱里　不關你的事。

文英　我告白了。

朱里　（心頭一震！）

文英　（靠上前）我愛你，我愛你！我說我愛你！

朱里　！！！

文英　這樣火熱的告白了。

朱里　…別說謊了。

文英　我沒說謊，他經常用期待的眼神看著我，我只是滿足他想要的而已。

朱里　你自以為在做善事嗎？

文英　（冷笑）…小偷。

朱里　甚麼？

文英　擦擦口水吧你，他從以前就是我的了。

朱里　（握緊拳頭…）你以為只要你看中的都是你的…得不到就算毀掉一切也要緊緊握在手裡…玩膩了就丟棄…

文英　（表情逐漸僵硬）

朱里　那個怎麼能稱作愛情…只是你的貪欲跟執著罷了。

文英　裝模作樣。

朱里　！

文英　雙面人、虛偽、做作。

朱里　（握緊拳頭）

文英　　裝做善良、嬌柔、純真。

朱里　　（瞪大雙眼）

文英　　所以以前才會被大家排擠，你不懂嗎？

朱里　　（再也忍無可忍，甩了文英一個耳光）

文英　　！！（眼神充滿怒火）

朱里　　你這瘋女人…壞心眼的老太婆！

文英　　（無語的笑著，然後一手抓起朱里的頭髮）你想死嗎？

朱里　　（決定鬥個你死我活，也伸手抓住文英的頭髮）殺啊，看你殺不殺的了我啊！

文英　　你吃到老鼠藥了嗎？

朱里　　你才應該吃藥。

兩個女人在頂樓的空地聲嘶力竭地吼叫並纏鬥，「你這瘋子！」、「你才是瘋子！」、「不給我放開嗎？」、「你先放啊！」、「讓我好好收拾你！」、「怕你嗎！」、「啊—！」。

鋼太（E）　高文英！！！！！！

兩個人互不相讓，就此停下動作。

鋼太　　（不知從何開始發現兩人…用恐怖的表情走上前）

朱里　　（先放開手）

文英　　（見狀更緊緊抓住朱里的頭髮）

鋼太　　（抓緊文英的手！）放開…

文英　（固執地不放開）

朱里　（因痛楚而眼眶泛紅）

鋼太　（低沉）叫你放手…（用力握緊文英的手）

文英　（愈是這樣就將朱里的頭髮，抓得更緊）

朱里　（痛苦地）啊…

樓下的順德與載洙聽見吵鬧聲，困惑道：「發生甚麼事了？」、「怎麼一大早吵吵鬧鬧？」趕緊上樓察看…

載洙｜順德　！！

鋼太｜朱里　！！

跟在後頭的尚泰也爬上頂樓，看見披頭散髮的朱里，還有緊抓著她頭髮不放的文英，以及出手阻止文英的鋼太，鋼太看見哥哥，眼神露出不知所措…

#36　朱里的家，大門｜早晨

穿著拖鞋與T恤的文英，被鋼太拉至門前。

文英　為什麼只針對我，是那個雙面人先打我的。

鋼太　（冰冷）是誰先動手的不重要。

文英　那為什麼站在她那邊！

鋼太　我哪有？

文英　高文英！！！你只喊了我的名字不是嗎！

鋼太　不要再幼稚了，趕快回家。（轉身）

文英　（抓緊手臂）

鋼太　？！

文英　跟我一起走，你不能待在這裡，我不能讓你在這裡。

鋼太　（甩開）別管我，要待在哪裡我自己決定…還有，我不屬於你。

文英　（…！原來聽到了）…從甚麼時候開始聽到的？

鋼太　…（輕聲）我愛你…

文英　！！

鋼太　（強調）從我愛你…開始。

文英　！

鋼太　（從錢包拿出幾張萬元的鈔票）這是你施捨給我的愛情，我換算成錢給你，夠你可以拿去坐計程車。（瞪了一眼後轉身離開）

文英　（看著手上的三萬元…憤怒地丟出去！）

 # 關上大門的鋼太，用痛苦的表情倚靠著門邊，然後與坐在階梯上的尚泰對眼。

鋼太　…！！哥…（追趕著跑上樓梯的哥哥）哥…哥…

#37　屋頂｜早晨

尚泰一上樓就將屋內的水龍頭都開啟確認，水流別無異樣地湍湍流出，在後面不知所措的鋼太不停地說：「哥…你聽我說…」。

#38 頂樓，浴室｜早晨

尚泰將馬桶的沖水器壓下、打開蓮蓬頭…還有洗手台的水龍頭。

尚泰　（雖然面無表情，但從反覆開關水龍頭的動作能夠看出正在發火）沒有壞…沒有壞…都好好的…還可以用…

鋼太　（在身旁來回踱步）哥…哥…對不起…我撒謊了…

尚泰　（看向他處）說謊是不對的，會被警察抓走，承諾過我不再說謊的。

鋼太　（雙手祈求）我…錯了…不會再犯了…不會再說謊了…真的…原諒我。

尚泰　（看著弟弟）

鋼太　（全神貫注地看著哥哥）

尚泰　高文英作家…為什麼穿那件衣服？

鋼太　…？甚麼？！

尚泰　（執著）米色的條紋上衣，有著○○的圖案，在寶物超市，特價買一送一 9900 元，是你的衣服，你的衣服。

鋼太　…！我…我借她的，因為昨天下大雨，她的衣服都濕了…（窺探眼神）

尚泰　那我的衣服呢…？

鋼太　（甚麼？！！）

尚泰　（喃喃自語）我也有很多好看的衣服…

鋼太　（！！）下…下次再來的話，一定給她哥的衣服，有畫恐龍的。

尚泰　棘龍那件二萬七千元，是最貴的一件。

鋼太　好的，把那件給她穿…（鬆了口氣）

#39　朱里的房間｜早晨

朱里窩在棉被底下暗自哭泣，順德捧著蛋花湯與飯菜進門。

順德　（心疼）起來吃點東西吧，（坐下）我的腿…要哭也要有體力才能哭，快點起來。（拉開棉被）

朱里　（不想讓人看見眼淚，再次鑽進被窩）我不想吃。

順德　（將飯倒進湯中攪拌）是她吧？以前你有帶來餐廳過的那位朋友。

朱里　…才不是朋友。

順德　噗，頭髮掉很多嗎，你輸了嗎？因為委屈所以哭嗎？

朱里　（拉開被子）高文英！！他只叫她的名字，正眼都不看我一眼，對我永遠只說敬語，對她就說半語…嗚…

順德　…？這…是值得嚎啕大哭的事情嗎？

朱里　（一把鼻涕一把淚）應該要跟我最熟才對啊，對我就是彬彬有禮的朱里，對她就可直稱高文英…嗚嗚…（放聲大哭）那件衣服還是跟我一起買的…怎麼可以讓她穿…怎麼可以讓她進門…嗚嗚…

順德　（嘖…）鋼太不是說有苦衷了嗎，他不是那種會放下自己哥哥跟其他女人滾床單的人，不要擔心，你還有機會。

朱里　（雖然沒錯…）可是媽…你怎麼知道的？

順德　知道甚麼？你喜歡鋼太的事嗎？連村子裡的狗都知道，來，張開口…（舀起一匙）

朱里　（躊躇）

順德　（餵著朱里）長一張嘴幹嘛，還不如爽快的告白。

朱里　被甩了怎麼辦？

順德　纏著他。

朱里　他跑走怎麼辦…

順德　追他到地球盡頭啊，當初媽媽也是歷經千辛才生下你。（笑著）

朱里　（破涕為笑…擦去眼淚，讓媽媽餵飯）啊—

順德　（挖著大口的飯）可是文英長大後真漂亮。

朱里　哪裡漂亮了！（嘴裡塞著飯大叫！）

#40　城津市三溫暖外觀｜早晨

電話聲響起。

#41　城津市三溫暖，公共休息區｜早晨

一名男子將毛巾捲成綿羊形狀戴在頭上，睡在休息區的一角，卻被不斷響起的手機鈴聲吵醒，他不耐煩地拍拍旁邊男子，要他接起電話，相仁睡眼惺忪地接起手機。

相仁　（半夢半醒）

丞梓（F）　代表，大事不好了！

相仁　（揉著眼睛）現在不是生死關頭的事，已經嚇不了我了…

丞梓（F）　我們真的只能等死了！

相仁　（清醒）

#42 醫院，病房｜白天

頭部、頸部、雙手和一隻腿都用繃帶與石膏緊緊包紮的評論家（2集的評論王），高聲咒罵地講著電話。

評論家　高文英那個精神病！我要告她傷害…不，是殺人未遂，要把她送去吃牢飯！你們等著！只要我下筆，那個女人所站的地方就是她的墳場！！（將錄音筆對準手機播放）

評論家（E）　（錄音筆所錄製的影像）從一個人的文筆就能讀出他的內心世界～

#INS-2集41幕：樓梯間

文英　那麼…你應該知道我想做甚麼囉？（威脅地靠近）

評論家胸口所插著的鋼筆（錄音筆），閃爍著紅燈。

#43 出版社會議室｜白天

相仁和職員們用擴音聽著錄音內容。

文英（E）　但那支筆…我也能用來當武器。

評論家（E）　（墜樓）啊啊。

職員們　（專心地聽著錄音內容，就像收聽廣播節目）

文英（E）　慢走不送。

鋼太（E）　不可以！！

評論家（E）　呃啊啊啊！

墜樓的巨大聲響伴隨著中年男子的悲鳴聲，在場職員皆眉頭深鎖，臉色難看，天哪…

丞梓	（按下結束）聽說評論家因為腦出血進行手術，兩天才恢復意識。
相仁	（搓揉臉頰）難怪…這幾天格外的清靜…
職員 1	（遞上文件）請看這份文件，他所提出的損害賠償金額高得嚇人。
相仁	（看著金額發出無聲吼叫）
職員 2	如果不償還的話，作家真的會被抓去關，不然就從此葬送作家生涯了，該怎麼辦呢？
相仁	倉庫還有幾罐蜂蜜…不行，你去叫會計組長進來。
丞梓	會計組長已經辭職消失好一陣子了。
相仁	那你怎麼現在才說！
丞梓	你也沒有問過…
相仁	（該死的）
其他職員	（觀望）代表，印刷廠與流通貨運廠商都在詢問貨款何時要繳清…
相仁	啊…
職員 3	去城津出差的事情，如何了呢？
職員 4	作家在構思下一部作品了吧？
職員 1	我們會安然無事吧？代表。
相仁	啊啊…（將頭向後一躺，爾後用鑽研的眼神掃描在場職員的臉孔…最後將視線停在丞梓身上！）
丞梓	（緊張）

相仁　　丞梓…

丞梓　　是…

相仁　　你…會爬山嗎？

丞梓　　當然，我以前可是登山社社長。

相仁　　（呵…太好了…那就…）

#44　　**披薩店｜傍晚**

鋼太與載洙兩人帶著沉重氣氛，將啤酒一口口灌下肚。

載洙　　（大喝灌完杯中一半的啤酒）你跟她睡了嗎？

鋼太　　（不發一語，只是喝著酒）

載洙　　你們在交往嗎？

鋼太　　（再喝一口）

載洙　　你喜歡那個瘋子嗎？

鋼太　　（放下酒杯）…你已經醉了嗎？

載洙　　那為什麼要在雨中騎機車去載她？為什麼要把不喜歡的女人偷偷帶回家？為什麼讓她吃飯？還讓她睡在家！你在經營慈善事業嗎？還是信教了？

鋼太　　（依舊沉默地喝著酒）

載洙　　鋼太…不要做沒做過的事，再這樣下去你要立貞節牌坊了！

鋼太　　是墓碑，不是牌坊。

載洙　　總而言之！你小心點，你忘了嗎？她可是見到你的第一天就對你吐口水又拿刀刺向你的女人。

鋼太　　…(#紙杯裡的口水，# 刀子一揮！鮮血噴散！）（笑）的確…

載洙　　你現在是在回憶嗎？甚至還面帶淺笑？

鋼太　（正經）我哪有。

載洙　精神病…是不需要親朋好友，街邊鄰居的，一翻臉就跟怪物一樣，（指著鋼太手掌的傷痕）你看，你要看著這個傷疤謹記在心…下次說不定就不是手掌了…（用手劃過脖子）也有可能小命不保！

鋼太　（悲傷地看著手心傷痕）避開是上策對吧…？

載洙　當然！絕不要再有任何糾葛。

鋼太　消失在她眼前最好對吧…？

載洙　對！不要靠近她方圓百里。

鋼太　可是載洙…

載洙　？

鋼太　我最近記憶力不太好…

載洙　甚麼？

鋼太　我會忘記很多事物…無論是這個傷疤…還是蝴蝶…甚至忘記我哥…

載洙　（不安感湧上！）

鋼太　所以你要經常提醒我…當我忘記的時候…（擠出笑容）

載洙　好…知道了，不要再這樣笑了…

鋼太　怎麼，還像小丑嗎？

載洙　像鬼娃恰吉啦你。（嘴上開著玩笑，但眼神卻露出擔憂）

#45　城堡，文英的房間｜夜晚

文英躺在床上，看著鋼太的上衣掛在窗邊，隨風搖擺，（#「你當時施捨給我的愛，我換成錢還給你」）回想起當時的場景，一氣之下將上衣用力地在地上踩，並用手企圖撕爛。

文英　要我吃完就拍拍屁股走人嗎？我只價值三萬元嗎？都沒說他跟乞丐一樣了！竟然這樣對我！該死的便宜貨！廉價的東西！（激動的身影逐漸沉重）

溫柔地抓住肩膀…
冰冷的手背緊握時…
將緊握的手貼在臉頰…（INS-5 集 7 幕）

文英　可惡…反覆無常…讓人摸不著頭緒…雙重人格的混蛋…（凝望著上衣）

Cut to. 鋼太的上衣再次高掛在窗邊搖曳。

#46　頂樓｜夜晚

鋼太　（喝完酒歸家的鋼太，略帶醉意的看著已躺下的尚泰）哥…睡了嗎…？
尚泰　（閉著雙眼）
鋼太　（搖搖欲墜地貼在哥的背上）…哥喜歡我？還是喜歡高文英？
尚泰　（不為所動）
鋼太　（自己說）我…更喜歡哥…哥是我的全部…（閉上雙眼）
尚泰　（悄悄地睜開雙眼…不帶任何表情）

#47　城堡，外觀｜早晨

砰砰砰！一早響起敲門聲…

#48　城堡，走廊至一樓大廳｜早晨

將眼罩拿下，穿著睡衣的文英踩過地上的垃圾，氣呼呼地走向大門，砰砰砰的敲門聲不間斷地傳來，文英煩躁地罵著：「該死的…誰一早吵鬧…」

#49　城堡，玄關｜早晨

砰砰砰！文英開著門說：「哪個該死的傢伙！」出現在文英面前的是…提著大包小包，看起來格外憔悴的相仁。

相仁　（哭相）文英…我們完蛋了…（嗚嗚…）

文英　（面無表情，突然發現）她又是怎麼回事？

丞梓從相仁身後巨大的背包探出頭，同樣也背著大包小包一臉哭相…

丞梓　我…被代表騙了…

文英　（皺眉）

#50　城堡，客廳｜早晨

文英一臉嫌棄地看著相仁和丞梓。

相仁　（將包包內的零食和許多個人物品拿出）我用公司的保證金堵住評論王的嘴巴後，再將這幾個月積欠職員們的薪資和廠商的貨款都繳清，已經一無所有了。

丞梓　哼…只有我的薪水沒有給我，（拿起登山鞋）還用這個矇騙我…

相仁　（嘖…）你自己說是登山社社長的！這裡的山勢多有名。

丞梓　管它甚麼山勢…嗚嗚…我的身世好悲慘…

相仁　別哭了，我會負起責任的。

丞梓　都要破產了，負甚麼責任！

相仁　甚麼破產！我還有高文英這個偉大的希望！（笑臉盈盈）對吧文英？

文英　出去。

相仁　（衝擊）文英…

文英　我為何要成為你破滅人生的希望？

相仁　可是…這都是因為誰…

文英　（冰冷）因為你自己。

相仁　（迅速）對！都是因為我這個無能的代表！怎麼可以怪別人！

丞梓　（這沒用的男人…）

文英　知道了就出去。（轉身）

相仁　（跪下）那麼，我會在你寫作的時候給你全力的支持，我們一起住在這裡吧，之前不是說過了。

文英　那時候逃跑的是誰？（揮揮手）這裡有要住進的人了。

相仁　誰？（驚呼）該不會…

文英　（意義深遠的表情…）

#51　沒關係病院，庭院｜白天

病患與醫護人員們跟隨著輕快地節奏，在室外跳著「活力體操[28]」，最前方站著吳院長，兩旁則是星與吳車勇，在大家開心地做著體操時，朱里經常不由自主地看向鋼太…而在朱里身後，姜恩慈（50 歲中半）也觀察著一切。（恩慈散發著一身貴氣，佩戴著珍珠耳環、狐狸披肩）

#52 沒關係病院，病房前走道｜白天

體操時間結束後，病患有秩序地走進院內，鋼太則扶著一位行動不便的患者…卻聽到後方有人呼喊他：「年輕人…年輕人！」轉過身是披著狐狸披肩的恩慈對著他笑。

#53 沒關係病院，庭院涼椅｜白天

鋼太坐在涼椅上，恩慈遞上一杯鋁罐裝的咖啡，在衣服的隙縫間露出手腕的刀痕。

鋼太　（瞄到傷疤）謝謝。（接下）

姜恩慈　（坐在一旁）我…已經觀察你一陣子了，長得端正又帥氣，（摸著身體）體格又好…（看向名牌）文鋼太，名字也很帥氣呢。

鋼太　（一臉困惑但還是笑臉盈盈）

姜恩慈　年紀多大？

鋼太　三十歲。

姜恩慈　父母在做甚麼呢？

鋼太　…已經去世了。

28　吳院長親自編制的體操，將國民體操改編而成，能良好的伸展肌肉、活動筋骨。

姜恩慈　雙親都去世了嗎？天哪，有女朋友嗎？

鋼太　…沒有。

姜恩慈　這樣子啊…所以那位護理師是單戀囉？

鋼太　甚麼？

姜恩慈　這樣很好。

鋼太　甚麼意思…？

姜恩慈　（窺探四周）我有一個人，想介紹給你認識。

鋼太　沒關係不用了。

姜恩慈　不是因為我自己的女兒才自誇的…（女兒？）他真的是一個很好的孩子，（緊握住鋼太）等她來時，再介紹你們兩位認識，好嗎？

鋼太　（迴避眼神後站起）我會考慮的，不好意思，我還要回去工作。（站起身）

姜恩慈　決定了就跟我說！好嗎！（目不轉睛）…兩個人一定會很相配的…（用力地抓著手腕傷痕，對著空氣說）你覺得呢，姐姐？

#54　沒關係病院，大廳｜白天

尚泰[29]將筆刷沾在牆上，卻在要下筆時停頓，又拿起另一筆正要畫畫，又在碰到壁面前停止，就這樣反覆一陣子，此時院長走來，毫不猶豫地拿起一支筆刷，就往牆上一塗。

尚泰　…！！喔？喔？？

29　帶著袖套、繪畫用圍裙、畫家繪製壁畫時的基本配備。

吳院長　（俏皮地笑）萬事起頭難，只要能踏出第一步，之後就順利了…（將筆刷遞給尚泰）

尚泰　（拿著畫筆，看著院長）

吳院長　現在輪到畫家你大展身手了。（才剛語畢）

尚泰　（將顏料塗在吳院長臉上）

吳院長　！！

尚泰　（皺起眉頭，提著顏料桶，打算倒在院長身上）

吳院長　（急忙逃走）抱歉抱歉，我做錯了，不會再犯了！

兩個人就這樣在院內你追我跑，患者們吃著餅乾，看著兩人的鬧劇。

朱正泰　嘖嘖…他們是怎樣，我覺得吳院長的精神狀態也不太好…

李雅凜　（嗚嗚嗚…）

朱正泰　（！）怎麼又哭了？

李雅凜　好羨慕，我也想要玩鬼抓人…

朱正泰　雅凜，我們先抓住理智線吧，來，吃藥的時間到了。（帶走）

簡畢翁　（看著尚泰與院長）這世界…沒有穿著病人服的患者還真多，哈哈…

#55　沒關係病院，停車場｜白天

一台跑車不顧標誌與其他車輛，直線衝進停車場的中央，與行人擦身而過，文英走下車…「小姐，你怎麼這樣開車…很危險」，文英將車鑰匙丟向對方說：「那麼厲害的話，你來停。」，對方露出不可思議的神情。

#56　沒關係病院，院長室｜白天

吳院長用濕紙巾清理著臉上的顏料，文英敲著門同時開門進來。

吳院長　高作家你來了…（望向）心情還好嗎…？

文英　沒有好過，為什麼叫我來呢？（坐在沙發上）

吳院長　我聽說你與父親的事了…真的很抱歉。

文英　？？又不是院長勒住我脖子的。

吳院長　？！但是…是我提出要求，要你陪同他散步的…

文英　那就是醫療過失了呢。

吳院長　！

文英　出了意外的話，就不能只是口頭安撫了。

吳院長　那這樣吧。

文英　？

吳院長　（抬起頭）你掐住我的脖子吧，動手吧。（像烏龜般伸長脖子）

文英　（傻眼）

#57　沒關係病院，院長室外走廊｜白天

砰！巨大的關門聲，文英辱罵著：「那個瘋老頭真是…」

#58　沒關係病院，院長室｜白天

吳院長拿出櫃子裡的大煥諮商紀錄簿[30]<2010 年 >的日誌。

---

30 將幾位觀察中的病患紀錄，另外存放的櫃子。

吳院長　…（若有所思）

院長室（同一場地）｜十年前｜回想

比現在年輕許多、病症也尚未嚴重的大煥，還有與他相對而坐的院長。

高大煥　（疼愛的眼神）我的女兒…她…（笑容）很漂亮…像媽媽一樣漂亮…乖嗎…？不太清楚…但很聽媽媽的話…這樣就是乖了吧？

吳院長　（在腦中推想）應該吧…我也不太懂…

#59　沒關係病院，病房前走廊｜白天

劉宣海（E）　鬼唱歌的聲音？

#60　沒關係病院，女子病房[31]｜白天

劉宣海前坐著朱里，一旁的朴玉蘭讀著都熙才的《西方魔女殺人事件》。

朱里　你記得…昨天是幾點的時候聽到的嗎？

劉宣海　（吃著零食）不知道，我連今天是幾月幾號都不知道，只是去上洗手間的時候聽到的。（湊合著哼著歌，但聽不清旋律）

31 朴玉蘭、李雅凜、劉宣海共同使用的三人房。

朴玉蘭	（盯著書）…
朱里	那去洗手間的時候，有看到任何人出入 203 號病房嗎？
朴玉蘭	聽到鬼在唱歌的話，那當然是鬼囉，（…嗤笑）護理師你真的相信那女人的鬼話嗎？
劉宣海	（一怒！）甚麼鬼話，我真的有聽見！
朴玉蘭	（冷酷）那就是你有幻聽的精神症狀。
劉宣海	（一副要打架）該死的，我沒有瘋！
朱里	（將兩人分開）對，有，我相信你有聽到。（對著兩人微笑，試圖安撫）
朴玉蘭	（甩朱里耳光）那你的意思是我瘋了嗎？
朱里	…！！

#61 **沒關係病院，屋頂｜黃昏**

朱里不知道是否剛哭過，眼眶還泛著紅，她打開頂樓大門，看到熟悉的背影，剛好也是她現在最不願意看到的人…鋼太意識到有股視線並轉身…兩人對望 Cut to. 兩人安靜地看著日落…

朱里	這樣子好像以前呢，還記得我們當時在龍林醫院，我被患者打了一記耳光後哭著來到頂樓，鋼太你不是還對我說那句話嗎？
鋼太	（緩緩）要呼我一巴掌洩恨嗎？
朱里	（笑）
鋼太	（真摯）結果沒想到你真的打了…
朱里	（哈哈）那時候大概是瘋了…為什麼會那樣呢…但也正因

如此我們親近許多了。

鋼太　（沉默）

朱里　…沒有嗎？沒有變熟嗎？（尷尬地笑著）

鋼太　朱里…

朱里　（緊張）

鋼太　現在要再打我一巴掌嗎？

朱里　？！…為什麼？

鋼太　我覺得…你等一下會很難過。

朱里　（！心頭一震…還沒有告白就已經知道答案…）這麼快就拒絕了嗎？

鋼太　不要讓我在你心中佔有一席之地…沒有那個必要…

朱里　（因為不喜歡我嗎？但說不出口）…因為總有一天要離開嗎？

鋼太　…

朱里　（鼓起勇氣）我不在乎，就讓我喜歡你，因為那是我的心。

鋼太　（惋惜）

朱里　可以拜託你嗎…希望你不要覺得有負擔而因此逃跑，（忍住眼淚）因為…會顯得我更可悲，我也會很難受…

鋼太　…

朱里　在城津市的這段期間…就待在我家吧…我媽媽很喜歡你…而且…尚泰哥也很喜歡我們家不是嗎…拜託你了…

鋼太　（看著她…不發一語地點頭）

朱里　（太好了，含著眼淚露出微笑）

兩人的背影隱沒在晚霞，而卻有雙視線看著他們…一截掉落的菸蒂，被高跟鞋狠狠地踩下。

#62　**沒關係病院，大廳｜夜晚**

叩叩叩…一雙華麗的高跟鞋停在壁畫前的尚泰身後，尚泰察覺背後的聲響，轉頭回望。

文英　尚泰哥，要跟我玩嗎？（笑）

尚泰　…

#63　**沒關係病院，護工休息室｜夜晚**

（下班前確認）鋼太確認著牆上的設施管理清單，一邊撥打電話給尚泰。

「（E）您所撥的電話已關機…」

#64　**通往城堡的路｜夜晚**

文英的車子快速行駛在山林間，開心的尚泰四處觀望（背著包包）

尚泰　哇，（又開又關）這台車多少錢？一百萬？兩百萬？

文英　那個的百倍千倍。

尚泰　作家很有錢嗎，有多少錢？

文英　尚泰哥的百倍千倍。

尚泰　哇嗚！

文英　原來你喜歡錢。

尚泰　我喜歡錢，也喜歡車子，也喜歡作家，百倍千倍一萬兩千倍！

文英　（笑）

尚泰　我們要去哪裡？

#65　沒關係病院，大廳｜夜晚

下班後的鋼太穿著便服，來到壁畫前卻不見哥哥的身影。

鋼太　是跑去哪裡了。（左顧右看）

星　（跟敏錫一同拿著咖啡走近）是在找哥哥嗎？

鋼太　請問有看到他嗎？

權敏錫　他剛剛好像上了高文英老師的車…？

鋼太　（…！！）

「她今天也沒有課，為什麼會來醫院呢？」、「就是說啊…？」星與敏錫討論著。

#66　城堡，一樓｜夜晚

哇！！興奮的尚泰跑進城堡（在他的眼中，這裡並非詛咒的城堡，而是魔法之城），他看著四周新奇的事物，開心地觸摸，當看到牆上的動物標本時，更是出神地緊盯不放。

尚泰　我可以…摸你嗎…？（輕輕用手摸著標本，彷彿可以對話）

文英　（問道）開心嗎…？

尚泰　…開心。

文英　喜歡這裡嗎？

尚泰　喜歡…

文英　那要跟我一起住在這裡嗎？

尚泰　好…

文英　（遞出準備好的紙張）那在這裡簽名。

尚泰　（看著文英所寫的簡略契約書）…？

#67　沒關係病院，公車站｜夜晚

坐在椅子上的鋼太，思緒混亂，他望向手心的傷痕，她所留下的刀疤…還響起載洙的警告…

鋼太　…（下定決心）

他撥通電話給文英，鈴響後對方接起。

鋼太　（冷靜）…我哥在哪裡？

文英（F）　在我這裡。

鋼太　我不是說過…不要動我哥嗎…

#68　城堡，一樓｜夜晚

地板上散落一地的酒瓶，已經意識昏迷的尚泰，手裡拿著契約書，口齒不清地喃喃自語…「乙方…要住在…甲方的工作室…擔任…插畫…」。

文英　因為有點無聊就一起玩了，你要來嗎？

鋼太（F）　你們在哪裡？

文英　　…被詛咒的城堡。

#69　　公車站＋城堡（交錯）｜夜晚

鋼太　　（眉頭深鎖）…好。

文英　　（笑）難道你知道在哪裡嗎…

鋼太　　我知道。

文英　　…？你怎麼會…？

鋼太　　因為我有去過。

文英　　？！你說甚麼？

鋼太　　…你救我的那天…我在你面前逃跑的…那時侯…

文英　　！！！

鋼太　　…

文英　　你…你該不會…一直都記得？

鋼太　　我現在過去…等我…

文英　　（電話掛斷）…！！

電話掛斷後的文英，陷入好一陣子的沉思…原來他一直都記得嗎…

#INS-5 集 23 幕：頂樓

文英　　跟我有相同眼神的女人…你會想起她嗎？…思念她嗎？

鋼太　　不…我想忘記。

文英　　…（一邊回想著，有些不悅…但卻是更多的悲傷）

#70　森林，上坡路｜夜晚

今天的月光似乎格外冰冷，鋼太走在前往城堡的森林路上。

鋼太　（提著沉重的步伐）…

文英（E）　尚泰哥…我跟你說一個久遠的故事好嗎？

#71　蒙太奇｜夜晚（過往＋現在）

城堡，一樓大廳

看著酒醉的尚泰輕聲講起故事。

文英　很久很久以前，在森林的深處…有一座被詛咒的城堡，住著一名少女，少女的母親對她說…你很特別，所以無法融入外面的世界…只能住在城堡裡…

上坡路（現在至過往）

鋼太沉重的步伐轉為年幼鋼太的輕快腳步，他拿著花束（曾被丟在地上的那把），雀躍地走向城堡。

文英（NA）　但是對於少女來說，那座城堡就像監獄將她困住…因此她向月神祈求，「月神，求求你…將我從這座城堡救出…請賜給我一個帥氣的王子吧…」

城堡，露臺（過往）

年幼文英站在露臺上看向森林的另一端。

文英（NA） 今天會來嗎…明天會來嗎…少女日復一日地盼望…

#72 城堡｜夜晚（過往）

到達城堡大門的年幼鋼太，望向站在露臺的年幼文英，鋼太滿心期待地等候文英下樓並給她手中的花束，但文英只是面無表情地看著他，然後轉身消失。

#73 城堡，一樓｜夜晚（過往）

噠噠噠，文英開心地跑下階梯…但就在大門前，一道女人的身影使文英停下腳步！

#74 城堡前｜夜晚（過往至現在）

年幼文英與鋼太面對面凝視。

年幼鋼太 剛剛…我…

年幼文英 （面無表情地將花束接去後，踩在腳下）

年幼鋼太 ！！！

年幼文英 （用冰冷地表情說）滾開。

年幼鋼太 …！

Cut to.（現在），鋼太跨步邁向城堡…年幼時候曾在此遭受拒絕而逃走的模樣浮現腦海，站在露臺上的文英也回憶著當時看著年幼鋼太來解救自己的模樣…現在的兩人…重演當時的場景，猶如逃不出悲慘命運的羅密歐與茱麗葉，兩人深深地看著彼此。

6

藍鬍子的秘密

#1 **城堡｜深夜**

鋼太抬頭望向城堡露臺，月光將城堡照得閃閃發亮，站在露臺上看著鋼太的文英，宛若月色般淒美且冰冷…現在的兩人就像 18 年前般，彼此的視線在月夜下交錯。

鋼太 …

文英 …

#2 **城堡，一樓｜夜晚**

嘎—陳舊的木門發出聲響，鋼太環視著周遭的陌生環境，緊張地走進室內，心中焦急的他，瞥見一旁沙發正在熟睡的哥哥。

鋼太 （走上前輕拍）哥…哥…

尚泰　（張著嘴巴，含糊不清地說著夢話，似乎有些寒冷而顫抖著身體）

鋼太　（脫下外衣，蓋在哥哥身上）

鋼太小心翼翼走上通往二樓的階梯。

此時，另一個方向通往地下的階梯散發著不尋常的陰森氣息…不知是否如此，尚泰將身軀蜷曲在一塊。

#3　城堡，階梯至二樓走廊｜深夜

走上二樓的鋼太，感到從背脊襲來的涼意…寒冷又充滿敵意…彷彿整間屋子都在監視著他的一舉一動。

鋼太　…（原來住在這種地方…）

#4　城堡，露臺｜夜晚

鋼太望見文英嬌柔消瘦的身影站在露臺上。

鋼太　…

文英　（緩緩轉過身，但背對月光看不清楚表情）

鋼太　（走上前）

文英　（不發一語地看著鋼太）

鋼太站在文英身旁，沉默地看著月夜的景色，遠方城市的光點閃爍…夜空高掛的繁星清晰可見…帶有涼意的微風輕拍在臉頰…森林也靜默著…

鋼太　　（複雜的思緒逐漸冷靜）

文英　　…從甚麼時候開始的？甚麼時候想起我是誰的？

鋼太　　…

鋼太回憶起每個片刻。

#INS-5 集 23 幕：頂樓，「那個跟我有相同眼神的女人…還想念她嗎？」

#INS-3 集 65 幕：道路，「你現在不逃跑也不躲避了？真帥氣。」

#INS-3 集 2 幕：病院庭園，「你長大了…已經不能叫成長，應該稱為進化。」

#INS-2 集 70 幕：結尾，「…你為什麼…在這裡…？」、「哪有為什麼，因為想你所以來了。」

鋼太（E）　或許…

#INS-1 集 68 幕：出版社，「你…跟我認識的人帶有相似的眼神。」

鋼太　　從第一次見面開始，我就知道了。

文英　　！！！

#INS-1 幕 68 集：舞台後側，文英將刀子刺向鋼太，鋼太驚訝看著文英漆黑又深邃的瞳孔。

文英	（文英漆黑的瞳孔開始冒火）哇…演技真是太精湛了，奧斯卡獎簡直輕而易舉。
鋼太	…
文英	這樣很好玩嗎？假裝不知道，然後耍我嗎？
鋼太	你不也是嗎？
文英	（生氣）我只是！！
鋼太	…
文英	我…沒有假裝不知道。
鋼太	我知道，你希望我認出你。
文英	！！（既然這樣還！）
鋼太	（冷淡）因為我想逃避，想繼續裝作不知道，讓自己不用面對。
文英	（不解）為什麼…
鋼太	那天晚上不是告訴過你。

#INS-5 集 23 幕：頂樓：「她救了我…但我卻轉身逃跑…像個膽小鬼…所以從那個時候…我就一直逃跑…」

文英	（！）那你現在不想演了嗎？為什麼現在才來坦承。
鋼太	因為想好好了結。
文英	！
鋼太	（真摯）謝謝你，那天從冰川救起了我…

文英　！

鋼太　也對你很抱歉，明明是我先喜歡你的，卻逃跑…從轉身的瞬間就開始後悔。

文英　（不忍心聽下去，轉身）夠了。

鋼太　那天即使我來到這裡也沒有說出口。

文英　閉嘴！

鋼太　因為放不下…所以一直忘不了你。

文英　！！

鋼太　…

文英　…那現在放得下了嗎？

鋼太　我有哥哥一個人就夠了…就已足夠一輩子承擔了…

文英　（心頭一震）

鋼太　（沉默轉身）

文英　（抓緊）你哥哥就可以，我就不行嗎？也要對我負起責任！我也需要你！

鋼太　（鬆開她的手）我不想再成為誰的必需品。

文英　！！

鋼太　（走下階梯）

文英　（愣住…趕緊追上前）

#5　城堡，二樓走廊至一樓階梯｜夜晚

追在鋼太身後的文英，差點摔下階梯。

文英　你不可以拒絕我，你是我救起的人！

鋼太　（用力一瞪）所以剛剛已經跟你道謝了，因為你那天救起我，讓我過著可悲又痛苦的人生？！

文英　…！！

鋼太　（繼續走下階梯）

文英　你敢走我就殺掉你！（緊跟在後）

鋼太　（不理會，自顧自地）

文英　（即使在階梯，依然不顧安危，想追上前攔住）你不能走！你是我的！（此時突然踩空，整個人就要摔下地面）

鋼太　（本能地緊緊接住文英！！）

文英　！！！

鋼太　…！！（一切來得太過突然，心臟急速加劇）

文英　（倒臥在胸懷）

鋼太　（發怒，緊抓著文英肩膀）你瘋了嗎？！真的想死嗎？！！

文英　…？

鋼太　（呼吸急促）

文英　（握緊腰間的手）不要走。

鋼太　！！

文英　（請求）跟我一起住在這裡吧。

鋼太　…！放手…（咬緊牙根，想將文英的手鬆開）

尚泰（E）　鋼太…？

鋼太｜文英　（轉頭）

被兩人爭執的聲響吵醒的尚泰，轉動著迷濛的眼珠。

鋼太　（將文英的手鬆開，跑向哥哥）哥！

文英　（看著）

鋼太　還好嗎…？頭會痛嗎？

尚泰　（搖頭晃腦的打嗝）

鋼太　（像是責怪文英）怎麼可以喝酒呢！走吧，我們回家（將自己的外套披在哥哥身上）可以走嗎？

尚泰　這裡就是我們家…

鋼太　甚麼？

尚泰　（張開眼睛）我要住在這裡…已經答應了…（打嗝）

鋼太　那是甚麼意思…？

尚泰　（拿出契約書）我跟作家的約定…嗝…

鋼太　（看見插畫契約書）給我。

尚泰　（藏起）不要，這是我的。

文英　他跟我簽約了，要做我的插畫家。

鋼太　（一瞪）

文英　工作室在這裡。

尚泰　（背誦）乙方…將常住在甲方的工作室…繪製插畫…（嗝）

鋼太　！！

文英　我說過了吧，不會讓你逃跑的。

鋼太　哥，把它給我…

尚泰　（躲避）不可以，這是我的。

鋼太　（搶奪）那是不好的東西，哥你被騙了，快點給我，

尚泰　（逐漸激動）不要，我要跟作家一起畫畫！我要住在這裡！這就是我們家！

鋼太　！！這裡為什麼是我們家！

尚泰　（停下動作）

鋼太　（將契約書拿走，並撕毀）

尚泰　不可以！！那是我的！！！（激動地撲向鋼太）是我的！！是尚泰的！！（大力咬著拿著合約的鋼太）

鋼太　（忍住疼痛並試圖制止哥哥）哥，哥，拜託你⋯

文英　（在後方看著兄弟倆）

尚泰　那是我的！！是文尚泰的！！（用頭頂撞著鋼太衝至門前）

鋼太　（制止）哥！哥！！（整個人被撞在門上，因巨大的撞擊力，兩人倒臥在地）

尚泰　我是我自己的！文尚泰是文尚泰的！！（兩人一起躺在地上）

#6　城堡，玄關外｜夜晚

鋼太痛苦地倒臥在野外，尚泰坐在他的上方，依然激動地無法控制自己。

尚泰　我是我自己的！！文尚泰是文尚泰的！！我是自己的主人！！！

鋼太　（用手擋著自己，卻抵擋不住哥哥的失控行為）

文英（E）　好了⋯

尚泰　（聽不進去，繼續打著鋼太）

文英　（緊抓著手）我說不要打了。

尚泰　（停下動作，呼吸急促）

鋼太　（驚訝尚泰因文英而受控）

文英	哥，先進去家裡吧。
尚泰	（呼呼…）
文英	（拍拍尚泰的肩膀）快點…
尚泰	（慢慢地從弟弟身上站起，走進室內）

文英對著渾身是傷，狼狽不已的鋼太。

文英	（伸出手）
鋼太	（獨自奮力站起身，吐出口中的血水）
文英	…你哥哥拋下你了…現在輪到你抉擇了…你也要拋下哥哥…還是要一輩子被哥哥綑綁…
鋼太	…
文英	別再像當時一樣，猶豫不決…
鋼太	！！
文英	（轉身）
鋼太	（獨自一人）…

#7 森林｜夜晚

鋼太無力地走著…

文英透過窗台凝視他的背影…

月光下的鋼太，拖著步伐，此時傳來年幼鋼太興奮的聲音：「媽媽！媽媽！」

#8　農家｜過往（18 年前）｜白天

年幼鋼太穿著哥哥的運動鞋，提著紅帶的跆拳道服，興奮地跑進家門。

年幼鋼太　媽媽！我今天在道場拿到紅帶…！（衝擊）

院子內母親正在幫尚泰擦著藥，母親一看到鋼太的身影，隨即勃然大怒！（與四、五集相同畫面）

母親　文鋼太！你做了甚麼好事！為什麼讓哥哥自己先回家！你應該隨時待在哥哥身邊！（教訓著鋼太）哥哥被打的時候你人在哪裡！為了讓你保護哥哥，還花大錢送你去學跆拳道！結果你看現在被打成甚麼樣子回來？！

鋼太　（忍受著挨打，一邊用厭惡的眼神看向哥哥）

尚泰　（只是笑嘻嘻看著鋼太）

鋼太　（握緊拳頭，眼裡含著淚水）我…不是守護哥哥的人…

母親　甚麼？

鋼太　我…不是哥哥的…我屬於我自己！文鋼太是文鋼太的！

母親　你這死小孩！（舉起手）

尚泰　（學著）文鋼太是…文鋼太的…（嘻嘻）

母親　！

鋼太　（看著哥哥開心的笑容，卻哭得唏哩嘩啦）我希望…哥哥死掉就好了…

母親　！！！（受到衝擊而癱坐於地）

鋼太帶著淚水衝出家門，遺留紅色道服在家中。

#9 冰川｜過往｜白天

冷冬覆蓋大地，雲層低矮，彷彿下一秒就會降下大雪般，擦著眼角淚水的鋼太，走在冰凍的河川表面上，後頭傳來呼喊聲：「鋼太！文鋼太！」，是氣呼呼跑過來的尚泰，手上高舉著紅色帶子，但溼滑的冰面，致使快速奔跑過來的尚泰摔跤，整個人爬不起身！鋼太緩緩走近哥哥身邊，哥哥卻天真地舉著紅色帶子，對鋼太傻笑，鋼太看見哥哥的笑臉…心頭湧上難以言喻的痛楚。

鋼太 （慢慢地伸出手）起來吧…

尚泰 （握緊弟弟幼小的手掌）

Cut to. 兩兄弟在結冰的河面上玩起追逐戰，相互丟著恐龍玩偶，比著誰先撿到，跑著的尚泰常因重心不穩而滑倒，鋼太就會趁機拿走玩偶，丟得更遠，尚泰就會興奮地奔向恐龍的所在（慢動作／嘻鬧的兩兄弟笑聲…）兄弟倆因為微小的幸福而玩得快樂…此時在不遠處，有一名少女看著兄弟倆的身影，細長的髮絲在冷冽的空氣中飄逸，漆黑又深邃的瞳孔，看著兩人！

在冰川上的尚泰將玩偶用力丟向薄冰處，鋼太見狀想阻止哥哥，但尚泰撿起後，在薄冰上興奮地跳著，不到一眨眼的時間，薄冰出現裂痕，蔓延的速度快到鋼太還沒來得及衝向哥哥，尚泰站著的地上就裂出一道縫隙，迅速沉沒至河面下，「鋼太…鋼太！」，溺水的尚泰奮力叫喊著弟弟的名字，但鋼太此時的腦海卻浮現自己的聲音，「我希望…哥哥死掉就好了…趕快逃…現在就是機會…快點…快！」，鋼太起身就往後走，步伐愈來愈快！

在遠處觀望的文英坐在農家丟棄的保麗龍磚上，看著兩兄弟露出冷笑，原先逃跑的鋼太卻開始放慢速度，幼小的拳頭緊緊握住，儘管腦海督促他逃跑的聲響再怎麼大，他卻無法再往前踏步，最後他還是轉身跑向哥哥，文英見狀：「嘖…真無趣…」

鋼太躍進水中，將哥哥扶起水面上，但尚泰起身後，由於過度恐慌與寒冷，陷入腦內混亂，已經無法聽見外界的聲音，因此他也聽不到身後弟弟殷切的求救聲。

年幼的文英，撥著凍結的花瓣，細數著：「救…不救…救…不救」最後停在不救，此時的鋼太已經消失在水面上。

文英（E）　你哥哥已經拋棄你了…現在輪到你抉擇了…

過一陣子後，撲通！水面被投入一塊保麗龍磚。

文英（E）　你也要拋下哥哥…還是要一輩子被哥哥綑綁…

他看向飄著浮標的水面，拼命地往上游去。

#10　頂樓｜夜晚

書桌前微弱的燈光下，鋼太坐在地上，彷彿看著手上的某物。

#11　城堡，一樓｜夜晚

尚泰感到相當不安，不斷將門打開又關上…文英坐在不遠處的壁爐前，安靜地看著一切。

文英　…（腦海裡不斷回想剛剛的話）

#INS-6 集 5 幕：「因為你那天救起我，讓我過著可悲又痛苦的人生？！」

尚泰　（將門開開關關）

文英　尚泰哥，別擔心…他不會丟下你的…

尚泰　（望向文英）…

#12　屋頂｜夜晚

鋼太在檯燈下，看著破碎的契約書，文英所寫的契約書相當簡略，腦海裡浮現文英的聲音。

文英（E）　乙方將常住於甲方的工作室，繪製插畫，甲方認同乙方的精湛繪畫實力。

下方有著哥哥所加註的一行文字…尚泰特有的字體…

尚泰（E）　甲將支付乙一台廂型露營車，乙有一個討厭搬家的弟弟。

鋼太　…

鋼太壓抑著喉間湧上的澎湃，緊咬著牙根隱忍，不想發出聲音哭泣，讓眼淚無聲地滑落臉頰。

#13　城堡，一樓｜夜晚

窩在玄關門前的尚泰，依然細細碎唸著甚麼，文英走上前，將毛毯輕輕蓋上，並垂憐地看著尚泰。

#14　咖啡廳｜（隔天）早晨

展示櫃裡羅列著美味的蛋糕與麵包。

相仁　這個、這個，還有這個…（貝果、蜜漬地瓜等等…）這些都幫我包起來。

丞梓　（嘖…）我們買這些東西去，作家會賞臉嗎？

相仁　不管會不會收，她如果糖分不足，就不會寫作，所以必須定期補充糖分，請幫我結帳。（付款）

丞梓　（哼）那怎麼也不照顧我…

Cut to. 兩個人坐下，面前擺放著咖啡與鬆餅。

相仁　總覺得…有不好的預感…

丞梓　就是感覺沒好過才破產。

相仁　（一瞪）

丞梓　（喝著咖啡）

相仁　在文英將其他人帶進去詛咒城堡前，我們必須先下手為強，快點吃（情急之下，大口喝了熱咖啡）啊燙…！

#15　**朱里的家，頂樓｜早晨**

鋼太整夜未睡，頂著紅腫的雙眼與臉上的OK繃坐在涼床，此時順德拿著蒸好的馬鈴薯上樓。

鋼太　（起身）

順德　你今天休假吧？

鋼太　（想迴避臉上的傷口）對…

順德　有人送來這些馬鈴薯…（講到一半發現鋼太的傷勢）你怎麼受傷了！又被誰打！病人嗎？

鋼太　不是的…

順德　你跟誰打架了嗎？

鋼太　…跟我哥…起了點爭執…

順德　爭執，一看就知道是你被打，（朝向房間喊）文尚泰！你敢再把弟弟打得鼻青臉腫，阿姨就要生氣了喔！（對鋼太笑）

鋼太　（尷尬）哥…不在。

順德　離家出走了啊？

鋼太　也不是這樣…（躊躇）

順德　…？？

Cut to. 兩人坐在涼床上。

順德　（真心）真的嗎？太好了！太好了！既然這樣的話，尚泰要成為插畫家了？

鋼太　…這樣真的好嗎…？

順德　當然！有慧眼看中我們尚泰的人，我真的是太感謝了。

鋼太　（懊惱）

順德　（握緊鋼太的手）鋼太…支持哥哥吧…你一直以來照顧他的起居讓他可以活下來…現在換你教他獨立了。

鋼太　（鼻酸）

順德　無論是他喜歡的事…喜歡的人…都不應該阻攔他…因為你也攔不住（溫暖笑著，拍拍鋼太的背）

鋼太　…（看著順德緊握的手）

#16　城堡，一樓｜白天

叩叩叩！在玄關旁披著毛毯熟睡的尚泰被巨響吵醒，將門打開。

#17　城堡，玄關｜白天

提著從咖啡廳外帶的大包小包，相仁與丞梓站在門外。

相仁　…？你是…？

語畢大門隨即被關上。

相仁　？！搞甚麼…？

丞梓　（腦海中浮現在書局的場景）是他！那個人…那個護工的哥哥，在書局發生大事的那天…！

相仁　！！又是那個護工！高文英！開門！快點開門！（用腳踢門）我真的忍無可忍了！我也是有脾氣的！

#18　**城堡，一樓｜白天**

尚泰抓著門把，不讓他們進門，文英因一早的吵鬧而下樓查看，相仁在門外生氣地大喊：「快點開門！我要把門踢爛！看我敢不敢！一！二！三！」，在喊到三的同時，尚泰將門開啟，加速往前衝的相仁，連滾帶爬地撞到沙發，丞梓在身後，優雅地提著咖啡進門，「作家早安！」

文英　怎麼來了。

相仁　（從地上狼狽爬起）馬上叫這個人出去。

尚泰　這是我家耶？

相仁　甚麼？

文英　他要跟我住在這裡。

丞梓　（！）哇賽。

相仁　（腦充血）你們要同居？！

尚泰　乙方將常住在工作室，繪製插畫。

相仁　插畫？

文英　打招呼吧，我的專屬插畫家。

尚泰　（鞠躬）你好，我叫文尚泰，37歲，屬鼠，AB型，有自閉症，但我會自己照顧自己。

相仁　（無法置信眼前情況，向後退）

丞梓　你好，我是負責插畫的藝術總監，劉丞梓…（講到一半）

相仁　（神經質）不可以！我反對這個組合！

文英　我贊成。

尚泰　我也贊成。

丞梓　贊成。

相仁　（失去理智）你都無法好好控制自己了…（在耳邊小聲）現在又帶著另一個不受控的，如果兩個一起出事怎麼辦？

文英　安全插銷。

相仁　甚麼…插銷？

文英　我有安全插銷，所以不用擔心。（示意著大門口）

鋼太揹著行李站在玄關處，看著眾人，尚泰開心地向丞梓介紹那是他弟弟。

相仁　！！！

鋼太　…

文英　（開心地微笑）

#19　城堡、玄關｜白天

相仁　（氣到臉脹紅…）

丞梓　人格缺陷的兒童作家與發展遲緩的插畫家合作…這要不是大好就是大壞耶？

相仁　（生氣地跨著大步走）

文英（E）　等等。

相仁　（用滿盈地笑容轉身）

文英　（伸出手）給我鑰匙。

相仁　（拿出）…車鑰匙？

文英　（拿走）這裡山路崎嶇，我需要休旅車來代步…反正這也是我賺的錢買的，再會。（語畢關上門）

相仁　（宛若死了兩次的神情）

#20　**朱里的家，順德的房間｜白天**

匆忙坐下的順德。

順德　（打著自己的嘴巴）我真是瘋了，天哪，我真的是發了瘋才亂講話。

 # 回想（#INS-6 集 15 幕：頂樓）

順德拿著馬鈴薯上樓。

順德　真的太好了…但是是哪位作家賞識尚泰的呢？

鋼太　高文英作家…上次有來家裡的那位。

順德　！！！

馬鈴薯滾落在地，咚咚咚…

順德　（打著嘴）順德啊…你怎麼這樣講話…為什麼…天哪…我的女兒好可憐…

朱里　（突然開門）媽。

順德　（抓緊心臟，差點扶不住身）唉唷，我的心臟…唉唷…

朱里　怎麼了？你做甚麼虧心事？（笑）

順德　甚麼…我哪有…你去拿點水來，我要吃藥。

朱里　（走向客廳）

順德　（將幾顆心臟藥吞咽進口）啊…嚇死了…

#21　**城堡，一樓大廳至餐廳｜白天**

相仁買來的零食餅乾堆放在廚房一角，尚泰喝著飲料，將切成三角形的蛋糕拼湊成圓形，並在上面放上蜜漬地瓜，沉浸在自己的世界。

 # 在餐廳對望而坐的文英與鋼太，瀰漫著凝重的氣氛。

文英　這次也選擇哥哥了？

鋼太　我有條件。

文英　那些條件裡有我嗎？

鋼太　（深呼吸）…我們只有平日住在這，假日會回去。

文英　真的沒有嗎？

鋼太　如果哥哥不想繼續進行，我們隨時都會離開。

文英　綠豆大小也沒有？

鋼太　還有，必須無條件地尊重我哥哥。

文英　（認輸）好，我答應你。

鋼太　我要怎麼相信你？

文英　要寫血書給你嗎？

鋼太　　不是說過承諾跟擤過的衛生紙一樣嗎？

文英　　我會遵守約定的，因為是跟你的約定。

鋼太　　…！

文英　　但是你為什麼對哥哥那麼忠心…是因為那天在冰川的事嗎？還是…罪惡感之類的？

鋼太　　…！！！（# 獨自將哥哥留在冰川的年幼鋼太）

文英　　（看著表情，知道自己說對了）

尚泰　　（在大廳另一側玩著食物）

鋼太　　（無力）…哥…完全記不得那天的事…

文英　　（覺得好玩，湊上前）啊…是因為衝擊所以記憶喪失那種嗎？

鋼太　　…那天的事…絕對不可以跟我哥…

文英　　知道了，知道了，我們的秘密，噓…

鋼太　　（皺眉）

尚泰　　（轉頭看著文英與鋼太）

#22　朱里的家，階梯｜下午

一陣急促的腳步聲飛奔上樓，載洙（還穿著制服）一邊喊著不行…

#23　頂樓｜下午

載洙衝進房內，房間內整齊地整理過，重要的起居用品都已收拾乾淨，載洙一臉像是天要崩塌地絕望。

#24　頂樓｜下午

在夕陽西下的時分，載洙拿著電話大吼大叫，引來街坊鄰居的視線。

載洙　（通話）你找死嗎？又想挨刀嗎？到底是不是瘋了？我不是有警告過了嗎！不要再跟那個女人扯上關係！但你現在直接收拾包袱住進同一個屋簷下，你還清醒嗎？在你更瘋以前趕快回來！！

#25　**朱里的家｜下午**

洗完澡擦著乳液的朱里，聽見樓上載洙大吵大鬧的聲音…？？

#26　**朱里的家，客廳｜下午**

聽見吵鬧聲的順德從房間衝出來，「這該死的傢伙，真的是…」，此時朱里剛好從浴室走出。

順德　（嚇到！！）

朱里　載洙哥為什麼那樣子，醉了嗎？

順德　（呃…）其實…那個…朱里你聽我說…

朱里　？？

#27　**朱里的房間｜夜晚**

窩在棉被裡，發瘋似地大吼大叫。

朱里　（在棉被裡拳打腳踢）啊啊啊啊！

#28　城堡，外觀｜夜晚

朱里（E）　高文英！！！這該死的臭Ｙ頭！！

樹木上的鳥受驚嚇地張大雙眼。

#29　城堡，一樓｜夜晚

帶著微笑的文英，與兄弟倆走進工作室。

文英　這裡就是我們的工作室。（開門）

#30　城堡，工作室｜傍晚

眼簾映入挑高寬敞的工作室，與天花板同高的書櫃、各式各樣的藏書、大大小小的畫作…巨大的雕花窗戶…中間有著氣勢磅礴的書桌…還有許多精緻的裝飾品…尚泰新奇地到處探索，把書櫃上的書抽起來又放回去，移動著書櫃階梯。

鋼太　（欣慰地看著哥哥）

文英　（看著那樣的鋼太）…你喜歡甚麼？

鋼太　沒有喜歡的東西。

文英　你哥說要買露營車給你，你喜歡旅行嗎？

鋼太　（望向哥哥）沒有旅行過。

文英　一次都沒有嗎？

鋼太　想去一次看看。

文英　想去哪裡？

鋼太　都可以，去一次漫無目的的旅行。

尚泰　（手和眼忙碌著，但還是插話）沒有去旅行過，只有搬很多次家，搬了 34 次，這次是 35 次。

鋼太　哥…（示意）

文英　為什麼一直搬家？

尚泰　因為牠會來追我。

文英　誰？

鋼太　哥！

尚泰　牠會一直追我…

鋼太　（制止哥哥）我們出去吧，（問文英）我們的房間在哪裡？

文英　（起了疑心）…

#31　城堡，兄弟倆的房間（曾為文英的房間）｜夜晚

房間放置了床鋪和古典精緻的衣櫃，尚泰看見衣櫃馬上躲進去玩，宛若發現基地！

 # 衣櫃內，到處敲敲打打，相當開心。

文英　這是我小時候的房間，（四處看）看來還要擺一張床…

鋼太　（放下行李，坐上彈簧床）

文英　你第一次躺床嗎？

鋼太　（！）怎麼可能！

文英　（還狡辯）

鋼太　（轉移話題）那個…這棉被…多久沒洗了？

文英　二十年左右？

鋼太　！！

文英　這才是真正的古董。

尚泰　（從衣櫃出來跳上床）

鋼太　哥，不要這樣！

尚泰　（大力地跳上床，揚起灰塵）

鋼太　（咳咳咳）

文英　噗，真會玩。

#32　沒關係病院，男子病房｜夜晚

高大煥閉上眼睛躺在病床上，有人將雙手在他眼前揮過…然後再確認一旁打著鼾的朱正泰，然後躡手躡腳地走向門口。

高大煥（E）　要去哪裡？

聽到聲響，整個人僵直回頭過來的…簡畢翁！

簡畢翁　（僵硬）

高大煥　（不知何時起身，坐在床上，看著畢翁）要去哪裡嗎？

簡畢翁　（冒冷汗！！）

#33　沒關係病院，走廊｜夜晚

安靜走過走廊的一雙病患用拖鞋，最後停留在開著微小燈光的備品室，他留心著周遭，將門拉開，裡面的人已經等他許久。

#34　沒關係病院，備品室｜夜晚

備品室堆滿毛巾、棉被、枕頭等備品，在貨架後，點著微弱的燈光，擺放整齊的下酒菜與兩罐瓶裝燒酒，吳院長坐在一旁等著畢翁。

吳院長　沒有人看到你吧？

簡畢翁　（擦著冷汗）有。

吳院長　誰？

簡畢翁　高教授！

吳院長　高大煥患者？

簡畢翁　對！他就這樣好好的坐起身…「要去哪裡？」我嚇都嚇死了…害我都尿失禁了。（從架上拿起一條褲子換下）

吳院長　（陷入短暫的思緒中，馬上恢復表情搔搔頭）這樣子嗎…？

簡畢翁　（大口喝下）好久沒喝了，真是香甜。

吳院長　很甜吧？因為是汽水啊…（哈哈）

簡畢翁　！！

吳院長　這叫做安慰劑效果，想著喝進去的是燒酒，大腦就會判定那是燒酒的味道。

簡畢翁　那你應該等我喝完再說啊，可惡。

吳院長　這麼想喝酒，就明天辦理出院，去大喝一場啊，幹嘛待在這裡呢？

簡畢翁　不行，還不是時候。（再吸一口）

吳院長　真是找藉口…（拿起筆記）說說患者間最近有甚麼事吧…？

簡畢翁　可是你每次都找我問大家的底細，怎麼不諮詢的時候直接問呢，你不是醫生嗎？（吃著下酒菜）

吳院長　俗話說，只有經歷過的人才知道痛。

簡畢翁　沒錯，比起書本更重要的是實戰。

吳院長　（喝一口）諮商總會有受限，患者也會欺騙醫生。

簡畢翁　說的也是，就像我們房間的朱正泰，那個酒精成癮的，他上次外出後…（E. 把燒酒藏在衛生手套內…放在內褲裡進來醫院）

簡畢翁打開話匣子地講著患者的大小事，而在門外有個影子也靜靜聽著…

#35　**城堡外觀｜夜晚**

洗手間傳來水聲。

#36　**城堡，二樓走廊至一樓｜夜晚**

半夢半醒的尚泰走出洗手間，正要返回房間，卻與牆上的動物標本對眼，在尚泰的眼裡，動物標本們的雙眼閃起微弱的光點，他也因此著迷地看著一個個標本，不知不覺來到通往地下室階梯的入口。

尚泰　…？！

#37　**城堡，地下室階梯｜夜晚**

尚泰緩緩地走向地下室，好奇心驅使他一步步往下走，就在他看到地下室門鎖的瞬間！文英一臉嚴肅地拍住他的肩膀！

尚泰　…那邊…那個下面…

文英　（冰冷的看著他，爾後轉為笑臉）尚泰哥…你有聽過藍鬍子的故事嗎。

尚泰　…？

#38　**蒙太奇｜夜晚**

 # 男子病房（現在）

獨自坐在漆黑病床裡的高大煥，看著窗外的月光，眼睛裡閃爍著不曾見過的光芒，他用手指規律地敲著彷彿是某種節奏或是數著甚麼。

文英（E）　很久很久以前…有一個長著藍色鬍子的男人，獨自住在城堡裡，他擁有數不清的財寶…但因為他長著藍色的鬍子，所以沒人敢接近他。

 # 城堡（過往）

（彷彿癡呆症的大煥回想起過往的片段）遮住妻子的雙眼，引領她走進城堡，給她驚喜的年輕大煥，大煥開心地替妻子介紹每個房間，感動的妻子與大煥相擁，就像童話故事般浪漫。

文英（E） 但是有一天…一個貧窮的女人說願意成為藍鬍子的妻子，所以前來城堡找他，藍鬍子相當開心…把每間房間所放置的金銀珠寶都送給妻子，作為禮物。

 # 地下階梯至地下室（過往）

小女孩赤著腳走進地下室…她將鐵門打開…是年幼的文英。

文英（E） 但藍鬍子說，只有一個條件！就是絕對不能進去地下室…但按捺不住好奇心的妻子…最後還是趁丈夫不注意時開啟了那神秘的大門。

地下室的地板有著一大灘血跡…文英蒼白的腳掌踩在血跡上，而血跡的源頭…是倒臥在地的母親屍體（？）

文英（E） 你知道房間有甚麼嗎？吊掛著一個個女人的屍體…都是不聽藍鬍子勸告而進入地下室的歷任妻子…

#39 城堡，兄弟的房間｜夜晚

兩兄弟將棉被鋪在地上說著故事。

鋼太 …結局了嗎？

尚泰　　對。

鋼太　　哥…以後不要進去地下室，這裡是別人的家。

尚泰　　可是，為什麼村莊的人們要討厭藍鬍子呢？

鋼太　　因為他與眾不同吧…他不是長著藍色鬍子嗎…

尚泰　　跟別人不一樣很可怕嗎？

鋼太　　…！

尚泰　　…？

鋼太　　（悲傷的微笑）或許吧…

尚泰　　因為跟別人不一樣，就要獨自住在城堡嗎？

鋼太　　（想像著文英獨自坐在餐桌前的背影…）無論有沒有藍色的鬍子都沒關係…一定會有位理解他、接納他的妻子出現…

#40　　城堡，二樓走廊｜夜晚

文英站在兄弟房門外，聽著兩人的對話。

文英　　…

#41　　城堡，文英的房間｜夜晚

躺在床鋪上的文英，臉上帶著未曾見過的泰然，輕輕閉上雙眼，嘴角微微上揚，鋼太的嗓音還環繞在耳邊，「無論有沒有藍色的鬍子都沒關係…一定會有位理解他、接納他的妻子出現…」，文英安穩地進入夢鄉…

 # 寧靜的夜空…

#42　行駛中的朱里車｜（隔天）早晨

朱里帶著不悅地表情開著車，一旁的順德拿著便當，表露不安。

順德　又不是真的搬出去…有說周末還會回來啊，兩邊跑…

朱里　（對著隨意變換車道的車，大力按著喇叭！因為個性不易輕言罵髒話，只好一直默唸）搞甚麼，車子怎麼開的…

順德　（看臉色）她也不是為了近水樓台所以強行將鋼太拖去，只是因為工作上的便利。

朱里　（叭—！！）為什麼不打方向燈…

順德　（爆發）喂！！你乾脆罵我就好，不要一直按喇叭！嘴巴長來只會吃飯嗎？

朱里（E）　（看發火的母親後，內心話）如果你不是我媽，真想把你的嘴巴縫起來…

順德　要罵就痛快地罵！

朱里　（失去理智）叭！叭叭！叭叭！！！

順德　（…？）你瘋了嗎…？

#43　沒關係病院，外觀｜早晨

#44　沒關係病院，男子病房｜早晨

吳院長正在對大煥進行定向感測試，一旁為敏錫與幸子。

吳院長　你的名字叫甚麼？

高大煥　…（敲敲手指）

吳院長　你知道這裡是哪裡嗎？

高大煥　…（用迷茫的眼神看著吳院長）

吳院長　（在紙上寫著）真奇怪…（困惑地看著畢翁）

簡畢翁　（搖搖頭聳肩，用肢體動作傳達自己也不清楚）

吳院長　（對著權敏錫）他的情況有可能出現變化，保持觀察再跟我報告。

權敏錫　好的，我知道。

吳院長與敏錫正要走出病房，剛好碰見朱正泰…

高大煥　…高…大…煥…

朴幸子　？！（靠上前）

沒聽見大煥聲音的吳院長，正與朱正泰談話，（問起他上禮拜是否帶酒回醫院，正泰瞪了眼畢翁）幸子低下身，想聽清楚大煥的話語。

朴幸子　剛剛…說了甚麼？

高大煥　（彷彿在回憶腦中片段，迷茫地）很…漂亮…就跟…天使一樣…

朴幸子　（親切）誰像天使呢？

高大煥　（慢慢看向幸子）文英…的母親…

朴幸子　（看著大煥）

吳院長　（在另一側留心著幸子與大煥）

#45　沒關係病院，走廊｜早晨

吳院長與幸子在走廊上走著。

吳院長　讓他跟高作家面對面談話，是不是還太早？

朴幸子　上次讓他們去散步，不是鬧得雞飛狗跳嗎。

吳院長　但他真的想對自己女兒這樣嗎？

朴幸子　您是指甚麼？

吳院長　妄想[32]，他說不定在女兒身上看到其他人的影子。

朴幸子　誰的影子？

吳院長　要再觀察。

朴幸子　院長的臥底沒有告訴你嗎？

吳院長　！！

朴幸子　（靠近）以後我要連備品室都上鎖了喔。

吳院長　（…！）哈哈…真是沒有你不知道的事…（笑著往前走）

#46　城堡，文英的房間｜早晨

微風溫柔吹起，文英張開雙眼起身，看來似乎很久沒有睡得如此香甜…

文英　（放空）睡得…真飽…（聞著味道走出房間）

#47　城堡，二樓至一樓大廳｜白天

文英跟著陌生的香味走向階梯，但一樓的光景卻讓她看得

32　Delusion 妄想。

出神…地板、傢俱都打掃得乾乾淨淨，窗簾也拉開，讓陽光照亮室內…一旁曬著剛洗好的被褥…尚泰開心地拿著拖把從大廳一頭拖向另一頭…廚房裡有著鋼太準備早飯的忙碌身影…用湯匙淺嚐滾燙冒泡的大醬湯，陌生的場景使文英不自覺慢下腳步。

尚泰　作家早安。（鞠躬問候）

文英　啊…早安…（茫然地也鞠躬）

尚泰　（開始細數文英未起床時，兩兄弟做的事情）

鋼太　（將煮好的湯放置在餐桌）來吃飯，哥先去洗手。

尚泰　（走進廚房洗手）

文英　（呆滯地看著桌上的熱湯、煎蛋、火腿、泡菜）

鋼太　（擺放碗筷）你早餐…都吃甚麼？我們都吃簡單的飯菜。

文英　…

鋼太　麵包…？

文英　（呆望）…飯。

鋼太　（盛飯）

文英　很多。

鋼太　（笑著將堆成山的白飯給文英）

Cut to. 三人不發一語地吃著早飯，只有餐具在碗盤間所敲出的聲響…他們的第一頓早餐瀰漫著尷尬卻又自然的氣氛，窗外照進溫暖的陽光。

#48　沒關係病院，走廊一角｜白天

護理站一旁的公共電話，恩慈披著披肩正在通話，手腕的傷口似乎比先前更加明顯…（因為經常搔抓）

姜恩慈　不要嘴上說著要來，今天來吧，（四處張望）真～的長得很帥，比你之前相親時，那個長得像章魚的道谷洞整形醫生要帥千百倍～你跟我一樣都很重視外表，不是嗎，（突然一震）真的今天要來嗎？！

#49　沒關係病院，護理站｜白天

幾位女患者聚集在護理站前，對著星你一言我一句地抱怨，一旁有著朱里和吳車勇。

星　（為難的表情，偷瞄著不遠處通話的恩慈）所以…各位的意思是，姜恩慈病患偷吃你們的零食，但沒有歸還嗎？

劉宣海　沒錯，我們都要不夠吃了，還這樣，她不是很有錢嗎…

李雅凜　（翻著筆記本）我都記在上面了，〇月〇日兩根香蕉…（翻頁）〇月〇日三顆雞蛋跟兩根巧克力棒…

朴玉蘭　還跟我借錢，說女兒來就會還…

彼此講著還借了甚麼或被吃掉甚麼，吵吵鬧鬧。

朱里　好好好，我們明白了，我們會調查清楚…請各位先回病房。

慢慢走回病房的患者們。

吳車勇　（看著姜恩慈）只看她的人的話…算是瘋得很漂亮…嘖嘖。

朱里｜星　（轉身冷眼看著車勇）

星　我從以前就很好奇了，你父親是甚麼職業？感覺很有錢，所以你才敢那麼放肆，對吧？

吳車勇　（哼的一聲走掉）

星　我太超過了嗎…（看著朱里）

朱里　有一點…？

#50　沒關係病院，室外停車場｜白天

文英的車（原本是相仁的那輛）駛進停車場，鋼太、尚泰、文英一同下車。

鋼太　（左顧右盼）我們以後還是分開來醫院吧，避免產生不必要的誤會。

文英　你幾點下班，我等你，一起走啊。

尚泰　作家的車子是加汽油還是柴油？味道像是汽油。

三個人各自講著話，走進醫院。

#51　沒關係病院，大廳｜白天

尚泰戴著耳機，將醫院的風景繪製在牆上（已經完成一半）吳院長走上前，看著壁畫。

吳院長　嗯…真是奇怪了…

尚泰　（脫下耳機？）

吳院長　嗯…為什麼沒有呢…？

尚泰　（不知道沒有甚麼，也抬頭望向壁畫）

吳院長　蝴蝶。

尚泰　（僵硬）

吳院長　有了鮮花就應該有蝴蝶在上面飛舞才對…有著許多美麗的花，怎麼找不到一隻蝴蝶呢…？（偷看著尚泰的表情）

尚泰　…

吳院長　反正還沒有完成，畫家之後會畫的吧。

尚泰　我拒絕。

吳院長　為什麼？蝴蝶很難畫嗎？

尚泰　（不講話，用力地混合著顏料）

吳院長　（拿起一隻畫筆）還是我要畫一隻蝴蝶來看看？

尚泰　（將院長的筆刷丟在地上）

吳院長　！

尚泰　不可以畫蝴蝶，不可以在這裡畫蝴蝶，蝴蝶不可以出現在這裡…不行…

吳院長　（觀察著尚泰的反應）

#52　沒關係病院，治療室外側走廊｜白天

文英帶著待會上課要用的童話書走著…突然感覺到背後有人影，轉過身看卻空無一人。

文英　…

走幾步路後，她坐在椅子上翻著童話書，雖然眼睛看著書但卻注意著周遭動靜，此時她瞬間抬起頭望向跟著自己的身影，只見影子迅速躲進轉角。

#53　沒關係病院，護理站｜白天

鋼太清點著緊急救護的用品數量，星卻慌張地跑進。

星　護工，剛剛高文英作家不是有刷過出入證了嗎？

鋼太　對呀，怎麼了？

星　（自言自語）那怎麼不來上課，去哪裡了呢？患者們都在等她，電話也打不通。

鋼太　…！我去找她。

#54　沒關係病院，另一條走廊｜白天

文英走進無人的通道，快速轉向轉角！卻空無一人，正當懷疑自己是否看錯時…正要走回治療室的瞬間，披著披肩，面帶笑容的姜恩慈就出現在眼前！！

文英　！！

姜恩慈　幹嘛這麼驚訝…

文英　（你是誰）…

姜恩慈　已經忘了我嗎？

文英　…？？

姜恩慈　（笑）…是媽媽啊。

文英　！！！

#55 沒關係病院，庭院｜白天

鋼太焦急地撥著電話，尋找文英。

鋼太 （持續未接）到底跑去哪裡了…

鋼太突然望見三樓的走廊盡頭有著文英的身影…！

#56 沒關係病院，走廊｜白天

兩人相視而站。

文英 （臉色發白）

姜恩慈 （湊上前）

文英 （僵硬）

姜恩慈 我在這裡等你好久了…

文英 …！

姜恩慈 （摸著文英的臉頰）好久不見你…但在媽媽的眼中女兒都是最漂亮的…

文英 （一動也不動）

姜恩慈 怎麼不說話呢，我只是做了點整形手術，就認不出媽媽了？

文英 （就像第一次說出）媽…媽…？

鋼太來到三樓，在轉角處聽到「媽媽」二字！

文英 真的…是媽媽嗎？

姜恩慈　（笑著）

文英　（恐懼又思念）你…回來了嗎…？

鋼太　（…！）

姜恩慈　你這孩子怎麼這樣…？

文英　…？

姜恩慈　去巡演一個月後，回來就變了一個人。

文英　…？巡演…？

鋼太　（…？）

姜恩慈　我在電話中不是有跟你說過？媽媽替你找到一個很帥的男生，聽媽媽的話就對了，兩個人先見面聊聊吧，你一定會很喜歡，長得又高又帥，尤其是他的雙眼…可是炯炯有神。

文英　（怒火已經壓抑在喉嚨）

鋼太　（在門外眼看狀況不對，走上前）不好意思…（打算將姜恩慈帶離）…

文英　（衝動）你這個…瘋子…

鋼太　（將恩慈帶走）姜恩慈小姐，我們先回病房，快要到吃藥的時間了…

文英　！

姜恩慈　就是他！就是我說的那個年輕人！怎麼樣，很帥吧？

文英　（氣到說不出話）

鋼太　我們先回病房吧。（拉著恩慈）

姜恩慈　（邊走邊說）她雖然脾氣不太好，但心思細膩，從德國音樂學院畢業後，在當地的交響樂團擔任長笛手，為了照顧我，常常韓國、德國兩邊跑。

鋼太　（將恩慈扶回病房，一邊回頭看著文英）這樣子啊…

看著兩人出去的身影，想到自己被精神病患者耍得團團轉就愈想愈生氣。

文英　…（依然氣憤）

朴幸子（E）　精神病憂鬱症[33]。

#57　**沒關係病院，治療室｜白天**

幸子與鋼太整理著藥物。

朴幸子　重度憂鬱症導致出現幻覺、妄想的病人。

鋼太　…

 # 病房前走廊

恩慈站在正在分發餐盤的順德旁…

姜恩慈　阿姨，不是說過我的沙拉要加菊苣跟芝麻菜了嗎？為什麼不聽呢，要我解雇你嗎？

順德　好～下次一定加～

順德應付著恩慈的話，鋼太在一旁看著。

朴幸子　她以低收入戶的身分進來…但卻認為自己是某個財團會長

33　精神病性憂鬱症（Psychotic depression）。

的二老婆。

鋼太　她好像有位女兒…

朴幸子　曾經有。

鋼太　（曾經？）

朴幸子　她獨自扶養的獨生女…但幾個月前出車禍過世了。

鋼太　！！

#58　**沒關係病院，庭院｜白天**

姜恩慈在患者們間，開心地講著自己女兒的事蹟，「你有看到我女兒嗎？她在德國學長笛…因為擔心我還取消演出，回來照顧我…真是的，我女兒就是孝順的好孩子，哈哈哈…」

朴幸子（E）　姜恩慈堅信自己女兒還活著…畢竟這是難以接受的事實…

鋼太看著恩慈，（能夠體會一夕間痛失家人的傷悲…因此用同情的眼神看著她）

#59　**沒關係病院，治療室｜白天**

李雅凜用清脆的聲音朗讀著童話故事…在台上的文英卻看著虛空發愣，耳邊鑽進的不是雅凜的聲音，而是恩慈對她說，「是媽媽啊…是媽媽啊…是媽媽啊…」

文英　…閉嘴…

幾位前排的病患，聽到文英的喃喃自語而感到困惑，但文英腦海中的聲響卻愈來愈大。

文英　叫你閉嘴！！

突如其來的大吼，使得雅凜手中的童話書掉落在地，在場的患者也受到不小衝擊。

文英　（直盯前方）…

#60　**沒關係病院，走廊｜白天**

鋼太整理著告示板上的資料，患者們下課紛紛走出治療室，其中劉宣海和朱正泰攙扶著雅凜。

雅凜　（嗚嗚…）高文英老師一定很討厭我…太過份了…我做錯甚麼了…

鋼太　發生甚麼事了嗎？

朱正泰　高文英老師本來讓雅凜朗讀故事，結果突然大吼，「閉嘴！」

劉宣海　（皺著眉頭）在我看來，十之八九是聽到鬼在對她說話，所以才會活在自己的世界裡，自言自語。

鋼太　（…！擔心）高文英老師在哪裡？

此時鋼太的手機響起，是相仁的來電。

#61　　沒關係病院，正門｜白天

相仁帶著悲壯的表情掛斷電話，手上提著沉重的資料，和丞梓兩人望向醫院。

相仁　　我今天一定要做個了斷。

丞梓　　如果被作家知道的話，代表會被先了斷，沒關係嗎？

相仁　　反正不是他死就是我活，走吧！（闊步）

丞梓　　（跟在後面）

#62　　沒關係病院，休憩空間｜白天

桌上擺放一整疊厚重資料，鋼太與相仁相對而坐，丞梓坐在一側喝著三合一咖啡。

相仁　　（將資料推向鋼太）我們文英在構思時，所需要參考的國內外童書我都整理好在這裡，這是我在網咖裡…

鋼太　　（插話）給她就好了嗎？

相仁　　不！我會給她的。（推向自己）

鋼太　　（搞甚麼…）那為什麼來找我？

相仁　　我就開門見山地說了。

鋼太　　…

相仁　　（認真）請搬離那座城堡，哥哥跟護工你…不能在那裏。

鋼太　　為什麼？

相仁　　…因為文英旁邊的位置是屬於我的。

鋼太　　…！

丞梓　　（甚麼…）

鋼太　（心情莫名開始變差）

相仁　（認真）你絕對無法應付她，那不是一般人能夠做到的，我已經待在文英身旁十年的歲月，這段期間我投注了畢生的心血與靈魂，甚至我的小命，這絕不是普通人能比擬的。

鋼太　為什麼呢，為了甚麼？

相仁　…！當然是發自內心的疼惜她…

鋼太　錢。

相仁　（…！自尊受創）

鋼太　她的書讓你賺了不少錢吧。

相仁　（皺眉）

丞梓　（夾在兩人間，不知所措）…

鋼太　你明明有得到應有的補償，為什麼單方面表現得像自我犧牲的裝模作樣。

相仁　裝模作樣！如果我只把她視為搖錢樹，在公司倒閉前我就棄她於不顧了！我跟文英的關係才不是建立在資本主義那種膚淺的關係上！

鋼太　那是甚麼關係？

相仁　我是她的公司代表、老師、哥哥，也是男人…！（語尾含糊）

鋼太　！（眼神銳利）

丞梓　（噗，男人？）

相仁　反正！她旁邊的位置是我的！請你離開！

鋼太　（冰冷）我拒絕。

相仁　甚甚麼？！

丞梓　！！

鋼太　（直視）我不會讓出位置。

相仁　（這…這個人！）

#63　沒關係病院，護理站附近走廊｜白天

文英氣呼呼地走著，恩慈卻跟在背後。

文英　（忽視恩慈，繼續走著）

姜恩慈　剛剛那個護工不錯吧？他一定很受歡迎的，你要趕快抓緊機會。

文英　…

姜恩慈　我只有你一個女兒，當然希望你趕緊找個好人家嫁了，這不就是當媽媽最大的心願嗎。

星看到恩慈跟著文英的模樣，趕緊上前。

姜恩慈　媽媽也無法一直待在你身邊…不要等媽媽死了之後再後悔…（E. 好好聽媽的話啊）

文英　…（想起母親倒臥在地下室的畫面，再也忍無可忍地轉向恩慈）

星　姜恩慈女士！（抓住恩慈）護理長說想要見你。

姜恩慈　我嗎？現在？（看著遠去的文英）回來啊！等等我！

文英　（帶著僵硬的表情繼續走）…

#64　沒關係病院，通往餐廳的走廊｜白天

鋼太持續聯絡著文英，但依然無回音。

#INS） 治療室

文英的手機遺落在講台旁的桌上，畫面顯示未接來電3通，鋼太帶著擔憂的神情走進餐廳。

#65 沒關係病院，餐廳｜白天

朱里與尚泰坐在餐桌的一角，順德將五層高的便當盒一一放在桌面，並呼喊著鋼太。

順德 鋼太，趕快來吃飯。

朱里 （背對鋼太的朱里，對順德使眼色）

順德 （不理會）肚子餓了吧？（擺放餐具）不知道你們在那邊有沒有飯吃…害得我整夜都睡不著覺，所以早上起來把冰箱有的食材炒一炒了，趕緊吃吧。

鋼太 我開動了。

尚泰 我開動了！（大口吃）

順德 （再多盛半碗飯給鋼太）你們不在，整個家空蕩蕩的…

鋼太 （僵硬）

朱里 （你幹嘛…）

順德 （示意朱里說兩句）

鋼太 （意識到氣氛，率先）那個…朱里。

朱里 （硬笑）我聽說了，因為尚泰哥的工作所以搬過去（不讓鋼太有機會再說話）尚泰哥恭喜你，童話書出版的時候，一定要給我一本喔～

尚泰 （咀嚼）好，可是要用錢買，不可以免費送。

朱里 （呆）

鋼太　（！）哥。

順德　（哈哈）當然，尚泰的書出版之後，我一定要買一百本！

#66　沒關係病院，餐廳前走廊｜白天

文英一臉不悅走進餐廳，卻聽到裡頭傳來的嘻笑聲，透過窗戶看到鋼太與朱里一家坐在餐桌愉快地吃著飯，順德講著話，讓大家都開心笑著。

文英　…

就像一家人吃著飯一樣的光景，文英的表情從原先的氣憤轉為悲傷。

姜恩慈（E）　天哪…你看看…

文英　！（回頭）

姜恩慈　（在文英身後）我就知道那個護理師會這樣，還動用自己的媽媽…

文英　（真的要瘋了，轉身就走）

姜恩慈　（跟上）你看該怎麼辦！趕快讓他們分開啊！

文英　（就要失控）

姜恩慈　媽不是說過嗎，一恍神就會被搶走的，不要再固執了，聽媽媽的話！媽都幫你準備好了，但卻被那個女人搶走，不管了，讓媽媽來幫你，難道只有那個女人有媽媽嗎？你也有！（掀起袖子，正要走向餐廳）

文英　拜託！！！

姜恩慈　（停止動作）

文英　不要再開口閉口媽媽了。

姜恩慈　（難過）那你要媽媽怎樣呢…

文英　（走上前）媽媽…

姜恩慈　…

文英　已經死了。

姜恩慈　甚麼…？

文英　我媽媽…已經死了…

姜恩慈　（後退幾步，披肩掉落在地）你說…甚麼…

文英　（踩過披肩，湊上前）頭破血流…

姜恩慈　！！（#回想起女兒頭破血流，倒臥在馬路上）才…才不是…

文英　四肢扭曲…死相悽慘…

姜恩慈　！！（以淒慘的死狀，倒臥在血泊中的女兒…）沒有…她沒有死…

文英　那攤血跡…現在還留在地上…

姜恩慈　（感到暈眩，四周景物開始晃動）不…沒有…不是的…

文英　所以，阿姨，清醒吧。

姜恩慈　（瞬間失去意識，昏到在地）

#67　沒關係病院，外觀｜白天

「姜恩慈女士！姜恩慈女士！趕緊呼叫權醫生！」幸子急促的叫喊。

#68　城堡，文英的房間｜夜晚

未開燈的房間，一片漆黑，文英將棉被蓋上頭。

#69　城堡，二樓｜夜晚

鋼太（手上拿著文英的手機）敲著房門。

鋼太　不吃飯嗎…？（沒有回音）你把手機放在治療室就走了…睡了嗎？

看著房內沒有回音，正打算要走時…又擔心地看向房間。

#70　城堡，文英的房間｜夜晚

鋼太的腳步聲遠去，棉被依然沒有動靜。

#71　城堡，一樓廚房｜夜晚

鋼太收拾著原先預備好給文英的碗盤，雙手逐漸沉重，想起（#INS-6 集 56 幕：「媽媽…？你回來了嗎…？」）當時文英臉上是不曾見過的眼神…

鋼太　…（還好嗎…看向二樓）

#72　城堡，兄弟的房間｜夜晚

尚泰熟睡中，鋼太翻來覆去睡不著。

#73　城堡，地下室｜夜晚

通往地下室長長的階梯盡頭，原本鎖上的大鎖竟然已經解開掉落在地！地下室內流洩出昏暗的燈光，裡頭…地上有著暗紅色的血跡，文英穿著睡衣面無表情地看著血漬，她緩緩看著四周，用手輕撫著衣櫃內母親曾穿過的洋裝，帶著思念又帶著難以言喻的情懷，拿起母親的披肩，披在身上，接著打開鞋櫃，挑起紅色的高跟鞋穿上，似乎有些不合腳…脫掉後，她從書櫃中拿起一本《西方魔女謀殺案》第9冊，翻了幾頁後，將書丟在一旁。

地上擺放著許多黑布蓋住的相框…家族照、母親的畫像（不露出五官）在珠寶盒裡…有著許多母親最喜愛的高級首飾，她拿起一枚戒指戴上，文英坐在梳妝台前，將抽屜打開，裡頭有著各式各樣的首飾（刻意不照出蝴蝶樣式的胸針…）她拿起一隻典雅的梳子，梳著長髮，此時，擦著紅色指甲油的手，握住梳子，而鏡中…坐著年幼文英。

女人　今天心情不好嗎？

年幼文英　媽媽…

女人　（沒有回答）

年幼文英　藍鬍子…為什麼要殺掉妻子們？

女人　（停下梳子，血紅的嘴唇露出微笑）因為妻子們…不聽話。

年幼文英　…

女人　你要聽媽媽的話才可以，這樣才是乖女兒。

年幼文英　…

女人　回答我。

年幼文英　我會乖乖聽話。

女人　（笑著繼續梳著頭髮）很好…好乖…但是…（突然抓住頭髮）為什麼帶他回來！

年幼文英　！！！！

#74　城堡，文英的房｜夜晚

！！！！哭著睜開雙眼的文英，又做了惡夢，身體無法動彈，天花板上的女人正盯著她，滴滴答，臉頰滴著水滴。

文英　（佈滿血絲的雙眼…因無法動彈，痛苦的低吟著）呃…

#75　城堡，二樓走廊｜夜晚

黑暗的走廊，傳來野獸般的低鳴…呃…

#76　城堡，兄弟的房間｜夜晚

鋼太睜開雙眼，察覺到屋裡的不對勁。

#77　城堡，文英的房間｜夜晚

水滴更加密集的打在文英臉上，滴答滴答，女人的影子緩緩靠向文英。

女人（E）　媽媽警告過你了…

文英　呃…

女人（E）　我會將來救贖你的王子殺掉…

文英　（眼淚劃過臉頰）呃呃…（眼見黑影就要吞噬文英）

鋼太（E）　高文英！！！

鋼太衝上前，一把抱起動彈不得的文英！

文英　！！！呃啊啊啊！！（開始發作）

鋼太　（將文英擁入懷中，輕拍背）好了…好了…沒關係的…只是夢而已…沒事了…

文英　（高聲尖叫）快逃…快…快逃…

鋼太　（抓住文英的肩膀，看著她）

文英　快點逃…快…叫你快點逃！！！滾開！！！！！！

文英高聲尖叫著要鋼太逃跑，但卻緊緊抓住鋼太的衣角，鋼太看著失控的文英…

鋼太　好的…我不會走的…

鋼太緊緊抱住文英，不斷輕拍她的背，安撫昏去的文英。

7

春日之犬

#1　城堡外觀｜夜晚

被黑暗覆蓋的森林中，傳來野獸的低鳴…

#2　城堡，兄弟的房間｜夜晚

尚泰已經沉沉睡去，鋼太在棉被中翻來覆去，最後坐起身子，窗外傳來森林裡野獸的叫聲，他打開窗察看，此時隱約聽到微弱的哭聲，呃…呃…

鋼太　…？（聽出聲響不是來自外面，而是走廊）

#3　城堡，二樓走廊｜夜晚

走廊一片漆黑，像哭聲又似低吟的聲音傳來，鋼太移動腳步找尋聲音的來處…最後走到了文英的房間，他小心翼翼地打開一道隙縫，看到文英全身僵硬但又瞪大眼睛的看著天花板！宛如被惡夢纏身般抖動著身軀，嘴裡發出呻吟！

鋼太　（跑上前）高文英！！

#4　城堡，文英的房｜夜晚至黎明

鋼太將無法動彈的文英抱起！

鋼太　！！

文英　呃呃…（被抱起時放聲尖叫）啊啊啊！！

鋼太　（輕拍著背）好了，沒事了…沒事了…

文英　呃啊啊！

鋼太　（安撫）只是惡夢而已…沒事的…

文英　（似乎稍微冷靜，但眼神卻渙散）

鋼太　沒事了…

文英　（喃喃自語）快逃…

鋼太　…？

文英　快逃走…

鋼太　（抱住文英的肩膀，看著她）

文英　快點逃…叫你趕快逃！！

鋼太　…！

文英　（高聲尖叫）滾開！！！

鋼太　！！！

鋼太困惑地看著文英，只見文英緊抓著衣角的手…正在發抖…

文英　（失去力氣）快點逃…（失去意識地躺在鋼太懷中）

鋼太　（…！溫柔地抱著文英）…好…我不會離開的…

Cut to. 鋼太用沾濕的毛巾替文英來回擦拭著額頭上的汗珠…他心疼的看著文英蒼白的皮膚、略為乾澀的嘴唇、因冷汗浸濕的髮絲，還有紊亂的呼吸，鋼太看著這樣虛弱的文英感到不捨，他正要伸手整理文英的髮絲時，瞥見手心的刀疤，想起載洙的警告，猶豫了片刻後，還是將文英的頭髮撥向一旁，此時窗外的景色，已從漆黑轉為淺藍…

不知過了多久，鋼太從床尾起身，看見文英坐在床上看著他。

鋼太　！

文英　（冷靜）…你為什麼在這裡？

鋼太　（…！含糊其辭）…昨天晚上你有點發燒…

文英　（望向一旁的水盆與毛巾）所以…趁我躺著的時候，當起醫生了嗎？

鋼太　（文英雖然嘴硬，但臉色依舊蒼白）你好好休息…我帶哥哥去打工後買藥回來…（轉向門外）

文英　我沒有做錯事。

鋼太　（望向她）

文英　那個女人一直幻想是我媽，我只是告訴她我媽死了，僅此而已。

鋼太　好的…我知道了（走出房門）

文英　…（望向毛巾，露出與先前不同的眼神）

#5　城堡，兩兄弟的房間｜房間

剛起床的尚泰，頂著凌亂的頭髮，看著牆上的公車路線圖[34]喃喃自語，此時鋼太正好進房。

鋼太　（剛洗完澡，正用浴巾擦拭著頭髮）哥趕緊準備，不要再背了。

尚泰　（背誦著公車路線）

鋼太　（整理棉被）今天我會帶你去載洙那，等會一起出發吧。

尚泰　（集中視線）我一個人也可以去。

鋼太　我知道，但我有事情要去市區一趟。

尚泰　（轉身）不去沒關係病院嗎？

鋼太　（些許停頓後，對哥哥笑著）今天我要翹班。

尚泰　（呆愣）…

#6　沒關係病院，外觀｜白天

#7　沒關係病院，護理站｜白天

監視器畫面[35]上播放著文英與恩慈在走廊上對話的情景，文英帶有威脅的背影靠向恩慈，恩慈的披肩掉落在地，向後倒退幾步，文英繼續說幾句之後，恩慈昏厥在地，看著螢幕的吳院長與幸子、朱里、星、敏錫幾人的表情相當凝重。

---

34 1. 城堡—載洙披薩店的路線圖 2. 城堡—沒關係病院的路線圖 3. 城堡—朱里家的路線圖，文英的城堡從奧地山登山口需步行 20 分鐘。

35 6 集 66 幕，沒有現場收音，只有畫面。

吳院長　嗯…

#8　沒關係病院，監護室｜白天

恩慈呆滯地看著天花板（沒有綑綁）

文英（E）　所以…阿姨…清醒吧。

姜恩慈　…（看著虛空）

#9　沒關係病院，院長室｜白天

吳院長旁坐著朴幸子、朱里、星、權敏錫和醫生1、2。

吳院長　病人…可能出現轉化症[36]，暫時對她施以監護，再繼續觀察情況。

眾人　好的。

醫生1　但是院長，關於高文英老師，是否該進行處置了。

朱里　（一皺）

吳院長　先了解一下…她對患者講了些甚麼吧。

星　她一定是說：「你的女兒死了…」，之類的話刺激她吧，所以病患才昏倒。

朴幸子　高文英老師要怎麼知道病人的狀況呢？

星　也有可能是文鋼太護工私底下跟她說的吧，兩個不是很熟嗎。

朱里　（激動）哪有，（意識自己過於激動）…你也知道他不是會任意洩漏病患個資的人。

36 Conversion. 從幻覺中清醒。

吳院長　（看著朱里後淺笑）

朱里　（迴避視線）

權敏錫　無論如何，自從高文英老師來醫院後，就不斷引起風波…不能再放任下去。

醫生 2　我也有相同想法。

星　我也是！（用手暗示著朱里）

朱里　（不發一語）…

吳院長　（持續用頭皮按摩器拍打著頭）

朴幸子　（拿走按摩器）不要再拍頭皮屑了，請趕快做出決策吧。

吳院長　嗯…在實情明瞭前…先暫停文學藝術課吧。

眾人　是的！

朴幸子　那可以散會了嗎？（站起身）

吳院長　（對著幸子）可以請文鋼太護工來找我嗎。

朴幸子　他今天請假耶？

朱里　（…？！停下動作）

朴幸子　早上來電話說家裡有點事，所以請假一天。

吳院長　這樣子嗎？（家裡的事…）

星　前輩…（不走嗎？）

朱里　好…（面帶不解）

#10　行駛中的公車｜白天

行駛在鄉間小路的公車內，兩兄弟坐在公車後座。

尚泰　（讀著文英的《春日之犬》）

鋼太　哥…披薩店的打工…要不要辭掉？

尚泰　（專心閱讀）

鋼太　來到這裡後，哥要做的事變多了不是嗎？

尚泰　（專心閱讀）

鋼太　有醫院的壁畫要畫，還要賣披薩，還有插畫，這樣…不會太忙嗎？

尚泰　（闔上書）忙碌不是壞事。

鋼太　當然不是壞事，但有可能生病，身體會…

尚泰　狗叫…

鋼太　甚麼？？

尚泰　如果不舒服，睡覺的話會發出狗叫聲，我不會，但你每天晚上都會（學著狗吠）嚶…嚶…

前方坐著的老奶奶聽見不知名的狗叫聲…轉過頭察看。

鋼太　（尷尬）我有嗎？真奇怪，我沒有生病啊…怎麼會呢？

尚泰　（抱著書，看向窗外）

鋼太　（辯解）現在幾乎也沒有另外的打工…真的沒有不舒服耶…

尚泰　（望向窗外）…因為你的心生病了。

鋼太　…！

尚泰　（背誦書中[37]句子）身體很誠實…若是疼痛就會流下眼淚…但我們的心卻喜歡說謊…即使生病了也不發一語…

鋼太　…

37　《春日之犬》中的句子。

尚泰　所以每當晚上入睡後，才會趁別人不注意的時候發出狗吠聲，暗自哭泣…嚶…嚶…

鋼太　…（# 想起晚上文英所發出的低吟）

尚泰再次翻著《春日之犬》…

鋼太　（一同看著）哥…這本書那麼有趣嗎…？

#11　**城堡，文英的房間｜白天**

文英躺在床上，眼神呆滯地看著天花板，放置在化妝台上的手機不斷傳來震動聲，上頭顯示，李代表，未接來電 23 通。

文英　（像屍體般一動也不動…）

#12　**披薩店｜白天**

載洙正在準備開店，開心地用抹布擦拭桌子。

尚泰（E）　載洙早安。（沒有對眼，直接走向更衣室）

載洙　尚泰哥，你來了嗎～？（起身）

鋼太　（跟在身後走進，手機響起）

載洙　（動怒！丟下手中的抹布，走上前）你！你竟然沒有跟我商量，就搬進去那個女人的家，現在竟然敢裝作沒事的出現，你以為我會開心的迎接你嗎…（！！！）

鋼太　（接起電話，對著載洙揮手示意他小聲）

載洙　　（就像接收主人命令般，安靜地閉上嘴巴）

鋼太　　喂…（聽到對方聲音後，轉為嚴肅的臉龐，對載洙說）以後再說吧，（走出店外）

載洙　　（！）以後？以後是甚麼時候？叫我等的意思嗎？

#13　　沒關係病院一角｜白天

您所撥的電話通話中…朱里喪氣地將電話掛斷。

朱里　　（擔心）是不是尚泰哥發生甚麼事了嗎…

#14　　街道｜白天

鋼太　　（邊走邊通話）她的狀態…不是很好。

#15　　湯飯店＋街道｜白天

相仁與丞梓坐在擺放著湯飯與小菜的餐桌前。

相仁　　（通話）所以我問你，她狀態是怎樣不好，從甚麼時候開始，你要仔細說明啊，這樣含糊帶過我怎麼知道。

鋼太　　…（嘆氣）

相仁　　她一直不接我電話，我就有不好的預感，還失眠了一整夜，連飯都吃不下。

丞梓　　麻煩加點辣醬汁跟麵條！

鋼太　　…（不是說吃不下？）

相仁　　（瞪大眼睛！）

丞梓　　（小聲）麵先不用了…

藥局前…

鋼太　　我會叫她打給你的。

相仁（F）　喂，我說…

鋼太　　再見。（掛斷電話，走進藥局）

湯飯店

相仁　　喂…喂…！這樣講得不清不白就掛斷，到底想怎樣…

丞梓　　對呀，人要有點變通才有魅力，他太木訥了，真是可惜，不然他的外型完全是我的菜…（吃一口湯飯）

相仁　　（使力瞪著）

丞梓　　（閉上嘴巴）

相仁　　一般人都是看著他人臉色在社會上打滾的…你怎麼就這麼不會察言觀色呢？

丞梓　　就是說啊，如果我會看的話，就不會跟代表落到這個下場了…

相仁　　（嘖）抱歉，我就是個罪人。

丞梓　　（露出知道就好的滿意表情）

相仁　　（拿起外衣與鑰匙）我要去找文英，這些錢給妳當飯錢，吃飽了再去咖啡廳喝杯拿鐵，要記得拿收據！（在桌上放一張紙鈔）

丞梓　　代表，路上小心！（鞠躬後開心地拿起鈔票，竟然只有五千元）這該死的…（混蛋）可惡…我要趁機辭職嗎？

#16　湯飯店附近｜白天

相仁坐在一台小型轎車[38]裡，著急地轉動鑰匙。

相仁　事到如今只好見招拆招了，（轉動車鑰匙…但老舊的中古車只噴出幾團黑煙）不會吧！！（拍打著方向盤）快點發動！

#17　藥局前｜白天

拿著藥袋的鋼太，對著計程車招手。

#18　文英的房間｜白天

虛弱的文英坐在化妝台前，用梳子緩緩地梳著頭髮…

#INS）過往

母親溫柔地幫年幼文英梳著頭髮…

母親　你…跟我長得像，很適合長髮…不能剪去…

年幼文英　（小聲）…可是膩了。

母親　（稍稍停下動作…又再次梳理）要聽媽媽的話才對，不是嗎…？

年幼文英　…

母親　回答…（眼見沒有回應，勃然大怒）叫你回答！！！

38 老舊的小車，休旅車被文英搶走後，用150萬購入的廉價中古車。

年幼文英　（一震！）…知道了，媽媽…

坐在鏡子前的文英，突然拉開抽屜，找尋某物，然後看到抽屜中的剪刀，正要一刀剪去長髮時！

母親（E）　救救我…！

文英　…！！！

終究下不了手…文英拿著剪刀，不斷發抖。

#19　**城堡，二樓走廊｜白天**

「文英！」相仁大吼著走上階梯，便聽到文英房間傳來玻璃破碎的聲響！

#20　**城堡，文英的房間｜白天**

相仁　！！！（驚恐的視線）

鏡子的碎片散落一地，文英無神地坐在一旁。

相仁　（走上前）文英…你還好嗎…？

文英　（自言自語）…我想剪斷…卻剪不下手…

相仁　…剪斷甚麼？

文英　…媽媽。

相仁　！！（領悟）…你該不會…又開始看到那個幻影了嗎？

文英　…

相仁　（果然！）甚麼時候開始的？

文英　…回來的第一天。

相仁　！！

Cut to. 相仁慌張地將文英的衣服與化妝品丟進行李箱。

相仁　（慌亂）你不能待在這裡，趕緊跟我回首爾。

文英　（冷酷）我警告你…不要動我的東西。

相仁　（轉身）我也警告你！就算把你打昏我也要帶你走，別想阻止我，我比誰都清楚，如果你開始看到那個幻影，會變成甚麼模樣！絕不能讓你在這裡待著！

文英　（看著四周，想阻止相仁）

相仁　（整理行李）當你跟我說甚麼紅鞋，還有跟護工扯上關係的時候我就有不好的預感，你們從一開始就不應該相遇…（瞬間轉身抓住！！）

文英　！！（相仁以飛快的速度抓緊那隻拿著檯燈就要砸向自己的手）

相仁　（嘆氣）我在你身邊十年了，會不知道你想做甚麼嗎。

文英　！！

相仁　（抓起文英的手與行李，往門外去）

#21　城堡，二樓走廊─階梯─一樓大廳｜白天

文英雖然已全身抵抗著，但仍不敵相仁的力氣，往門口走去…

文英　放手！不放手嗎！你真的想死嗎！（咬住相仁的手）

相仁　（忍痛）好啊，我死你活吧，那也要從這裡出去再說！

文英將手緊抓住欄杆…相仁將行李箱丟下樓，用雙手奮力地企圖拉走文英。

鋼太（E）　你們在做甚麼！！

相仁　（抓著文英！！）

文英　（抓著欄杆！！）

鋼太　（走上前）

相仁　（銳利）第三者不要來攪和，這是我跟文英兩個人的事…天哪！！

文英　（一氣之下將相仁推下樓梯）

相仁　（瞪大雙眼）

鋼太　（走上樓梯）

相仁　（在空中掙扎）

鋼太　（側過身，掠過相仁）

相仁　（以慢動作，用眼睛罵出髒話）

鋼太　（此時，用手接住相仁，就像電影《亂世佳人》的知名場面）

相仁　（整個人倒臥在鋼太的胸膛，還沒來得及回神）

文英　（一臉無語地看著）…

鋼太　（面無表情地抱著）…

相仁　（不知所措地躺著）…

鋼太　（對著懷中的相仁說）要起來了嗎？

相仁　（！！連忙站直身子）咳咳！我要帶她回首爾，你也趕緊收

拾行李走人，快點，我們走吧，文英。（正要抓住文英）

鋼太　（阻止相仁的手）

相仁　（甚麼）你打我？！

文英　（對鋼太輕聲說）把他趕出去。

相仁　你裝甚麼柔弱！

鋼太　違反他人意願，強行擄走是暴力行為。

相仁　甚麼？

鋼太　你已經錯在先，就別怪我不客氣了。

相仁　（在說甚麼…）

鋼太　（迅速地將相仁的手扣在背後，推至門口）

相仁　啊啊啊（被推）很痛啊！！放手！！

文英　（旁觀）

鋼太　（將相仁推出門外）

#22　城堡，門外｜白天

相仁被推出門外後，身後的大門立即應聲關上！

相仁　（敲門）文英！！那個人不懂你！！可以照顧你的人只有我！文英啊！（不停吼叫）

#23　城堡，文英的房間｜白天

鋼太將藥袋放在床上。

文英　（跟在身後）

鋼太　自己在家的時候要將門鎖好，不然如果有其他人進來…

文英　　我會被傷害嗎，應該是我傷害人家吧。

鋼太　　（看著撒落一地的鏡面碎片）…即使這樣也要鎖好。

文英　　…！

鋼太　　（從藥袋拿出）退燒藥…

文英　　如果我每次心火燒起來都要吃藥的話…應該都藥物成癮了，（將藥隨處亂丟）…藥不能讓我冷靜…

鋼太　　（看著文英）…那吹風冷靜吧。

文英　　？

鋼太　　走吧。

文英　　！！

#24　　行駛中的文英車｜白天

奔馳在森林間的車，鋼太開著車，文英享受著微風吹拂。

鋼太　　（看向文英，意識到文英要轉頭過來，連忙迴避視線）

文英　　（靜靜地看著鋼太開車的模樣）

 # 車子開上濱海道路，秀麗的風景展開。

文英　　（看得出臉上的愉悅）我喜歡你開的處方箋。

鋼太　　（欣慰…）有想去的地方嗎？

文英　　汽車旅館。

鋼太　　（…）

文英　　（嘻…）

鋼太　　有想吃的嗎？

文英　　你。

鋼太將車子停在路邊，看向文英。

文英　　（嘻嘻笑）知道了，我今天會聽從主治醫師的話，你要餵我吃甚麼？

#25　　披薩店｜白天

「請好好享用！」尚泰將烤好的披薩送上桌，載洙在櫃檯看著時針指向三點，不安地躁動。

載洙　　尚泰哥，看著我，（將尚泰拉去空桌坐下）

尚泰　　？

載洙　　之後是指多久，他要我等多久？

尚泰　　（快速精準地回答）死之前的某天。

載洙　　！死…死前？

尚泰　　（點頭）

載洙　　（虛脫）開甚麼玩笑…我們相處了多少的歲月…他不可能這樣對我！

尚泰　　歲月值多少錢？一千元？兩千元？

載洙　　（哼，還記得嗎？）在我十六歲的時候，與鋼太相遇了…

尚泰　　載洙炸雞！

載洙　　沒錯，我是炸雞店的兒子，他來我們店裡打工，雖然我比他大一歲，但他從來不稱呼我為哥哥，就連雞腿也只留給他的親哥哥。

尚泰　沒錯，我只吃雞腿。

載洙　我多麼的羨慕，多希望也有像他一樣弟弟，叫他稱呼我為哥哥，他卻跟我說，自己不需要另一個哥哥。

尚泰　因為我才是他哥。

載洙　從那時候我就知道了，他需要的不是哥哥…而是朋友…（嗚嗚…）

尚泰　…我也想要朋友…

載洙　所以從那時候開始！我就只賣雞，無論是炸雞、燉雞、烤雞、雞爪！你知道為什麼嗎…

尚泰　雞腦…

載洙　！

尚泰　你還沒賣過雞腦…

載洙　（也是？）對，剩雞腦。

尚泰　賣不了。

載洙　在炸雞店長大的我，已經受夠雞了，但只有賣炸雞是最不受限制的生意，因為不知道我的朋友甚麼時候又要搬家，我只好繼續賣著雞。

尚泰　（開始感到無趣，搖晃身體）

載洙　（自顧自地）可是我認為這次不一樣，我有預感他會定居在城津市，所以跟雞永遠道別了…可是…他現在卻跟我道別了…為什麼！比起十五年的友情…他更喜歡高文英那個瘋子！！（面目猙獰地留下淚水）

尚泰　他沒有。

載洙　哪裡沒有！

尚泰　是因為我，因為我跟作家簽約了，買一送一。

載洙　（覺得尚泰可憐…）哥…你不要太相信鋼太，你會變成我這副德性的。

尚泰　你甚麼德性。

載洙　追著雞跑的狗！（難過地走向內側）

尚泰　…狗…

此時有人走進店內。

丞梓　（拿著資料）插畫家你好～（清新地笑著）

尚泰　你好。（將百葉窗打開）

#26　**烤肉店｜白天**

鐵盤上的烤肉滋滋作響，餐桌上還擺放了蔥餅、冷麵、熱湯、辣炒年糕。

鋼太　（沉默地烤肉）

文英　（不斷咀嚼）好好吃，原來我不是不舒服，只是肚子餓，吃了東西之後眼睛都明亮了。（夾起尚未烤熟的肉）

鋼太　（用夾子把肉拿走）還沒烤熟。

文英　沒關係，我心火很旺。（大口咬下）

鋼太　（真是的…）

文英　我在食物面前都無法控制自己，無論怎麼吃都還是感到飢餓，是因為我像空罐頭一樣嗎？（咀嚼）

鋼太　（停下動作）

文英　（夾肉）

鋼太　（片刻後）對不起，我那天講了重話…

文英　反正是事實啊。（不在乎）

鋼太　才不是…你不是罐頭…

文英　！…不然呢？

鋼太　流氓…（想講冷笑話，自己乾笑）吃吧…肉會焦。（將烤好的肉放進文英的碗內）

文英　（吃著烤肉，感到莫名的安心）

鐵盤上剩下寥寥無幾的肉塊…

鋼太　（將剩下的肉塊都給文英）

文英　但你怎麼沒甚麼吃？

鋼太　我…不太餓…（喝水）

文英　你有跟女生睡過嗎？

鋼太　（噗！！噴出嘴裡的水）

文英　（不為所動地擦拭水漬）原來還沒啊。

鋼太　（從脖子漲紅至耳朵）飯桌上說甚麼呢…！

文英　因為你沒有任何慾望啊，沒有想吃的、沒有想擁有的，對周遭漠不關心。

鋼太　我沒有漠不關心…！（不想解釋）

文英　不然呢？

鋼太　…只是忍著。

文英　為什麼要忍？

鋼太　不是每個人…都能像你一樣為所欲為地活著。

文英　不要忍著啊，很難嗎？

鋼太　！

文英　（湊上前）你的安全插銷…要我幫你拔除嗎？

鋼太　！

文英　我只是很好奇，你如果不忍著，會變成如何…

鋼太　（深呼吸）

#27　沒關係病院，護理站｜白天

朱里正在與星交接工作事項…此時載洙傳來照片與訊息。

尚泰帶著一如往常的表情坐在丞梓面前。

載洙（E）　（訊息）哥今天正常上班耶，怎麼了？

朱里　（看見訊息感到不解）

載洙（E）　（訊息）他跟高文英出版社裡的職員，聊的「優說幼笑」[39]，氣死了！（表情符號）

朱里　…

星　（抬頭）誰啊？

朱里　（回神）沒事，我們講到哪裡了？

#28　披薩店｜白天

尚泰　（若有似無地聽著，埋頭專心畫畫）

---

39 情急下，將「有說有笑」輸入錯誤。

丞梓	（認真說明）可能有些難理解，簡單來說，李相仁代表的繆思是高文英作家的話，那藝術總監的繆思就是文尚泰插畫家，這樣！
尚泰	（畫畫）
丞梓	（從包包拿出插畫樣本）這是我收集來的插畫樣本，可以給你作參考…

尚泰掛在脖子上的手機響起，嘟嘟嘟。

尚泰	（起身收拾包包）
丞梓	？！！你要去哪裡？
尚泰	（揹起包包）我要下班了，在別人的工作場合，談論其他工作是不禮貌的，（揮揮手）工作的事我們之後再談，所謂的之後是死前的某一天（將繪畫本上的一頁撕起給載洙）這是給載洙的禮物。
載洙	尚泰哥再見。（拿起圖畫）
丞梓	（呆愣在原地片刻，走向載洙）甚麼內容的畫？
載洙	…追著雞的狗…
丞梓	…！！（兩人陷入沉默）
載洙	（緩和氣氛）注定追逐的人們…總有一天必定會抓到些甚麼的吧？
丞梓	…閉嘴。
載洙	（…！哇…好有魅力…）

#29 景色優美的步道｜傍晚

鋼太與文英漫步在景色優美的步道上。

文英　（有些不耐煩）我們為什麼要走路？

鋼太　（對於文英的提問感到慌張？）看著美麗的風景…吹吹風…也能放鬆心情…

文英　會嗎？我只覺得腳痛又浪費時間。

鋼太　（那）要走了嗎？

文英　（伸出手）你揹我。

鋼太　！！（不知所措，拿出手機開啟搜尋位置）…哥…哥有好好到家了嗎？他應該沒問題的…

文英　（搶走手機，作勢將手機丟出）

鋼太　！！不可以！！

文英　（晃動手機）你只能專注我一人。

鋼太　給我，快點！（伸手）

文英　（將手機藏在身後！）

鋼太　（有些心急卻裝作冷靜）來，把手機給我。（壓低聲音）

文英　（四處閃躲）

鋼太　（真是的，將手伸向文英的背後抓住他，並用另一隻手搶走手機）

兩人的姿勢就宛如激情地擁抱，路過的行人見狀紛紛閃避。

鋼太　…？他們怎麼了…？

文英　（你真的不知道…？）…你在抱著我嗎？

鋼太　　！！！（趕緊鬆手）

文英　　（鋼太的手機卻在此刻響起，文英順勢接聽）喂，朱里嗎～

鋼太　　你！！！

#30　　**家門前巷弄＋步道｜夜晚**

正在返家中的朱里突然停下腳步。

朱里　　…！！高…高文英？

文英　　我大膽的同居人處在難堪之下，因此我代為接聽，怎麼了嗎？

鋼太　　（啊…這個人真的）

朱里　　（大膽？難堪？）…因為鋼太今天突然請假，所以想說他怎麼了…

文英　　原來啊…（看向鋼太）

朱里　　（原來？）

鋼太　　（不安！）

文英　　他請假陪我玩一天。

朱里　　！！

鋼太　　！！

文英　　就這樣，（直接掛斷）

#31　　**巷弄｜夜晚**

朱里　　…（掛斷電話，全身無力）

心中滿是怒氣與難受…在路中躊躇該怎麼辦…望向一眼天空…深吸一口氣後朝著反方向走去。

#32　**步道｜夜晚**

鋼太用力跨步的走在前方，後面跟上嘻皮笑臉的文英。

文英　你因為擔心我所以翹班嗎？

鋼太　（不理會）

文英　說要讓我吹吹風順便約會嗎？

鋼太　誰說這是約會？

文英　那不然今天是甚麼？曖昧嗎？試水溫嗎？考試嗎？還是在玩弄我？

鋼太　（轉過身）

文英　好啊，那交往吧。

鋼太　（皺眉）

文英　（笑嘻嘻）

鋼太　（看著文英的笑臉，低聲說）…滾開。

文英　！！…甚麼？

鋼太　滾開…你好幾次對我這樣說，以前也是…昨天晚上也是…

文英　…！

#INS-5 集 74 幕：（過往，城堡前）文英對著鋼太冰冷的說：「滾開」

文英　那又怎樣…？

鋼太　　昨晚你的聲音…聽起來卻像是要我不要走…

文英　　！！！

鋼太　　我以前曾經逃跑…但現在…我覺得要待在你身邊…

文英　　…

鋼太　　…僅此而已。

文英　　（心中有一塊角落開始崩塌）

鋼太　　（直挺挺地看著文英）

兩個人在夜晚的微風中，看著彼此。

#33　　便利商店前｜夜晚

波！開啟啤酒罐的聲音清脆地劃過空氣…相仁咕嚕咕嚕大口灌下啤酒。

相仁　　可惡，該死的…！我在她旁邊可是把屎把尿照顧了十年的時間，結果半路殺出的護工就這樣把我的心血端走，然後還要把我踢走？！（將啤酒罐大力放在桌上！）好啊，你們這些沒血沒淚的人，給我等著！我一定要跟地球上最善良又乖巧的女人…

女子（E）　（碎唸）…（媽的）吵死人了…

相仁　　…？（轉頭）

一個女人坐在相仁的後面，搖搖欲墜的坐起身，擦去口水，用迷茫的眼神看向前方…是喝醉的朱里！

朱里　該死的…（開始大聲嚷嚷）單戀真是太折磨人了！！！（跺腳）

相仁　（被嚇到）

朱里　（感受到相仁的視線）怎樣，第一次看到單戀被甩的女人嗎？

相仁　（也不是…可是你是…）

#INS-4 集 26 幕：那天在披薩店，跟天使一樣的女人？

朱里　（跟當時有著完全不一樣的眼神）為什麼…我就不行…那個女人就行…

相仁　？？？

朱里　（開始啜泣）我…也可以罵髒話…可以隨心所欲…可以不顧他人…可以不再假裝善良…也可以當壞女人…（掉下眼淚）

相仁　（被柔弱的眼淚激發同情）不是…每個人都可以當壞女人的…

朱里　（大聲）你誰啊你？憑甚麼講話？

相仁　（站起身）我不是奇怪的人，（拿出名片）我是超乎想像兒童文化出版社代表，李相仁。（露出微笑）

朱里　（立即甩過去一記耳光）

相仁　（！！！整個人因巨大力量別過身子去，呆愣在地）

朱里　原來都是因為你…（哭著）

相仁　（搞不清楚）我…？不要哭…我們認識嗎？

朱里　你…應該要阻擋高文英才對…

相仁　！！！

朱里　（埋怨）如果她沒有來這裡…他們兩個就不會相遇…我就不會這麼落魄…這一切…都是因為李代表你…！！

相仁　（突然想起）等等一下，這個聲音…你…難道你是…？

朱里　（喝光罐子裡的啤酒）

相仁　你是南朱里護理師嗎？！

朱里　砰！（瞬間醉倒在桌上）

相仁　（我的天…）

#34　行駛中的文英車｜深夜

鋼太開著車，文英心情愉悅地哼著歌，不斷想起剛剛的話。

（#「我以前曾經逃跑…但現在覺得要待在你身邊…」）

文英　（哼著歌，偷看鋼太）

鋼太　（感受到視線）…怎麼了？

文英　（轉過頭）沒事，（望向窗外）

鋼太　…？

文英　（呼了一口氣息在車窗上，用手指劃著，輕輕地說）昨天…我做惡夢了…

鋼太　…！

文英　我的惡夢裡…永遠都有媽媽的存在…

鋼太　（安靜地聽著）

文英　每次做完那個夢…心情就會很糟…

鋼太　（原來如此…）

文英　但是今天…（看著鋼太）心情好很多…（再度哼著歌）

鋼太　（轉頭望向文英，再轉回正面，嘴角淺淺上揚）

文英在車窗上畫了個笑臉，伴隨著哼歌聲，車子緩緩駛向城堡…F.O.

#35　沒關係病院，外觀｜（隔幾天）白天

F.I. 病患們趁著好天氣在庭園內散步…還愉悅地餵食小雞，自在且快樂…

朱正泰（E）　為什麼～！為什麼啦～！

#36　沒關係病院，護理站｜白天

患者們聚集在文學藝術課暫時停止的公告前討論著。

朱正泰　（踱步）為什麼要停課～！這堂課很無俚頭，我很喜歡耶…

簡畢翁　我早就有預感會停掉，老師的思想有問題，態度也不佳。

朱正泰　你是教育局長嗎？

簡畢翁　我是你的長輩啦，這小子。

朱正泰　幹嘛打我的頭！

簡畢翁　不是要無俚頭嗎，那我就打你的頭。

朱正泰　（可惡…）

李雅凜　（哭喪著臉）怎麼可以停課…功課都寫完了…這周有自信可以得到老師的稱讚的…

劉宣海　（吃著零食）你是被不交作業就會哭的鬼附身嗎？一早哭哭啼啼的，吵死了。

朱正泰　（站出身）阿姨你幹嘛一早就欺負雅凜！

劉宣海　（銳利的眼神）你們…

朱正泰　（緊張）甚麼，做甚麼！

劉宣海　有一腿嗎？

正泰｜雅凜　（！…）

朱正泰　（抓著雅凜的手）我們走吧，不要聽她胡言亂語。（離開）

劉宣海　（疑心）這兩個人…看來不久就會搞出事情了…？

簡畢翁　（是嗎？）

#37　**沒關係病院，院長室｜白天**

院長擦拭著收藏品上的灰塵，伴隨著敲門聲，鋼太進門後，鞠躬示意。

鋼太　聽說您昨天有找我…

吳院長　對…有事情想問你，坐吧。（坐在沙發）

鋼太　（屁股都還沒碰到沙發）

吳院長　高文英老師有男朋友嗎？

鋼太　（一震）我不太清楚。

吳院長　我有個小兒子…在想要不要介紹給她。

鋼太　（滿腦困惑）

吳院長　別擔心，他像媽媽，跟我是不同的類型，你覺得怎麼樣呢？

鋼太　…為什麼要問我呢…？

吳院長　你們不是住一起嗎？（丟出魚餌）

鋼太　！！

吳院長　（上鉤了！嘻嘻）

#INS-6 集 50 幕：在醫院的停車場上，文英、尚泰、鋼太，一同下車，走進醫院，吳院長恰好蹲在路旁餵食野貓。

吳院長　研究人類心理久了，只要從一個人的眼裡就能看出他的故事…昨天怎麼請假了呢？（直視鋼太的雙眼）

鋼太　（躲避視線）身體…有點不舒服。

吳院長　高文英老師嗎？

鋼太　（！）…對。

吳院長　（就知道）聽護理師說，姜恩慈患者常聲稱自己是她的媽媽，一直糾纏她…是因為這件事嗎…？

鋼太　…

#INS-6 集 56 幕：走廊上的文英問恩慈：「是媽媽嗎？你回來了嗎…？」

鋼太　…高文英老師她也…

吳院長　（看著）

鋼太　把姜恩慈患者…當成自己母親的樣子…

吳院長　嗯…（若有所思）

#38　　沒關係病院，護理站附近的走道｜白天

高大煥拖行著輔助器，緩慢地走向書櫃，書櫃中排列著都熙才所撰寫的《西方魔女謀殺案》…

吳院長（E）　高文英老師的母親…就是都熙才作家…

高大煥　（伸出滿是傷痕的手…顫抖的指尖…）

#INS）城堡，書房｜ 18 年前

畫面重疊…大煥手[40]的彼方是坐在筆記型電腦前的年輕妻子背影。

吳院長（E）　就在寫完連載小說最後一卷的夜晚…

妻子轉過身，漆黑的瞳孔映照出撲上前的大煥！不久後，無論是妻子還是電腦、原稿都消失無蹤。

吳院長（E）　宛如從世上蒸發…失蹤了五年後宣告死亡…

再次回到醫院走廊

卻有一雙手搶先大煥，拿走了架上的《西方魔女謀殺案》…是朴玉蘭！

朴玉蘭　你總是慢一步呢…？（笑著離開）

---

40 此時的手臂上毫無傷痕。

高大煥　　（看著玉蘭離去的背影）

#39　　沒關係病院，院長室｜白天

吳院長　　當時的確吵鬧了一陣子…關於她究竟是生是死…

鋼太　　…您覺得她有可能活著嗎？

吳院長　　我也不知道…但如果活著的話，會讓像我一樣的讀者們，苦苦等候《西方魔女謀殺案》的結局長達 20 年嗎？

鋼太　　（陷入沉思）…

回想起被惡夢纏身而痛苦不已的文英。

吳院長　　她一定受到很大的衝擊…想必也很思念母親…所以才會把她人誤認為母親…

鋼太　　如果…不是思念呢…

如果是恐懼呢…？

吳院長　　…？！

鋼太　　…

#40　　沒關係病院，走廊｜白天

鋼太站在停課通知前發著呆，突然被人從後面踢了一下膝蓋，轉過身看到嘻笑神情的幸子。

鋼太　　！護理長。

朴幸子　　怎麼，因為文學藝術課停課而難過嗎？

鋼太　　…不是的…（低頭）

朴幸子　　（一同走著）病患們有些失落，大家都說內容新奇有趣。

鋼太　　…的確很有趣。

朴幸子　　？

鋼太　　高文英老師的童話書…您有時間也可以看看。

朴幸子　　（搖頭）不了，我對童話沒有興趣，我喜歡懸疑恐怖的小說。

鋼太　　（笑著，確認時間）我拿些水進去監護室。

朴幸子　　記得把披肩拿過去，她應該正在找。

鋼太　　好的。（點頭示意後離開）

朴幸子　　（走回護理站）

#41　　沒關係病院，院長室｜白天

吳院長翻著大煥的諮詢記錄簿。

過往的院長室｜十年前｜回想

高大煥　　（坐在椅子上回想）妻子嗎…很優雅…知性…很愛女兒…非常地疼愛…

院長的手快速地在簿子上抄下字句。

高大煥　　她每晚都會唱著《我親愛的克萊門汀》當搖籃曲…（耳邊隱約響起熙才哼歌的聲音…我的愛人…我的愛人…我摯愛的克萊門汀…）但是她…（冷冽的笑）真的知道那首歌的

涵義嗎…

吳院長將諮商簿蓋上，若有所思。

#42　沒關係病院，監護室｜白天

鋼太拿著水杯與披肩走進監護室，恩慈失神地坐在床上。

鋼太　需要喝點水嗎？
姜恩慈　（無力地搖頭）
鋼太　（將水杯放置在一旁，替恩慈披上披肩）
姜恩慈　（輕撫披肩）
鋼太　（沉默片刻後…）令嬡…上次不是說可以見面認識嗎。
姜恩慈　（慢慢抬起頭）
鋼太　下次如果來會面的話…
姜恩慈　我女兒…已經死了…
鋼太　！
姜恩慈　已經死了要怎麼見面呢…連我都見不到了…（眼眶泛紅）
鋼太　（看來…已經從妄想中清醒了）

#43　沒關係病院，休息室｜白天

權敏錫與患者們在休息室玩著疊疊樂，玩得正開心時，星匆忙跑過來通知他，「醫生。姜恩慈患者出現轉化症了。」

#44　沒關係病院，監護室｜白天

權敏錫和朴幸子站在恩慈的身邊靜靜聽著她說話，而鋼太站在靠近門的一側。

姜恩慈　這個披肩…非常昂貴…幾億韓元都買不到…（將披肩緊緊抱住，開始哽咽…）

鋼太　…

姜恩慈　我這一輩子沒收過如此貴重的禮物…每天為了養活自己，都沒有片刻的休息時間能妄想這種事…但她卻花了整個月的薪水…就為了給媽媽當禮物…（# 當時的恩慈，看了一眼標價後，氣憤地要女兒拿去退貨）我那時氣炸了…狠狠地打了她的背…（# 女兒哭著說：「你！！就開心的收下很難嗎？！」）我記不得還說了甚麼…只記得…我說…（啜泣）我才不需要像你這樣的女兒…！

幸子｜敏錫　…

姜恩慈　（# 拿著披肩走在馬路上的女兒，一輛車快速駛來…）但…我沒想到…那竟是我對她說的最後一句話…早知如此…我就不會說如此惡毒的話…

鋼太　…

#INS-4 集 5 幕：母親：「媽媽…就是因為這樣才生下你的…」

姜恩慈　（懊悔的捶打胸口，淚流不止）我怎麼會說那種話…我當時為什麼要那樣…真的是瘋了…

鋼太　　…

幸子緊緊抱著泣不成聲的恩慈…鋼太的臉上也帶著沉重的表情。

#45　沒關係病院，屋頂｜白天

鋼太凝視著遠方在太陽底下閃閃發光的海平面，猶豫地摸著手機…最後撥通電話。

鋼太　　…吃飯了嗎？
尚泰（F）　煎雞蛋、辣蘿蔔塊、三根香腸、大醬湯。
鋼太　　現在在做甚麼？
尚泰（F）　坐著。
鋼太　　…作家呢？
尚泰（F）　也坐著。
鋼太　　…？？

#46　城堡，書房｜白天

Cut to. 文英面前放著電腦，宛如雕像般坐著，尚泰前面的素描本一片空白，也一樣地呆坐在原地，似乎過了很長一段時間…

文英　　…
尚泰　　…
文英　　尚泰哥。

尚泰　是的。

文英　今天來玩吧。

尚泰　好。（馬上把旁邊的《春日之犬》打開）

#47　朱里的家，外觀｜夜晚

叩叩叩，一陣敲門聲…

#48　朱里的家，屋頂｜夜晚

頂樓涼床上，兩個男人喝著啤酒…（旁邊已有不少空酒罐）

鋼太　呼…（躺在涼床上，仰望夜空）

載洙　怎麼了…？你那麼低落，害我也不敢對你發脾氣了。

鋼太　你也躺著吧。

載洙　嘖…（嘴上抱怨，但還是聽話）

鋼太　載洙…

載洙　怎樣…

鋼太　我媽媽…會在天空上對我感到愧疚嗎…？

載洙　…

鋼太　拍打著胸口…感到後悔萬分嗎…？

載洙　（知道鋼太的過去）你希望她如此嗎…？

鋼太　…我…（苦澀地笑）不希望…

載洙　（感到心疼，整個人跳起身，指著天空！）鋼太媽媽，為什麼這樣對他！！只有尚泰哥是你的兒子嗎？！！只有需要照護的小孩才是親生的嗎？！為什麼要差別待遇呢！！（過大的聲音讓鄰居的狗狂吠…）

鋼太　（雖然難過，但因載洙而笑）有病…

載洙　你在天上等六十年！等我去找你的時候，我就要……！

順德（E）　就要怎樣？

順德拿著切好的水果盤走上頂樓，鋼太笑笑地看著順德。

載洙　（尷尬）

順德　世界上的媽媽都是罪人…（叉好一塊水果，遞給鋼太）但還是原諒你的母親吧…

鋼太　…

順德　（喝一口啤酒）在那個時代要母親獨自一人扶養孩子？唉唷…我只有一個女兒就每天想逃之夭夭了…你的母親還一次養兩個兒子，加上尚泰比較特別。

鋼太　（每一句都打中心頭深處，嗚嗚…）

載洙　（點點頭）

順德　（安撫）自小照顧哥哥…比其他人都更了解那是多麼辛苦的事…

鋼太　（雖然笑著，眼淚卻不受控制）

順德　（望向天空）來吧，我們自己乾一杯！（比出乾杯手勢，大口喝下）

鋼太　（因為順德的話語，心中和緩許多）

#50　朱里的房間｜夜晚

呃…抱著頭的朱里，因為宿醉似乎感到相當難受，順德拿著蜂蜜水走進房間，讓朱里喝下。

順德　　唉唷…現在比較清醒了沒？

朱里　　（大口喝著蜂蜜水）

順德　　鋼太剛剛來過了。

朱里　　…！為什麼？自己一個人嗎？有說甚麼嗎？

順德　　嘖嘖…就這麼喜歡人家嗎…那為什麼昨天讓陌生男子揹回家？

朱里　　…！！揹回家？我嗎？

順德　　呵…無知才是福，你甚麼都不要知道比較好…（走出房間）

朱里　　…？？…！！！

朱里的大腦快速閃過幾個模糊片段，「超乎想像代表，李相仁」、甩了一記耳光過去、「你應該要阻止高文英！！」、「都是因為你！李代表給我負起責任！！」，然後揹在相仁背上時還扯著他的頭髮。

朱里　　（懊悔的抱著頭）啊…（慢慢找回記憶）天哪…

#51　　**計程車｜夜晚**

鋼太臉上帶著潮紅，坐在後座，口袋中的手機傳來連環的提示音…原來是文英的爆發連環訊息，「在哪？」、「甚麼時候回來？」、「快點回來！」、「我好無聊！」、「為什麼不回！」、「找死嗎？」

鋼太　　（笑了一下…慢慢按下訊息）…（等我）

持續在夜空下奔馳的計程車。

#52　城堡，外觀｜夜晚

嘎—開門聲。

#53　城堡，一樓大廳｜夜晚

鋼太搖晃著身子走進大廳…望見文英坐在樓梯上，靠著欄杆打瞌睡，鋼太走向她。

鋼太　（靠上前）

文英　怎麼現在才回來！

鋼太　怎麼在這裡睡？（坐在旁邊）

文英　不是叫我等你！（聞聞）你喝酒了嗎？

鋼太　（點頭…）

文英　跟誰？跟雙面人嗎？！

鋼太　（搖頭…）不是雙面人，是炸雞店兒子載洙跟年過花甲的田螺姑娘。

文英　你去網聚嗎？

鋼太　（笑著）網聚…

文英　你醉了耶…

鋼太　（慢慢）剛剛還有點醉，結果計程車司機說那麼晚了，這裡很可怕，他不要上來這裡，所以叫我自己用走的…爬著山路…酒就醒了…

文英　（是機會…）那繼續跟我喝一杯吧！（興奮起身）

鋼太　（拉她坐下）不了，現在這樣就好。

文英　（可惜）可是我想喝…

鋼太　不可以，你不是沒有自制能力嗎，如果我們都喝醉…會出事的⋯

文英　怎樣⋯？怕我撲倒你嗎？

鋼太　噠！（彈額頭—！）

文英　啊！

鋼太　不要太過分喔。

文英　你竟然打我嗎？

鋼太　（打開手心）你還動刀呢。

文英　（嘖⋯）你醉了就很會回話呢。

鋼太　（笑得像個孩子）

文英　（看著⋯）好想⋯拔掉你的安全插銷（興致沖沖地靠上前）

鋼太　閉上眼。

文英　⋯！為什麼⋯？

鋼太　快點閉上。

文英　該不會⋯那麼老套吧⋯（輕輕閉上雙眼）

文英閉上眼，噘著嘴唇，滿心期待等著，但一直沒有回應，正感到困惑的同時。

鋼太（E）　睜開眼。

文英　（甚麼⋯）⋯！！

眼前是一隻比手掌心還小一些的拼布娃娃[41]。

41　手工縫製的解憂娃娃，用拼布縫成，後頭寫上「網太」。

文英　（皺眉）這甚麼髒髒的東西。

鋼太　（炫耀）這是惡夢娃娃。

文英　！

鋼太　（將娃娃放在文英手心）睡覺的時候抱著他，他就會用身後的袋子，把你的惡夢都藏起來，這樣就可以好好入睡了…

文英　（看得出神…）真是幼稚。

鋼太　今天我從家裡帶來的，本來是哥哥的。

文英　搞甚麼，是二手的嗎。

鋼太　是我一針一針縫的。

文英　…！好吧，手工的可以…

鋼太　他叫做網太。

文英　該不會…鋼太、尚泰、網太吧？（拜託不要）

鋼太　我們…是三兄弟…（害羞）

文英　還真的…

鋼太　其實…

文英　…？

鋼太　…我哥也會像你一樣做惡夢…（# 入睡的尚泰）媽媽過世後的那天開始…就會做惡夢…

文英　…！

鋼太　看著痛苦的他…我卻束手無策…所以…我只能做娃娃給他…（苦笑）

文英　（看著娃娃）…仔細看…還蠻可愛的…

鋼太　喜歡嗎…？（醉意的雙眼）

文英　嗯…喜歡…

鋼太　　（心滿意足的笑容）晚安…

文英　　…！

鋼太緩緩走回房間，文英待在原地，不發一語的撫摸娃娃，心裡有一處開始震盪…

#54　　**城堡，兄弟的房間｜深夜**

在燈已熄滅的房間內，尚泰熟睡著，鋼太爬上哥哥的床鋪，因著酒氣露出孩子般的個性。

鋼太　　哥…睡了嗎？（看著尚泰）真的睡著了嗎？

尚泰　　（假裝入睡，緊閉眼皮）

鋼太　　（在尚泰臉上吹氣）呼～

尚泰　　都是酒臭味…（捏鼻子皺眉）

鋼太　　（嘻嘻）哥…我們甚麼時候要去吃炒碼麵…以前跟媽媽常去的那間。

尚泰　　市場入口那間嗎…？

鋼太　　對，哥不是喜歡那間的炒碼麵嗎…

尚泰　　哪是，是你喜歡的。

鋼太　　…？！哪是…是哥哥你…

尚泰　　「有放辣椒跟紅蛤，湯很好喝，媽媽我要吃。」

鋼太　　！！

尚泰　　你是這樣子說的，所以每當媽媽去買菜的時候就會帶我們去吃。

鋼太　　…

尚泰　　辣椒素容易使人上癮，越辣越想再吃，吃完後又會懷念…（半夢半醒，含糊不清…）

#INS） 市場入口，中國餐館｜過往｜白天

餐桌上放置兩碗炒碼麵。

母親　　（將第一碗遞給鋼太）趕緊吃吧。

年幼鋼太　　…媽媽呢？

母親　　媽媽肚子不餓。

尚泰　　（淺嚐一口）啊，好辣好辣好辣！

母親　　（倒水）很辣嗎？來…喝點水！

年幼鋼太　　…

#INS） 市場入口｜過往｜白天｜下雨

（#4 集 5 幕接續）母親將兒子們擁入懷中，共撐一把雨傘，但雨傘逐漸靠近哥哥一側，鋼太的肩膀被雨水淋濕，他放慢步伐，看著母親與哥哥，此時母親轉過頭。

母親　　文鋼太！站在那裡做甚麼！

年幼鋼太　　…

母親　　淋雨你會感冒的！快過來！（揮揮手）

尚泰　　（重複）會感冒的！快過來！（揮揮手）

年幼鋼太　　（跑進傘下）

母親　　（拍拍肩膀上的水滴）真是的…都淋濕了…（用衣袖擦去臉上的水滴）

年幼鋼太　…（呆望母親）

#INS）農家｜過往｜夜晚

（#4 集 5 幕接續）母親朝向尚泰躺著，鋼太枕著母親的背，Cut to. 母親轉過身輕撫已經熟睡的鋼太臉龐，並用疼惜的神色將鋼太緊緊抱住…

母親　（輕拍背）我的孩子…（哽咽）媽媽…對不起你…

鋼太　（竟然…是我想要吃的嗎…將臉靠上哥哥的背，緊抓著哥哥的手臂）

尚泰　…？？

鋼太　（維持片刻…）

尚泰　背怎麼濕濕的…

鋼太　（滴下淚水）…哥…

尚泰　？

鋼太　…我想念媽媽…

尚泰　我也想吃炒碼麵。

兩人就這樣相依著彼此睡去…

#55　城堡，文英的房間｜夜晚

文英目不轉睛地看著網太…然後將床頭的處容娃娃丟進垃圾桶，抱著網太鑽進被窩…進入夢鄉…

#56 沒關係病院，外觀｜白天

#57 沒關係病院，大廳｜（其他天）白天

一名女子僵硬地站在公告欄前，一旁的雅凜不斷說著甚麼。

李雅凜 大家都責怪恩慈阿姨會暈倒是老師的錯…但我跟他們不一樣…我覺得老師沒有錯…

文英看著文學藝術課的停課公告，吳車勇看到此場景大吃一驚。

李雅凜 其實那個阿姨本來就有點問題…每天披著死去女兒送的披肩…還幻想自己是貴婦…

文英 （不理會雅凜，將她推開，生氣地邁向某處）這該死的老頭子…！

李雅凜 （被推開）老師…！（難過）嗚…我又被討厭了…（哭）

吳車勇快速地跑向某處。

#58 沒關係醫院，護理站｜白天

「緊急！緊急！」吳車勇奔向護理站大喊，正在忙碌中的朱里與星抬頭看著他…周圍的患者聽到紛紛轉頭…

吳車勇 （氣喘吁吁）出大事了！怎麼辦！

朱里｜星 …？怎麼了？這麼緊張？

朴幸子　（從車勇後方走過來，壓低聲音）你要讓患者都聽到嗎？怎麼可以大喊緊急呢？

鋼太　？？（剛好從治療室走出）

吳車勇　高文英老師來了！她好像不知道停課的消息！

眾人　！！！

吳車勇　現在氣沖沖地要去找院長，眼睛都要噴火⋯（模仿）像這樣！

朴幸子　（看著朱里）沒有告知嗎？

朱里　（看著星）你沒有嗎？

星　（看著鋼太）為什麼沒有？

鋼太　（慌張）我嗎？

星　你們不是很熟。

朱里　他們沒有！

朴幸子　（氣）好了，所以簡言之⋯沒有人告訴高文英老師，今天不用來上課嗎？

眾人　（沉默）

吳車勇　看了公告才知道，心情一定很差。

鋼太　⋯！！我去找她。（移動腳步）

朱里　（看著）

朴幸子（E）　院長現在人在哪？

#59　沒關係病院，庭院｜白天

吳院長悠悠地散著步，一旁是表情開朗許多的姜恩慈⋯

吳院長　我年輕的時候可是馬拉松健將⋯但膝蓋卻發炎了⋯本該休

息的…可是我不顧傷勢還是繼續跑…結果膝蓋軟骨都磨損，還打了鋼釘…現在走久都會痛…（慈祥地笑著，兩人坐在涼椅上）

姜恩慈　（安靜地聽）

吳院長　不要像我一樣，還不能走就要想跑步。

姜恩慈　…

吳院長　不舒服就休息…難過時就放聲大哭…在原地踏步也沒關係…有一天…一定可以再次奔跑…令嫒也會替你加油…（沉浸在景色之中）

姜恩慈　（只是靜靜地望向蔚藍大海）

不久後，尖銳的聲音劃過兩人的平靜時光，「這該死的老頭子！竟然一句話都不說就停掉我的課！！」，文英快步的走向院長…後頭的鋼太追上前，「高文英老師！」

姜恩慈　（看見文英與鋼太走來）…他們？

恩慈轉頭望向院長，那個說著走久會痛的吳院長，已經猶如腳底抹油，快如閃電的翻過花圃，逃到無影無蹤。

姜恩慈　…！！

文英　（停下腳步，上氣不接下氣）可惡…那老頭是有吃藥嗎…為什麼跑那麼快？（發現恩慈）

姜恩慈　…

文英　…

跑來的鋼太跑向兩人中間。

鋼太　（喘著氣，對著文英說）你先在這裡等我，（對著恩慈）我們回病房吧…

姜恩慈　（對著文英說）真的很抱歉…

鋼太｜文英　？！

姜恩慈　給你添了很多麻煩…對吧…？

文英　何止麻煩，我都被裁員了。

鋼太　（小聲）喂…

文英　你要怎麼補償我？（走上前）

姜恩慈　（不知所措的向後退，披肩掉落在地）

鋼太　（制止文英繼續往前）

文英　（拾起地上的披肩）這披肩…真高級…（眼睛閃爍）…我想要。

鋼太　（一陣）

姜恩慈　那…那個…

文英　阿姨，把這個送我吧。

鋼太｜恩慈　！！

文英　（理直氣壯）你不是說很抱歉嗎，那就要賠償我，這樣才是真正的道歉不是嗎？

姜恩慈　…

鋼太　（察覺恩慈的表情）把披肩給我，快點…

文英　（眼神拒絕）

鋼太　（正要拿走披肩）

姜恩慈　送你吧。

鋼太　！

姜恩慈　我已經…披得…夠久了。

文英　謝啦。

文英披上披肩離去，留下呆愣的鋼太。

鋼太　…

姜恩慈　護工…

鋼太　是的…

姜恩慈　現在的我…（如釋重負的神情）覺得肩膀不再沉重了…

鋼太　…（望向文英離去的背影）

#60　沒關係病院，大廳｜白天

文英披著披肩靜靜看著尚泰的壁畫，鋼太走上前。

鋼太　不熱嗎？脖子都出汗了。

文英　時尚不怕流鼻水，也不怕流汗。

鋼太　（笑…看著壁畫）…我哥最近很喜歡看你的一本童話。

文英　我知道，《春日之犬》。

在美麗的壁畫前，傳來尚泰朗讀的聲響。

尚泰（E）　很久很久以前…有一隻擅長掩飾內心的小狗。

#61　行駛中的公車｜回想｜白天

#INS-7 集 10 幕接續

尚泰朗讀著《春日之犬》，鋼太在一旁安靜傾聽。

尚泰　小狗被栓在樹蔭下…牠見人就會搖搖尾巴，也會玩耍，相當討喜，村莊內的人都稱牠為《春日之犬》。

#62　插畫蒙太奇

尚泰（E）　小狗白天時開心地與村莊小孩玩耍…但一到晚上，就會嚶嚶…的暗自哭泣。

尚泰（E）　其實…春日之犬真正想要的是解開繩索，在田野間自由自在地奔跑，但是繩索緊緊將牠套在原地，牠只好趁夜晚的時候，偷偷哭泣，嚶…嚶…

尚泰（E）　有天，春日之犬的內心問牠，你為什麼不咬斷繩索，盡情地去玩樂呢？春日之犬這樣說。

#63　沒關係病院，大廳｜白天

站在壁畫前的兩人…

鋼太　（朗讀）我…被綑綁太久…已經忘記怎麼鬆綁了…

文英　…

鋼太　（看著文英）

文英　　（回望鋼太）

鋼太　　（輕摸文英的頭）做得好…

文英　　！！…我做了甚麼？

鋼太　　（看著恩慈的披肩）你…幫助她鬆綁了…

文英　　（！心頭一震…）

背後有一道視線看著兩人。

#64　沒關係病院，庭院｜白天

文英臉上帶著笑容，踏著輕快的步伐走出醫院，此時！望見高大煥坐在涼椅上，緊盯著自己！

文英　　…

高大煥　…

文英　　（無視他，正要走過！）

高大煥　你也會…

文英　　（停下腳步！）

高大煥　變成…你媽媽…

文英　　…

高大煥　（像唸咒語）絕對…逃不掉…

文英　　（輕視）你錯了！我不一樣。

文英語畢便離開，一手摸著長長的髮絲。

#65　城堡，文英的房間｜白天

喀擦，喀擦…地上掉滿頭髮…

#66　城堡，外觀｜夜晚

#67　城堡，大廳｜夜晚

鋼太回到城堡，走進大廳，與站在樓梯的文英相望…！！

鋼太　…！！你…的頭髮…！

文英帶著些微參差不齊的短髮，站在鋼太面前，臉上帶著雀躍的表情。

文英　我，把項圈剪斷了…（嘻嘻，像個孩子般純真的笑）

鋼太　…！

文英　（嘻嘻）

鋼太　（也跟著笑）

兩個人就這樣相視而笑好一陣子。

#68　沒關係病院，男子病房｜夜晚

熟睡中的大煥，此時耳邊傳來《我親愛的克萊門汀》的歌聲…

高大煥　…！！（一聽到歌聲隨即瞪大雙眼）

#69　城堡，文英的房間｜夜晚

鋼太拿著剪刀，細心修剪著文英的髮尾，文英安心地閉上雙眼，喀擦喀擦，地上掉落著頭髮…

#70　沒關係病院，走廊｜夜晚

高大煥赤腳奪門而出…不絕於耳的《我親愛的克萊門汀》歌聲，就像追趕著他不放，大煥頭痛欲裂，抱著頭大聲嘶吼。

#71　城堡，文英的房間｜夜晚

鋼太　完成了…

文英　（看向鏡子…端詳自己短髮的模樣…）

鋼太　（看向她）

文英　看起來如何？

鋼太　…很漂亮。

文英　…！

#72　沒關係病院，走廊｜夜晚

漆黑的走廊上，有個人影走過，輕撫著牆面的她…嘴上唱著：「我的愛人…我的愛人…我摯愛的克萊門汀」一個女性患者的背影，漸行漸遠消失在畫面！

#73　城堡，書房｜夜晚

文英因稱讚而露出少女般的微笑，鋼太用熾熱的眼神望向她，背景音樂微弱地方播放著《我親愛的克萊門汀》的下一句，「丟下老父親一人…遠走高飛去了何處？」

8

美女與野獸

#1　城堡，文英的房間｜夜晚

鋼太細心地修整著文英原先參差不齊的髮尾，文英靜靜地坐著，地上散落一地的頭髮。…

鋼太　（認真地剪著）

文英　（閉著眼睛）…可以相信你吧？

鋼太　哥哥的頭髮都是我剪的…因為只有我才能碰…

文英　（突然閃過…！！# 尚泰的蘑菇頭）

開始有些起疑的文英

文英　應該是他要求那種髮型的吧？

鋼太　不…是我深思熟慮後剪的。

文英　…！！我才不要蘑菇頭！（站起身）

鋼太　（壓文英坐下）已經太遲了，剪刀在我手上（揮舞剪刀）不想變禿頭就坐好，不要亂動。

文英　（哼哼…該不會把我剪壞）

鋼太　（剪著頭髮，噗哧笑了一聲）

Cut to.

鋼太　完成了…

文英　（緩緩睜開雙眼，看著鏡子中些微陌生的自己）

鋼太　（看著她的表情）

文英　（心滿意足地望向鋼太）…我看起來如何？

鋼太　（直視雙眼，發自內心）…很漂亮。

文英流露出羞澀的笑容，與鋼太相互凝視著彼此。

文英　我現在把項圈剪了，再也不用聽媽媽的話。

鋼太　（…！）原來想掙脫的…是媽媽嗎？

文英　（停頓）…對，我現在自由了。

鋼太　…恭喜你。

文英　不要恭喜，我要稱讚。（將頭靠上）

鋼太　（輕輕撲著）你很棒，很了不起。

文英　（聽到稱讚感到開心）那我們現在可以在山野間玩樂了。

鋼太　像春日之犬嗎？

文英　對，像春日之犬。（用天真的表情看著）

鋼太　（會有那天嗎…在笑容的背後，感到一絲哀戚）

#2　城堡，外觀｜（隔天）早晨

「開在山～也是花～開在田野～也是花」從尚泰的歌聲開啟一天…

#3　城堡，兄弟的房間｜早晨

尚泰在鏡子前用心的整理頭髮…還用圓梳將頭髮梳理出圓弧的膨度，然後滿足地看著鏡中自己。

#4　城堡，餐廳｜早晨

尚泰走向餐桌，剪成短髮的文英開心地對他笑著，尚泰呆站在原地，餐桌上擺放著白飯與熱湯，兩人的視線在空中交錯。

尚泰　…！頭、頭髮，你的長髮去哪裡了？

文英　我剪掉了，好看嗎？（期待的眼神）

尚泰　長髮比較好看。

文英　（甚麼！）

鋼太　（一驚）怎麼會…我覺得短髮也很適合啊…（坐在尚泰旁邊）

尚泰　（有點落寞＋不悅）哪有，及腰的飄逸長直髮比較漂亮，漂亮百倍、千倍、一萬兩千倍，為什麼要剪掉？為什麼？

文英　（憤怒地拿著湯匙）

鋼太　（看著兩人）哥，我、我們今天來剪頭髮吧，好長了呢。

尚泰　禮拜三才剪過。

鋼太　（！！）那時候才剪一點點，今天再修一下吧，我們先吃

飯。（夾飯菜）

尚泰　（可惜）長直髮多漂亮，為什麼要剪呢，不應該剪的…

文英　（眼睛已經要射出雷射光）

鋼太　（在桌子底下踢著哥哥）

尚泰　為什麼踢我？

鋼太　（啊哈哈…冒冷汗）我有嗎？

尚泰　就是你，還踢了三次。

文英　（憤怒地戳著眼前的鵪鶉蛋，咚！咚！盤子都要破掉）這該死的鳥蛋！！

鋼太　（趕緊夾一顆，放在文英的碗中）吃吧。（再放一顆）

尚泰　（看著兩人）

鋼太　（深怕兩人吵起，冷汗直流地吃著飯，此時眼前出現一支湯匙）

文英　雞蛋捲。（嘟上湯匙）

尚泰　（看著）

鋼太　（意識到哥哥的眼神，將雞蛋捲的盤子移至文英面前）雞蛋捲在這。

文英　（無聲的示威…繼續拿著湯匙）

鋼太　（無可奈何嘆了一小口氣，將雞蛋捲放在文英的碗中）

尚泰　自己挾菜。

鋼太｜文英　！

尚泰　（看上去有些不開心）自己要吃的，自己挾。

文英（E）　你哥真是…

#5　城堡，大廳｜早晨

鋼太下樓正準備出門上班，文英跟在後頭。

文英　（氣呼呼）一點都不會察言觀色。

鋼太　（邊走著）他只是…比較誠實。

文英　你站在你哥那邊嗎？

鋼太　當然，他可是我哥哥。

文英　（嘖）接住！（將某物丟向鋼太）

鋼太　（…！！手中接下車鑰匙）

文英　下班後馬上回家來跟我玩。（打開大門）

鋼太　（看著鑰匙…走出門外）

#6　城堡大門前｜早晨

文英走在前方，享受著溫暖日光，微風吹來，使清爽的髮絲在空中搖曳，文英閉上眼沉浸在美好的景致，鋼太在她身後幾步的位置，看著文英漂亮的肩線，看得出神。

鋼太　…！！

文英　（轉過身，在燦爛的日光下溫柔地笑著）天氣真好…

鋼太　！！（迴避眼神）

文英　真清爽…（轉動脖子，讓頭髮輕盈的在空中飛舞）

鋼太　（望得出神）

文英　以後也要幫我剪頭髮，知道嗎？

鋼太　（不想被發現紅潤的雙頰，快步走向車子）怎麼不去髮廊。

文英　　（跟上）我也跟你哥一樣，不喜歡人家觸碰我的身體，只有你是例外，只有你可以碰。

鋼太　　（到底又在講甚麼，趕緊開啟車門）

文英　　（迅速將門關上）

鋼太　　！又怎麼了…？（轉頭）

文英　　（湊上前）真的漂亮嗎？

鋼太　　！！（真的要瘋）

文英　　（更近）說話啊。

鋼太　　…對…很漂亮。

文英　　（看著車窗的折射）我也…覺得自己漂亮。

鋼太　　（無語地笑出聲）

文英　　？？笑甚麼？

鋼太　　（忍笑）不要跟哥吵架，兩個要和平相處，我出門了。（坐上車）

文英　　快點回家，晚了就死定了。（關上門）

#7　　行駛中的車｜早晨

從後照鏡中看著文英，嘴角不由自主地上揚，心情很好的上班去…

#8　　沒關係病院，大廳｜白天

鋼太看著公告欄上貼的停課公告後，移動腳步。

#9 沒關係病院，護工休息室｜白天

換上制服後的鋼太，關上置物櫃鐵門後，驚見門後要死不活，帶著黑眼圈的吳車勇！

鋼太　！！嚇死我了。

吳車勇　（有氣無力）我真的看起來那麼糟嗎？（看著鏡子）天哪，跟喪屍一樣。

鋼太　大夜班發生甚麼事了嗎？

吳車勇　你有遮瑕膏嗎？

鋼太　那甚麼？

吳車勇　還是氣墊？

鋼太　休息室不是有抱枕？

吳車勇　不是…是擦臉的…算了…（搖搖晃晃坐在椅子上）

鋼太　（拿起護工工作日誌）昨天有狀況嗎？哪位患者？

吳車勇　高大煥患者…

鋼太　（！轉頭看）他怎麼了？

吳車勇　他又發作，鬧了一整個晚上。

鋼太　！

吳車勇　他跑到走廊，眼睛上吊，還口吐白沫、全身痙攣…唉…（搓揉雙頰）害我整夜沒有闔眼，為什麼每次值夜班都會這樣…（想哭…）

鋼太　（僵硬的表情）

#10 沒關係病院，男子病房｜白天

大煥緊閉雙眼，看似入睡，幸子正在抽取血液。

簡畢翁	他還好嗎？是不是腦裡又長甚麼東西…他一整夜都在自言自語…
朴幸子	別擔心了（結束抽血）你也應該整夜沒睡吧…
簡畢翁	其實…我想說不去上冥想課，要來補眠…
朴幸子	盡快休息吧。（再度看了一眼大煥，走出病房）
高大煥	（靜靜張開雙眼）

#11　沒關係病院，走廊｜白天

朴幸子在走廊上遇見鋼太。

朴幸子	文護工，高大煥患者有流口水，你去幫他更衣…
鋼太	好的…

#12　沒關係病院，男子病房｜白天

鋼太協助大煥更衣，將扣子扣上，因為前天晚上發作而虛弱的大煥，看著鋼太。

高大煥	（緩慢）…那個女人…唱著歌…
鋼太	…？甚麼…歌？
高大煥	…克萊門汀。
鋼太	？！（克萊門汀！？）
高大煥	明明已經死了…可是…那個女人竟然…（直視鋼太）出現在這裡…
鋼太	！！那個女人…是誰？
高大煥	（望向窗外，喃喃自語）分明死了…可是卻出現…

鋼太　…！！

不知是麻痺使然，還是感到恐懼，大煥的手劇烈地顫抖著，鋼太面露困惑。

#13　**城堡，書房｜白天**

文英看著網路新聞，新聞標題斗大地打上：「捲進失言風波的高文英作家，神隱的真相？」、「照護失智症的年邁父親，高文英作家就此引退？」點擊新聞後，文英留心地看著網友回覆。「不要假裝孝女！」、「她才是要看醫生的人吧」、「在盡孝道前先找回良心吧」、「滿口髒話的童話作家還是封筆吧！」、「真是後悔買她的書」等等的惡評。

文英　（憤怒）這些該死的臭蒼蠅們，就應該關在一起噴殺蟲劑一起清除乾淨…（哼…）我之前的粉絲們都去哪了！（蓋上筆記型電腦）

尚泰坐在正對面一臉茫然…！

文英　（笑）在這裡呢，我的粉絲。
尚泰　（坐了一陣子）噴了殺蟲劑後要記得開窗通風，如果要一次殺光的話，用電蚊拍最有效。
文英　（撐著下巴）尚泰哥，你為什麼喜歡我的童話？
尚泰　（眨眨眼）因為是高文英作家寫的。

文英　所以…你不是喜歡我的童話，而是我，為什麼喜歡我？

尚泰　（堅定）因為漂亮。

文英　噗哧…哪裡漂亮？

尚泰　頭髮，長頭髮。

文英　！！（瞬間表情一沉）

尚泰　飄逸柔順，及腰的長直髮，很漂亮，唉…不應該剪的。

文英　（生氣站起）會議結束！

尚泰　（困惑）我們，有開會嗎？

文英　跟你在一起，我的頭都痛了，之後再說吧。（走人）

尚泰　…？！之後？之後就是死之前的某一天（想起）不行，要給我露營車…露營車…

#14　潛艇堡專賣店｜白天

相仁與丞梓吃著潛艇堡。

相仁　我要你查的東西呢？

丞梓　（從包包內拿出資料）你說這與業務有相關，所以我才去查的…可是在背後調查人家，這有點…

相仁　（眼帶血絲）那是你的專長不是嗎，當初如果不是你幫文英調查那個護工，我們會落得這下場嗎…！

丞梓　（高聲朗讀）姓名南朱里，單身，與文鋼太護工曾為一年的同事。

相仁　其實也沒有認識很久…

丞梓　自小父親因病去世…

相仁　竟然…

丞梓　母親曾在工地餐廳工作。

相仁　想必吃過許多苦…

丞梓　現在任職於沒關係病院的料理長，母女兩人住在兩層樓的自有住宅中。

相仁　自有嗎…

丞梓　將頂樓出租給護工兩兄弟，地下室房間則是出租給在披薩店工作的友人，以寄宿的方式租賃，供應餐食。

相仁　原來是寄宿。

丞梓　可是代表…你喜歡那個護理師嗎？

相仁　（！！）你為什麼在這種地方就如此敏銳！工作的時候笨得跟豬一樣！

丞梓　（閉上嘴，哼）

相仁　你老實說說看。

丞梓　怎麼了？

相仁　我跟文鋼太比的話，誰會贏？

丞梓　以男人來說嗎？

相仁　我比他高，體格也比較好，無論是社會地位還是資歷都比他豐富吧？（期待的眼神）

丞梓　可是有一個關鍵的要點。

相仁　哪一點！

丞梓　（揮揮手）這裡，臉蛋。

相仁　（翻白眼）

#15　沒關係病院，庭院｜白天

鋼太坐在涼椅上，趁著休息時間，欣賞著藍天白雲…拂上臉的微風，讓他想起了文英漂亮的身影⋯在燦爛的日光下，天真笑著的臉龐⋯以及說著：「我們現在可以在山野間玩樂了」的聲音。

鋼太　（抬頭望向天空）⋯文鋼太⋯你真的是瘋了⋯（閉上眼）

#16　**沒關係病院，院長室｜白天**

吳院長認真看著昨晚監視器的畫面，走廊、病房、護理站、大廳，不斷切換著畫面，看著大煥赤著腳從病房內奪門而出⋯抱著頭暈厥，以及衝上前的星與吳車勇，院長切換著同一時間的各個畫面，最後停留在走廊一側的視角，一個女性患者的背影被攝影機照到，畫面轉為實際場景。

 # 走廊｜夜晚

女人邊走邊劃過牆壁，嘴上哼唱著《我親愛的克萊門汀》，畫面中的她緩緩轉過身，竟然是朴玉蘭！監視器畫面中的她微微開合著嘴巴，臉上露出得意的笑容。

吳院長　⋯

他看著畫面中的玉蘭，拿起電話按下內線分機。

吳院長　可以請朴玉蘭患者到我的辦公室來嗎？對⋯現在。

Cut to. 表情沉重的院長望向窗外，身後傳來敲門聲，鋼太與玉蘭進入辦公室。

吳院長　（表情轉為明亮）朴玉蘭女士請進，這邊請坐。

朴玉蘭　（坐下）

鋼太　（道別後正要離去）

吳院長　（眼神示意要他留下）

鋼太　（捕捉到院長的眼神，留在辦公室）

吳院長　（看著玉蘭笑嘻嘻）最近臉色似乎比較明亮了…

朴玉蘭　（冰冷）應該是藥物起作用了吧…可是為什麼叫我來呢？

吳院長　沒甚麼…就只是有件事情想請教…

朴玉蘭　…？

吳院長　昨天半夜的時候…你有在走廊上看到高大煥患者嗎？

鋼太　（望了一眼玉蘭）

朴玉蘭　（搖頭）那個時候我去了洗手間…沒有看到他。

吳院長　那當時你…有唱歌嗎？

朴玉蘭　…唱歌？唱甚麼歌？

鋼太　…？！

吳院長　（輕輕唱）一望無際的海邊～有一間房子～（持續唱著）

鋼太　…！！（# 想起大煥對他說：「有人在唱歌…唱著克萊門汀…」）

朴玉蘭　（停頓後冷笑）

吳院長　（停止歌唱）

朴玉蘭　我又不是鬼？

吳院長　鬼？

鋼太　…？

朴玉蘭　劉宣海，那個女巫不是到處亂講嗎…說每到半夜，走廊的盡頭就會有鬼在唱歌…但院長，我可不是鬼。

吳院長　當然不是…怎麼可能嘛…總之你沒有唱甚麼歌對吧？

朴玉蘭　就說沒有了。

吳院長　好…我明白了，（嘴角雖然笑著，但眼神卻不是如此）

鋼太　（看著院長臉上的表情）

#17　**沒關係病院，走廊｜白天**

玉蘭摸著牆壁，帶著微笑，與鋼太走回病房。

朴玉蘭　（呵…）

鋼太　有甚麼…開心的事嗎？

朴玉蘭　沒甚麼…只是我來這裡好幾個月了，大家都把我當成透明人…現在開始注意到我了…？呵…真有趣…

鋼太　…（究竟在意指甚麼呢…）

#18　**沒關係病院，院長室｜白天**

吳院長繼續看著監視器畫面，臉色凝重。

#INS-7 集 41 幕：過往的大煥：「她每晚都會唱著《我親愛的克萊門汀》當搖籃曲…但是她…真的知道那首歌的涵義嗎…」

吳院長想起與簡畢翁的談話，「高教授醒來後，就一直重複說一句話，甚麼…克萊門汀嗎？他說自己有聽到這首歌…」吳院長緊盯著螢幕裡的朴玉蘭，跟著她的嘴型…

吳院長（E） 丟下老父親一個人…遠走高飛去了何處…

玉蘭的嘴型與歌詞完全相符，吳院長陷入苦思。

吳院長（E） 為什麼要說謊呢…？

#19 沒關係病院，屋頂｜白天

吳院長嘴裡咀嚼著魷魚乾…一旁的鋼太望向遠方的大海…

鋼太 我也不知道…（望向吳院長）可是為甚麼要跟我說這些呢…

吳院長 高大煥患者唯一的監護人是高文英作家，而高文英作家唯一的監護人就是你，所以不無關係吧。

鋼太 我覺得毫無相關吧。

吳院長 （撕下一隻魷魚腳）咬一咬，多咀嚼有效預防癡呆。（嘿嘿）

鋼太 （咀嚼）

吳院長 總覺得有些奇怪…醫院有些地方都不太對勁…這就當作是我們兩個的秘密，你幫我多留意朴玉蘭患者。

鋼太 （不回答，繼續咀嚼）

吳院長 跟醫院最強的指揮官聯手，感覺怎麼樣？

鋼太 （依舊不回答，咀嚼中）…

吳院長　咬著咬著挺好吃的吧？

鋼太　（依舊不回答，咀嚼中）…

吳院長　（認輸）你想要甚麼？

鋼太　（這才望向院長）

#20　沒關係病院，大廳至正門｜白天

鋼太撕下貼在公告欄的停課公告，丟進資源回收桶。

#21　城堡，二樓走廊｜白天

尚泰揹著背包正要出門。

文英　（看見）你要去哪裡？

尚泰　要去中國餐廳然後再去披薩店…

文英　（皺眉）是餓死鬼嗎？

尚泰　在中國餐廳跟鋼太吃飯，然後再去披薩店打工…

文英　鋼太嗎？那我也要去！

#22　市場入口，中國餐廳｜白天

店員（E）　這是您的炒碼麵。

#23　市場入口，中國餐廳｜白天

鋼太與尚泰並肩而坐，文英坐在兩人面前。

尚泰　（雀躍）炒碼麵，炒碼麵，放入辣椒跟紅蛤，湯頭超讚～

鋼太　　（笑著倒水）

文英　　（皺著眉看著店內裝潢）為什麼要到破破爛爛的地方吃炒碼麵。

鋼太　　我媽媽以前常帶我們來這裡。

文英　　！！（竟然…）

鋼太　　因為我很喜歡這裡的炒碼麵。

尚泰　　「媽媽，我每天都要吃～」（吸著麵，學年幼鋼太）

文英　　（嗯…）難怪這裡就像是歷史悠久的名店呢…

鋼太　　（笑）趕緊吃吧，（呼呼）

文英　　（嘖…看著兩兄弟吃得津津有味的模樣）

鋼太　　（越吃越慢，每吞一口就停頓）

文英　　…？？

鋼太　　…（想起媽媽…）

#INS-7 集 54 幕：母親慈愛地看著年幼鋼太吃著麵…

鋼太　　（為了不讓他人發現，反而吃得更大口）

文英　　…那麼好吃嗎？

鋼太　　…（含糊）好吃…

文英　　真的嗎（夾起一大口放進嘴巴，隨即吐出）靠媽的咧，有夠辣，天哪！！（迅速夾一塊醃漬蘿蔔放進嘴裡）

鋼太　　（噗哧大笑）

尚泰　　（自顧自地說著）辣椒素容易上癮，它會刺激腦內啡分泌，能幫助人體釋放壓力，但是隔天會拉血便，屁屁會痛。

鋼太　（因為哥哥的話而笑，但又因嘴中的辣感而流淚，整個人又笑又淚）

文英跟尚泰兩個人用睥睨的眼神看著奇怪的鋼太…窗外開始滴落雨水。

#24　市場入口，中國餐廳｜白天｜下雨

天空下起大雨，文英開門走出，後頭的鋼太與尚泰向餐廳老闆道別後也走出門外，他們撐起餐廳所借的雨傘，一支遞給文英，一支兩兄弟共撐，「好久沒吃了，一樣好吃呢」、「辣椒素容易上癮」、「下次再來吃吧，哥…」、「血便，會大血便…」，鋼太與哥哥在前方走著，雨傘逐漸往哥哥身上靠…文英望著他淋濕的肩膀…

文英　（看著無微不至照顧哥哥的鋼太發著呆…）

文英踏出步伐，走到兄弟倆身旁，並將自己的雨傘移向鋼太被雨水浸濕的肩。

文英　等等我。
鋼太　…！（感受到文英替自己撐傘…）
文英　（直視前方）
尚泰　（繼續講著話）
鋼太　（在兩個人的中間，露出欣慰的微笑）

三個人的背影漸漸消失在雨中…遠遠看去，就像三個人共撐一把雨傘似地…

#25　**公車站＋公車內｜白天**

雨過天晴…尚泰坐上公車最前排的位置，車外的鋼太笑著對他揮揮手…一旁站著文英。

尚泰　（不看他們，將童話書從包包內拿起）

文英　（對著鋼太說）我們去喝咖啡。

鋼太　（看手錶）你自己喝吧，午休時間快要結束了。

文英　十分鐘就好。

公車緩緩出發，尚泰望向窗外…看見鋼太被文英勾著手，雖然推拉著她，但臉上卻止不住笑意…

尚泰　…（直盯著甜蜜的兩人）

#26　**沒關係病院，餐廳｜白天**

朱里與星聊著天走進餐廳，一個陌生男子的背影吸引她的目光。

朱里　他…（該不會…）

星　怎麼了？（看向彼方）是認識的人嗎？

男子轉過身，口中塞著滿滿的飯對著朱里笑著，坐在對面的順德揮揮手要朱里過去，朱里瞪大眼睛看著相仁。

#27　沒關係病院，廚房｜白天

順德四處走動著整理餐盤，朱里心浮氣躁地跟在後面。

朱里　我才不要！絕對不要！不可以！

順德　你不想要又怎樣，我才是房東耶。

朱里　貸款大部分都是我繳的耶！

順德　人家有苦衷啊，來到城津市這個陌生地，無依無靠，公司也倒了。

相仁對著廚房的出餐口可憐地笑著。

朱里　（不可置信地望著）他的苦衷關你甚麼事？

順德　怎麼沒關係？他可是尚泰工作的出版社社長耶。

朱里　（受不了）但家裡又沒有空房，你該不會…要讓他住進頂樓？

順德　（不回答）

朱里　（不安）媽…

順德　一半一半。

朱里　甚麼？

順德　你跟載洙的房間，各分出去一半。

朱里　！！！

載洙（E）　她當房間是炸雞嗎？（指韓式半半炸雞）

#28　　披薩店｜白天

載洙與尚泰兩人相視而坐。

載洙　　把房間分一半？竟然要我跟那個出版社社長一起住！想賺房租也不是這樣，根本就是惡房東，你說對不對，尚泰哥？

尚泰　　…（#想起文英與鋼太勾著手的模樣）

載洙　　聽說那個姓李的今天就要搬進來，氣死我了，反正，跟高文英…這個女人有關聯的人，都不是好東西！

尚泰　　…（從剛剛開始就一直摳著手）

載洙　　哥…別抓了，會流血的…

尚泰　　…（停下動作，看著載洙）

#29　　咖啡廳｜白天

鋼太在櫃台點餐，看了一眼「今日特選咖啡」的海報後，點了兩杯冰美式咖啡，他瞥見座位上的文英，眼睛盯著另一桌…一位穿著高級襯衫，打著領帶的男子，正拿著鋼筆在記事本上抄抄寫寫…文英將手不自覺地伸向男子…鋼太臉上露出不悅的表情…

文英　　（喃喃自語）…好想要。

文英盯著男子手上的鋼筆，此時男子似乎注意視線，停下手…文英自然地別過頭，轉向其他方向，而男子卻拿著鋼筆與記事本走上前。

鋼太　　（看著男子靠近文英）

男子（E）　請問…是高文英作家嗎？

文英　　（抬頭？）

男子一臉端正，帥氣地笑著！

男子　　真的是本人…沒想到會在這裏遇見作家。

鋼太　　（那個人…搞甚麼，趕緊拿了飲料走上前）

文英　　你認識我嗎？

男子　　當然，我是作家的資深粉絲，（遞上名片）這是我的名片。
（○○廣告公司代表！在文英的眼中 CEO 三個字閃閃發亮）

鋼太　　（拿著飲料，砰！的一聲放下）

男子　　是男朋友嗎？

文英　　（看都不看一眼）不是，只是認識的人。

鋼太　　…！！（認識的人？！！）

男子　　啊…真是太好了。

鋼太　　（太好了？！！）

文英　　請坐。（喝著飲料）

男子　　（自然地坐在一旁）去年夏天作家所舉辦的繪本活動就是由我們公司所承辦的…您應該不記得了？那個時候有著一面之緣，沒想到又在今天相遇…

文英　　（笑著）看來是命中註定呢…

鋼太　　（喝到一半，大力嗆到）命…命中注定？

男子　　希望這段緣份可以成為良緣呢，如果有時間的話，可以相約吃頓飯。

文英　　隨時都可以。
鋼太　　！！（看著兩人的表情愈來愈僵硬）
男子　　（遞上鋼筆與記事本）那可否跟您要個連絡方式…

文英拿起鋼筆，面露愉悅地在記事本上寫著…鋼太大口咬著冰塊，看見文英所寫的內容！

「丹尼爾哥哥♡，下次一起去吃牛肉吧～～文英會等著你Der～^.~♡ 010-XXXX-XXXX」

跟之前寫給尚泰的訊息一樣肉麻…

鋼太　　（天…！！！）
男子　　（看了訊息覺得很可愛）先生，不好意思…
鋼太　　叫…叫我…？
男子　　（油膩笑著）可以麻煩你幫我跟作家拍個合照嗎？
鋼太　　！（受不了）

鋼太拿起手機，畫面中的男子作勢要摟住文英的腰…

鋼太　　（皺眉）那個，手如果在腰…
文英　　手要放在腰嗎？（將男子的手，摟在自己腰上）
鋼太　　（無語）
文英　　（不停擺弄姿勢）拍吧。

鋼太用力地按下快門不放開，啪啪啪啪，連續拍著數十張。

#30　咖啡館附近街道｜白天

心情不佳的鋼太與毫不在意的文英走在路上。

鋼太　（吐槽）你的粉絲福利做得真好。

文英　李代表說，我只要多笑一次，就會多賣一本書。

鋼太　作家就好好地寫文章就好，為什麼要賣笑？！

文英　（呆望）

鋼太　（發現自己太激動，有些難為情）還有怎麼可以隨便給不認識的人聯絡方式。

文英　因為…很帥啊。

鋼太　很帥…？（啊…）

文英　？怎麼了…？

鋼太　（放棄）回去吧，我的車子在另一邊。（正要轉身）

文英　（抓緊）你該不會…在吃醋嗎？

鋼太　（…！！）我幹嘛吃醋！（掙脫手）因為你我要遲到了。

鋼太轉過身離去。

鋼太　是真的蠻帥的…只是太油膩了…

看著鋼太離去的身影，文英打開手提包，拿出那名男子的鋼筆。（在拍照時偷偷拿取）

文英　（滿足）真是帥…（再度放進包包）

兩個人對於帥氣的不同解釋…身影漸漸消失在畫面—

#31　沒關係病院，走廊｜白天

相仁追在朱里後面。

相仁　請問是在生我的氣嗎？從早上就一直不接電話…是因為那天呼我巴掌的事嗎…

朱里　（突然轉身）為什麼偏偏是我家？

相仁　（站直）因為是你。

朱里　（這人是怎樣？）我有喜歡的人了。

相仁　我知道，折磨人的單戀。

朱里　…

相仁　（真摯）可是朱里，請不要成為壞女人。

朱里　…！

#INS-7 集 33 幕：「為什麼我不可以，她就可以…我也可以當壞女人…」

相仁　要遇見能愛你善良一面的男人才對。

朱里　（尷尬）我…一點也不善良…

相仁　嘴上說自己不善良的人才是真正的善良。

朱里　…！

相仁　（笑嘻嘻）

#32　沒關係病院，戶外停車場｜白天

相仁走向車子。

相仁　真是的…善良的女人跟壞女人怎麼都愛上同一個人呢。（瞬間停下腳步！）

鋼太正好與相仁眼神交會，彼此的視線皆帶著怒氣，相仁想要視而不見，準備拿出鑰匙…但鋼太卻加重步伐朝向他。

相仁　（感到害怕…故作鎮定…）你想做甚麼！要把我從這裡趕出去嗎？

鋼太　你跟她說只要多笑一次，就會多賣一本書嗎？

相仁　（怎麼知道？！）

鋼太　（激動地高聲大吼，連自己也不明白為何激動）作家只要好好創作就好了，又不是藝人，為什麼那麼積極地做粉絲福利？因為你那種不入流的行銷手法，才會養成她到處稱讚人家很帥、很好看，還比愛心，甚至還讓人家摟腰，甚至還跟陌生人約吃飯！到底灌輸她甚麼錯誤的觀念，讓她開始皮笑肉不笑！跟小丑一樣！小丑！

相仁　（因驚嚇而睜大雙眼）在講甚麼…？

鋼太　叫你以後好好正直的工作啦！（生氣地說完就走回醫院）

相仁　我…我有…做錯甚麼嗎…（委屈！）

#33　城堡，書房｜傍晚

文英用那支鋼筆在記事本上書寫著，但隨即將紙揉成團丟向一邊，在書桌上抱著頭，「不想寫了…」拿起一旁的網太說：「…真無聊…」

#34　沒關係病院，備品室前走廊｜傍晚

朱正泰在走廊上東張西望後，躡手躡腳走進備品室。

#35　沒關係病院，備品室｜白天

「喵～」，朱正泰走進備品室環顧四周，角落的洗衣桶（準備要清洗的病人服、寢具等）冒出一個像水鬼的人影！

朱正泰　雅凜！（扶她從洗衣桶裡出來）

李雅凜　（爬出）我的腳…都要麻了…

朱正泰　（拍拍雅凜的身子）抱歉，抱歉，簡畢翁那個老頭一直要找我打桌球…辛苦你了。（抱緊）

李雅凜　（開心被抱著）…我們要這樣偷偷摸摸到甚麼時候呢？

朱正泰　唉…醫院規定病患間不能談戀愛…除了備品室這裡，其他地方都有監視器…

李雅凜　（哼…哭樣）

朱正泰　（安撫）讓我們在苦中作樂吧，在出院前好好享受這種刺激感…

李雅凜　（帶著眼淚點點頭）我們就像悲劇裡的男女主角般…

朱正泰　（忍不住）雅凜…如果可以的話…我可以吻你嗎…

李雅凜　（這…羞澀地點頭）

正當兩個人的嘴唇就要湊上時，吳車勇像喪屍一樣地開門進入備品室。

吳車勇　真是的…要睏死了，沒事換甚麼床單，氣死了！（從架上拿出床單）每次都在我連續班的時候使喚我，朴幸子這臭老太婆！

（房內）朱正泰與雅凜躲在門後，正打算趁車勇拿寢具時偷溜出去，但眼見鋼太就要進門，趕緊躲回原位！

鋼太　我來吧，你去休息。

吳車勇　真的嗎？那我可以小睡一小時嗎？

正泰｜雅凜　（一小時？！）

鋼太　（從車勇手上接過床單）被護理師發現的話，我可不負責喔。

吳車勇　（拿起一條棉被鋪在地上，隨即躺下）天哪，我真的要累死了…

鋼太拿走寢具後出去，貼在牆後的朱正泰與雅凜冒出頭察看，兩人冒著冷汗，與車勇呼呼大睡的鼾聲。

#36　沒關係病院，備品室走廊｜白天

片刻後⋯門稍微被開啟，雅凜與正泰偷偷地走出⋯轉身看到鋼太就站在門旁！

正泰｜雅凜　（天哪！！！！）

鋼太　（看著兩人）

#37　沒關係病院，醫院後｜白天

雅凜哭哭啼啼地站在一旁，正泰苦苦哀求中。

朱正泰　拜託你了！這一次可以當作沒看到嗎！文護工？不不！哥！鋼太哥！

鋼太　我比你小一歲。

朱正泰　（跪下）求求你了⋯可以讓我們相愛嗎？！

鋼太　（扶起身）請趕快起來。

朱正泰　（殷切）相愛不是罪不是嗎⋯患者也是人啊⋯

鋼太　相愛不是罪，但是違反院內規定。

朱正泰　！

李雅凜　嗚嗚⋯太過分了⋯

鋼太　（雖然不忍心）兩位中或許有一位要移到其他病房。

朱正泰　！！哥，拜託你不要向上稟報⋯我求你了⋯

李雅凜　（哭更大聲）嗚嗚嗚嗚嗚⋯

鋼太　（不忍心，規勸）兩位請好好地接受治療，健康的出院後，就不會有任何人阻止你們了。（轉身離開）

感到絕望的正泰與傷心欲絕的雅凜留在原地，轉身離去的鋼太表情略顯五味雜陳…

#38　　城堡，外觀｜傍晚

尚泰（E）　我回來了！

#39　　城堡，書房至階梯｜白天

文英拿著網太開心地跑上樓…

#40　　城堡，兄弟的房間｜傍晚

「尚泰哥！」，文英直接開啟房門，正在更衣的尚泰穿著背心與短褲，腳上的襪子也還沒脫去。

尚泰　在東方禮儀之國裡生活，應該要敲門…
文英　我們來玩吧，你會玩撲克牌嗎？
尚泰　網太…
文英　不是，是撲克牌。
尚泰　（直盯著文英手中的娃娃）網太…那是我的…
文英　（抱緊）現在是我的，鋼太給我的。
尚泰　（語氣加速）它、它是 2007 年 5 月鋼太縫給我的，網太會幫我吃掉惡夢，讓我不會…不會…
文英　可是我 2020 年 7 月領養它了。
尚泰　沒有送養，怎麼有領養，網太是我的，還給我！（伸手）
文英　（快速閃過身）
尚泰　（激動地抓住網太的身驅！）

文英　（將網太抓得更緊）

尚泰　（用盡全身的力氣拉扯，最後網太的頭與身體被分離！！）

文英　！！（眼裡冒出怒火）

尚泰　！！（心跳加速）

#41　**城堡，外觀｜夜晚**

一台車子停在城堡門外，鋼太下車後走進城堡。

#42　**城堡，二樓｜夜晚**

鋼太輕快地走上二樓，但整間屋子出奇地安靜…「哥…？」，沒有任何回音，文英的房門敞開，卻沒有人影…對於這片沉默有不好預感的鋼太打開兄弟倆的房門。

#43　**城堡，兄弟的房間｜夜晚**

「哥？」鋼太一打開房門，羽毛紛飛在空中，破碎的枕頭掉落在地…文英披頭散髮，臉上的妝都花了…尚泰的背心破了個大洞，還留著鼻血…（兩人劇烈打鬥）

鋼太　（傻眼）！！！！

文英｜尚泰　（同時說）你說網太是誰的！！（兩人拉扯著）

鋼太　（怒氣逐漸沸騰）…

文英　（自顧自地）網太是我的吧？你給我了不是嗎？

尚泰　（不認輸）我們才是三兄弟，尚泰、鋼太、網太！

鋼太　　（呼…）你們兩個…

文英　　是我的！

尚泰　　是我的才對！（繼續糾纏）

鋼太　　（大吼）安靜！！！！

#吼叫聲震盪著黑暗的森林，禽鳥紛紛飛走。

文英｜尚泰　（停止動作）

鋼太　　兩個都給我放手。

文英｜尚泰　（不動作）

鋼太　　（深吸一口氣…倒數）一…

文英｜尚泰　…

鋼太　　二…

文英｜尚泰　（尚泰的眼神開始晃動）

鋼太　　三…

尚泰　　（一句話也不說地丟下綱太的身軀，並躲進衣櫃中#衣櫃內：「綱太是我的，是老么，我才沒有送養它…」）

鋼太　　你也放手。

文英　　為什麼要放手，這是你給我的耶！

鋼太　　我有說過不能跟哥哥吵架，先放手。

文英　　（氣憤）

鋼太　　（加重語氣）聽話，快點。

文英　　（抵抗…）

鋼太　　（皺眉看著文英）

文英　　（憤怒地丟下綱太的頭，大力關上房門走出）

鋼太　（看著關上的房門，再望向關上的衣櫃，長嘆一口氣）

#44　城堡，文英的房間｜夜晚

文英躲進棉被中，憤怒地踢棉被大吼，「啊啊！該死的傢伙自私的傢伙！蠢蛋！！！」

#45　城堡，兄弟的房間｜夜晚

鋼太輕敲衣櫃。

鋼太　哥，出來吧…把鼻血擦一擦…

尚泰　…

鋼太　如果不想出來，可以把門打開嗎。

尚泰　…

鋼太　（坐在衣櫃內）反正網太…也抓不到蝴蝶不是嗎。

尚泰　（喃喃自語）抓不到蝴蝶…蝴蝶…

鋼太　（對著衣櫃）你說甚麼？我聽不太到！

尚泰　（打開衣櫃，坐在裡面）抓不到蝴蝶，沒有用了。

鋼太　就是說啊…因此我們才放進抽屜的不是嗎…所以我才給作家的。

尚泰　…

鋼太　對不起我沒有事先問你，但…將沒有用的東西讓給需要的人，不是件好事嗎。

尚泰　讓給需要的人…

鋼太　對…讓給他人…

尚泰　（想了一下）可是如果給了需要的人…

鋼太　？

尚泰　那我…還剩甚麼呢？

鋼太　！！

尚泰　…

鋼太　（心疼）哥你還有我啊…沒有網太，有鋼太。（笑著）

尚泰　（看見弟弟的笑容，轉換想法）…因為作家一個人，所以需要網太。

鋼太　那你願意讓給她了嗎？

尚泰　我願意讓給她，（直挺挺看著弟弟）讓給她網太，鋼太不行。

鋼太　…！

尚泰　（堅定的語氣）給她網太，不是鋼太。

鋼太　…好…給她網太，而不是鋼太…（擠出微笑）

#46　城堡，書房｜夜晚

鋼太坐在沙發上，一針一線地縫補著娃娃…文英以急促的步伐走進書房。

文英　越想越氣，讓人睡不著！我到底做錯甚麼…

鋼太　哥答應讓給你了。

文英　…！

鋼太　網太現在是你的了。

文英　（哼）說甚麼讓，本來就是我的！（在一旁坐下）

鋼太　不要跟哥吵架，稍微忍忍吧。

文英　不要命令我。

鋼太　不是命令…是請求。（認真地看著她）

文英　（從鋼太眼神看出真摯）…要怎麼做才可以忍住不生氣呢？

鋼太　…

文英　你不是很會隱忍嗎，當我拿刀刺向你的時候…

#INS-1 集 34 幕：即使手心留著鮮血也冷靜地看著文英

E）在書局的時候，尚泰哥被人家抓著頭髮的時候…

#INS-2 集 36 幕：用夾克保護著哥哥，只是瞪大眼睛的鋼太…

E）當尚泰哥壓著你在地上打時…你都不回手

#INS-6 集 6 幕：蜷曲身子挨打…

文英　要怎麼做才能忍下來呢？

鋼太　因為只要我忍下來…甚麼事都不會發生…

文英　！

鋼太　如果不顧後果，為所欲為的話…我跟哥哥就不會像今天這樣了…

文英　…

鋼太　唯有我忍住…才能保護哥…

文英　（看了一會，微微地笑）…所以說我們才是命中注定。

鋼太　？

文英　你很會隱忍，我很會爆發，安全插銷跟炸彈，就是天生一對。（嘻嘻）

鋼太　（真可愛）

文英　真是命運呢。

鋼太　（想起）…跟你是命運的人到底有幾個？

文英　？甚麼意思…？

鋼太　去跟那個你說很帥的人講啊。（氣呼呼縫著）

文英　帥…啊…！！（拿起桌上的鋼筆）這個嗎？

鋼太　！！！（瞪大雙眼！）

文英　（故意在鋼太眼前揮動筆身）怎麼樣，很帥吧？筆身的線條…太美了…

鋼太　（張口呆望）

文英　（玩弄）但是你比他…（在耳邊細語）更～帥氣，呼…

鋼太　（因耳邊的氣息而激動！）你、你做甚麼！

文英　（躺在鋼太的膝上）所以別吃醋了。

鋼太　我…我哪有吃醋！！（整個身體僵硬）

文英　想睡…

鋼太　那、那你上去睡啊。

文英　不要，網太不是在這裡嗎，（拍拍大腿）放輕鬆…

鋼太　（…！！已經要瘋）

文英　（閉上雙眼）

鋼太　（吞口水，因緊張胡言亂語）那你…有接到院長的來電嗎？說要恢復文學藝術課。

文英　（慵懶）…有…（語尾模糊）

鋼太　　患者們都希望你回來上課…大家都很喜歡的樣子…

文英　　（安靜）…

鋼太　　（靜靜看著在膝上熟睡的文英…）

Cut to. 文英在沙發上沉沉睡去，鋼太將縫製好的網太放在她手裡，並蓋上毛毯…然後坐在一旁的地板，看著她無邪的臉龐。

#47　　朱里的家，外觀｜（隔幾天）早晨

相仁（E）　　啊啊啊啊！！

#48　　載洙的地下室房，洗手間｜早晨

相仁慌張地站在鏡子前，臉上光滑，鬍子被剃得乾乾淨淨。

相仁　　！！我…我的鬍子呢…去哪裡了！

載洙　　（在洗手間門縫後…）呵呵，我把它給刮了。

相仁　　（害怕）甚麼？！你為什麼要刮我的鬍子？

載洙　　因為…

相仁　　（瞪大雙眼）你憑甚麼動我的鬍子！

載洙　　（大聲）你也要負起一半的責任！

相仁　　（…？！甚麼意思）

#49　載洙的地下室房｜前天夜晚｜回想

載洙帶著耳機，嚼著口香糖玩著電動…相仁帶著眼罩，呼呼大睡…嘴裡不停罵著，「高文英，你這個壞女人…」，然後鼾聲大作，最後載洙的電腦螢幕上顯示遊戲結束，載洙生氣地脫下耳機。

載洙　可惡…根本無法專心打遊戲…（轉頭看著相仁）真是麻煩人物！人間禍害！（因為大吼，嘴裡的口香糖飛出口中，正好黏在相仁的鬍子上！）

載洙慌張地想拿起口香糖，但相仁卻下意識地搓揉著人中，讓口香糖緊緊黏著鬍子！載洙驚慌失色 Cut to. 載洙將刮鬍泡擠在鬍子上，拿起刮鬍刀逼近鬍子，傳來順德的笑聲…

#50　朱里的家，客廳｜早晨

「所以黏住鬍子了？」順德準備著早飯，相仁在一旁幫忙，載洙坐在餐桌前冷眼咬著紅蘿蔔。

順德　鬍子刮乾淨後，整個人都清爽了起來…載洙做了好事呢。

相仁　（開心）載洙，謝謝啊～

載洙　早上還跟我大打一架的…

#51　朱里的房｜早晨

咚咚咚，砰砰砰，因為家具的碰撞聲讓朱里睜開雙眼，起身看到丞梓穿著圍裙，包著頭巾，跪在地上奮力地擦著地。

朱里　（困惑）丞梓你在…做甚麼？

丞梓　姐姐早安，是被我吵醒的嗎？

朱里　沒有…只是為什麼突然要打掃呢…？

丞梓　因為…跟姐姐一起住，一定會添很多麻煩，所以想說以後我負責打掃房間，請把我當成空氣就好…請不要在意我。（小心翼翼地擦著地）

朱里　（怎麼能不在意…）

#52　**朱里的家，客廳｜早晨**

順德、朱里、載洙、相仁、丞梓…等人坐在餐桌。

相仁　（對朱里說）我…看起來有不一樣嗎？（期待的眼神）

朱里　（不悅）鬍子，不刮比較好，為什麼刮了？

相仁　（瞪著載洙）

載洙　（正要夾辣炒豬肉）

順德　（將辣炒豬肉移至相仁前方）

載洙　（可惡）

順德　我們尚泰雖然有些特別，但對於畫畫真的是天資聰穎…請好好照顧他，我也會每天準備好吃的飯菜。

相仁　當然，請別擔心，哈哈哈…真是滿漢大餐，不知道要從何夾起了…

丞梓　（小聲）湯好鹹…

相仁　（用腳踢）

載洙　（用腳擋住）

相仁　！

載洙　（將水倒進丞梓的湯碗）快點吃吧～

丞梓　（低下頭）好…

順德　但真的不簡單呢，年紀輕輕就成為出版社的代表。

載洙　（清喉嚨）我也是年紀輕輕就當上披薩店的店長…

相仁　阿姨，雖然我現在寄人籬下，每月只付 20 萬韓幣的租金…但我跟你保證，等到我東山再起後，一定加倍奉還您的恩情！

順德　（開玩笑）那趕緊吃一吃寫切結書吧。（哄堂大笑）

朱里　（不悅地看著母親）

#53　行駛中的朱里車｜白天

面露不悅的朱里開著車，副駕駛座為順德。

順德　怎樣，又哪裡不開心了嗎？

朱里　為什麼要問李代表父母的職業？

順德　同住一個屋簷下的人，總是要了解一下背景吧。

朱里　媽你為什麼要在乎不相干的人。

順德　因為他是在乎你的人啊。

朱里　…！！你怎麼知道？

順德　（望向前方）等你到我這個年齡就知道，一看眼神就能略知一二。

朱里　那你為什麼還給他希望。

順德　做人誠實、有志氣、有責任感，為什麼不行…？

朱里　媽！你明知道理由還這樣…（難為情）

順德　（望向窗外）就是因為知道才這樣，不回應我寶貝女兒心意的人…媽媽我也討厭他…

朱里　！！

順德　討厭…又心疼…

朱里　…

順德　但再怎樣心疼，還是我女兒最重要…

朱里　之前還說要我追到地球盡頭…

順德　我就是怕你窮追不捨…最後走到懸崖…

朱里　…！

雖然明白母親的心意，但還是面露悲傷…

#54　沒關係病院，戶外停車場｜白天

鋼太、尚泰、文英從車上走下，文英看見順德說：「是田螺姑娘呢」，朱里與順德也從車子旁走來，一行人在停車場中相遇，空氣充斥著尷尬的沉默…

朱里　（訝異文英的短髮）

順德　（開心）三個人一起上班啊？

鋼太　（僵硬地笑）對…

尚泰　（回答）我要畫壁畫，鋼太上早班，高文英作家有文學藝術課。

順德　這樣子啊…（用溫暖的微笑看著文英）頭髮剪短了呢？很適合你。

文英　他幫我剪的。（勾著鋼太的手）

鋼太　（…！急忙抽身）

文英　（笑嘻嘻）

朱里　（不悅）

尚泰　（第一次知道，看著鋼太）你幫她剪的嗎？為什麼要剪？長頭髮比較漂亮。

鋼太　（僵硬地笑著）

順德　（依然笑著看著文英）有空來家裡一趟吧…做飯給你吃。

朱里　（媽…！）

文英　（看著朱里）可是令嬡看起來不太願意。

順德　（拍拍）她跟我很像，不懂得隱藏自己的心意。

鋼太｜朱里｜文英　…！！

順德　有空記得來玩，吃飽有力氣再好好打一次架，然後再和好，也不錯啊！（微笑看著鋼太，轉身走進醫院）

朱里　我們先進去了。（離開）

鋼太面有難色地看著他們的身影…

文英　（湊上前）你喜歡那個雙面人嗎？

鋼太　說什麼？

尚泰　（插話）你為什麼要剪作家的頭髮？說啊？

鋼太　哥…因為…

文英　（推鋼太）還是你喜歡田螺姑娘？

鋼太　到底在胡說八道甚麼。（走在前方）

文英　（抓緊手臂）那為什麼不讓我勾手。

尚泰　（看著兩人）

鋼太（E）　我為什麼要跟你勾著手。

文英（E）　因為我們是一對！（又勾）

鋼太（E）　（作勢要抽手）不放手嗎？

文英（E）　（緊緊抓牢）才不要，炸彈就是要跟安全插銷一起。

尚泰在後方看著兩人的身影…趕緊跑上前夾在兩人之間，勾住兩人的手臂，「也讓我勾！我也要！」

鋼太｜文英　（驚訝）…！！

三個人就這樣手勾手，不時推拉著，帶著不穩的步伐走進醫院。

#55　沒關係病院，院長室｜白天

文英面無表情地坐在院長室內，吳院長一如往常笑盈盈地看著她。

吳院長　我怕你對我懷恨在心，今天不來上課了呢。

文英　（手指敲打著）因為…聽說患者們很希望我回來。

吳院長　（笑）文護工說的嗎？

文英　（轉頭）

吳院長　他肯定不敢告訴你，他威脅我的事。

文英　威脅？！

吳院長　他說如果我不讓你回來上課，就一律拒絕我交代的差事，一臉正經地威脅我。

文英　　（…！嘴角不自覺上揚）嘖…他幹嘛要這樣…

吳院長　大概是也想在醫院裡看到你吧…（笑嘻嘻地看著文英）
我…有件事想請教…

文英　　？

吳院長　你認識…朴玉蘭患者嗎？

文英　　朴玉蘭？（思考）啊…

吳院長　認識嗎？

文英　　認識。

吳院長　（…！！）

文英　　她有來聽我的課。

吳院長　這樣子嗎…

文英　　那個阿姨怎麼了？

吳院長　沒甚麼…只是想了解一下她的上課狀況，喝茶喝茶。（喝一口茶，原來不認識嗎…）

文英　　…？？

#56　沒關係病院，男子病房｜白天

星對著患者說：「吃完藥如果有頭暈目眩或失眠，請再告知我們」，一旁的鋼太協助患者吃藥，並拿著舌壓棒與小型手電筒確認患者狀態。

鋼太　　（對著正泰）來，請張開口，啊～

朱正泰　啊～（深情地看著鋼太）

鋼太　　來，捲起舌頭～

朱正泰　爾～（偷偷將魚肉香腸放進鋼太的口袋，然後眨眼！）

鋼太　？！

#57　沒關係病院，庭院｜白天

鋼太與正泰兩人坐在涼椅上，吃著魚肉香腸。

朱正泰　哥真的很謝謝你，沒有告訴護理長。

鋼太　我只是還在考慮…（嘴硬）

朱正泰　哥，我真的跟雅凜講好了，會忍到出院的，因為要遵守院內規定…

鋼太　（點頭）

朱正泰　我們要好好地康復，出院後…把這段期間的愛補償回來。

鋼太　（擠出笑容）這樣想就對了，忍耐最重要的就是意志力…

朱正泰　可是老實說，真的好難…我不像護工一樣，意志力那麼堅決…

鋼太　（若有所思）

朱正泰　不見面的時候還好，但每當她出現在眼前時，真的要瘋了…就連閉上眼也都是她的臉龐…

鋼太　…

享受早晨日光，開心笑著的文英…

朱正泰　看著她就想觸碰她…

鋼太　…

撫摸文英的頭髮

昨晚將娃娃放進文英手中時，稍稍地握緊她的手…

朱正泰　看到她與其他男人有說有笑的時候…

鋼太　…

與男粉絲和樂融融的場景…

#58　沒關係病院，治療室前走廊｜白天

黑板上寫著《美女與野獸》，鋼太在門外透過玻璃看著文英。

朱正泰（E）　心裡的聲音不斷制止自己…但就是忍不住看著她…看著她的時候…心思都圍繞著她…真的是要瘋了…

文英　（看見走廊上的鋼太，開心地揮揮手）

鋼太　（！！慌張地迴避視線，趕緊離去）

文英　…（哼…）

朴玉蘭　（不懷好意地看著兩人…）

#59　沒關係病院，洗手間｜白天

鋼太用冰水大力地潑向臉頰，望向鏡子的一角…貼著吳院長的照片與叮嚀小語「不如所願也沒關係☺」。

鋼太　…（思緒混亂）

文英（E）　《美女與野獸》是一部講述斯德哥爾摩症狀的童話。

#60 **沒關係病院，治療室｜白天**

患者們坐在底下聽課，身後有著星與權敏錫陪同上課。

文英 （看著台下）野獸因詛咒而獨自生活在城堡裡，而被抓去當作人質的貝兒…最後被野獸馴服。

簡畢翁 難道不是…善良的女兒為了解救父親，自願代替父親關在城堡，最後解除魔咒的故事嗎？

文英 （笑…）

#61 **蒙太奇｜白天**

為了使自己不再想起文英，鋼太使自己陷入忙碌之中，勤奮地更換走廊的電燈泡…替患者測量體重…整理醫藥備品，還消毒環境。

文英（E） 平時自私自利，又霸道妄為的野獸…只是短暫地釋出好意…露出微笑…單純的貝兒因此而受感動…

#62 **沒關係病院，治療室｜白天**

文英 「我一定可以用愛感化孤獨的野獸…我可以讓他變好…」

簡畢翁 那都是貝兒的錯覺嗎？

文英 沒錯。

眾人 （在大家紛紛點頭同意時）

李雅凜 （砰的一聲站起身）才不是！不是這樣！

眾人 （被原本乖巧形象的雅凜所做的突發舉止嚇倒）

朱正泰　（嚇倒）雅凜…

李雅凜　美女與野獸…才不是馴服的那種故事！！

文英　（歪頭）那不然是甚麼呢？

李雅凜　（雖然肉麻，但還是真摯地講述著，就像電影《殺手公司》裡元斌講著獨白那樣沉醉…耳邊傳來美女與野獸的主題曲）讓野獸能夠破解魔咒變回王子…都是因為貝兒的真愛！！貝兒的愛能使暴力的野獸平靜…她的真愛撫慰野獸受傷的靈魂…人類最偉大的情感…就是…愛…！那純潔又崇高的愛！（掛著淚珠握緊拳頭）

患者們　（呆愣片刻之後開始吐槽，「肉麻到聽不下去…」「她是不是該吃藥了」）

朱正泰　（獨自一人站起身拍手）

在眾人的騷動裡…只有文英不斷咀嚼著雅凜的話語。

文英　真愛…可以治癒受傷的靈魂…

#INS-7 集 4 幕：因惡夢折磨，痛不欲生的文英，鋼太溫柔地安撫自己，當時溫熱的體溫…

文英　真愛…

文英望向窗外發呆。

#63　沒關係病院，大廳｜白天

尚泰正在描繪著花卉…有人走上前，坐在身邊…是朴幸子。

朴幸子	畫得真好…
尚泰	（拿下耳機）
朴幸子	多虧了你的畫，讓整個醫院都亮起來…尚泰甚麼時候開始那麼會畫畫的呢？
尚泰	出生的那天，先天就會畫畫。
朴幸子	原來是天賦啊，我真羨慕會畫畫的人…我也可以在這裡畫上幾朵花嗎？（拿起畫筆）
尚泰	（打掉畫筆）不可以碰！
朴幸子	不可以動我的畫。（將畫筆拿去遠處）
朴幸子	我知道了，不碰，可是你在聽甚麼歌呢？
尚泰	（跟唱）開在田野間的也是花～
朴幸子	等一下要跟我去庭院賞花嗎？
尚泰	（點點頭，專心在壁畫上）

兩個人在壁畫前哼唱著歌…

#64　沒關係病院，戶外停車場｜白天

嘎—一台車快速地衝進停車場，一名壯碩的男子走下車，面露兇狠地望著醫院。

#65　沒關係醫院，護理站｜白天

從會面室出來的星，趕緊跑向護理站，朱里與權敏錫正盯著監視器畫面。

星　李雅凜患者真的沒問題嗎？

朱里　（監視器畫面中，雅凜與剛剛凶神惡煞的男子—她的前夫，對坐在會面室，一旁站著吳車勇）…病患本人同意的不是嗎。

權敏錫　吳護工也在裡面，我們先觀察狀況吧。

星　（看著前夫）聽說只要被激怒就會爆走的人，都已經離婚了為什麼還要追到這裡，真的不明白雅凜為什麼還要見這種人。

朱里　聽說他們從國中就是同班同學，加上結婚三年，幾乎人生的一半都有對方的存在…的確不容易斬斷關係…

星　所以說被馴服真的是很可怕的事…高文英老師真的講對了。

朱里　（…！不明白地看著星）

 # 監視器畫面）雅凜跑出門外，前夫緊跟在後，吳車勇為了追上前還被椅子絆倒…

#66　沒關係病院，庭院｜白天

在清幽的庭院一角，文英悠閒地抽著菸，手上拿著空咖啡罐…

李雅凜（E）　放手！不要再來找我！

前夫（E）　雅凜，我真的知道錯了，我們重新開始好嗎，我一定會好好對待你。

文英　（將罐子壓扁）

李雅凜　我不會再上當了！我們已經結束，出院後我要開始新的人生。

前夫　（跪在地）雅凜…你忘記我們曾經幸福快樂的日子了嗎？那時候不是很美好嗎…？

李雅凜　（動搖）

前夫　如果我再出手打你，我就把自己的手切斷，我發誓！

李雅凜　（搖著頭，忍住眼淚）我在這裡有喜歡的人了！

前夫　！！甚麼？你…你說甚麼…？（眼神開始轉變）

李雅凜　我出院後就要跟他一起生活，所以從今以後你也過自己的人生吧。（轉身）

前夫　（站起身，抓緊雅凜）你！跟哪個不知羞恥的傢伙搞上了？！

李雅凜　放開我…很痛…

前夫　我就知道，你又到處拈花惹草，對男人裝清純對不對，看我怎麼修理你！（正要揮手）

此時，突然一個空罐打在前夫的頭部，文英笑笑地走過來。

文英　噢，抱歉，我以為你是垃圾桶。（看向雅凜）

李雅凜　（躲在文英身後）

前夫　該死的…精神病院裡…真的都是瘋子。（凶狠地走上前）

文英　那你也要住院嗎？（嚴肅）這該死的瘋子？

前夫　（甩一記巴掌！）

文英　！！

李雅凜　（天哪！！摀住嘴巴）

因男子巨大的力道，跌落在地的文英，眼神轉為憤怒，正要衝過去時，有人奮力抓住男子的肩膀，並朝向他的臉揮拳，竟是鋼太！！雅凜與文英被眼前場景震懾！前夫因為重力加速度，向後踉蹌幾步…但是鋼太卻露出野獸般帶有極度侵略性的眼神走上前，「文護工！！」正在庭院散步的幸子與尚泰…還有周邊聚集的病患開始圍過來，但鋼太卻聽不見任何聲響，憤怒地抓起男子的領子，「護工！請不要這樣！！」雅凜悲痛地大聲哭喊。

李雅凜　（哭）護工…拜託你…住手吧…嗚嗚…

鋼太　（此時才察覺到周遭的人事物…）

尚泰　（對於弟弟的表情感到陌生…）

鋼太　（看著跌倒的文英）

文英　（望向他）

鋼太　（放下男子的衣領，走上前扶起文英）

文英　…

鋼太　有受傷嗎…？（擔心的神情）

文英　（緩緩）好痛…

鋼太　（輕輕地撫摸文英的臉頰…）

文英　（露出笑容…輕輕放下原本握在背後的石塊）

眾人就這樣看著兩人的模樣…

#67　　沒關係病院，院長室｜白天

吳院長使用著頭皮按摩器…咚咚咚，朴幸子與鋼太還有尚泰坐在一旁…

朴幸子　您打算怎麼處理？

吳院長　其實嚴格來說…正當防衛…（看幸子臉色）

朴幸子　（瞪）

吳院長　…還重…那算過度鎮壓…？

朴幸子　（一次講完）無論出於甚麼理由，護工對於會面家屬行使暴力，已經嚴重違反院內條例，如果雅凜沒有阻止，可能產生無法預料的後果，這次的事情不僅只是文護工個人，還牽扯到整間醫院的名聲…

吳院長　（打斷）有聽到了吧，說些辯解甚麼也好…

鋼太　…

尚泰　（就像弟弟一直以來替自己做的）真的很抱歉，我會負起責任，好好管教弟弟（對著鋼太）你應該要忍住才對！怎麼會這樣衝動呢！有沒有在心中默唸一、二、三，你沒有對不對，要數一、二、三呀！

鋼太　我願意接受任何懲處。

吳院長　解雇有些過重，記警告又太輕…那先讓你停職吧，停職期間不支付薪水。

鋼太　…是的。

吳院長　（笑著）可以收拾行李了。

#68 **沒關係病院，護工休息室｜白天**

（宛如第一集整理哥哥的置物櫃）鋼太一一將物品收進包包。

吳車勇 （在旁邊碎唸）前輩你有吃甚麼藥嗎？還是喝酒？怎麼會打人呢？這感覺就是要被告啊？你到底怎麼了，前輩不是很會忍的嗎～

鋼太 （拍拍肩膀）我走了…（揹起包包）

#69 **沒關係病院，護工休息室外走廊｜白天**

朱里帶著擔心的神情跑上前。

朱里 你要這樣走了嗎？你就認錯道歉…說自己是不小心沉不住氣…

鋼太 不是…不小心的。

朱里 …！！

鋼太 （繼續走著）

朱里 （看著鋼太離去的身影，無法伸出手阻止他…）

#70 **沒關係病院，護理站至大廳｜白天**

看著鋼太走過來，患者們紛紛湧上前。

簡畢翁 文護工真的是太帥了，佩服你！（豎起大拇指）

李雅凜 （抬頭）怎麼辦…竟然因為那種人…

朱正泰 哥…請趕快回來，會等你的…

鋼太　（跟大家稍微致意後走出）

劉宣海　（從對面走來，看著鋼太的表情）…？！他怎麼在笑？

簡畢翁　怎麼可能，都被停職了，要哭都來不及。

劉宣海　真的在笑，（思考）還是真的瘋了…？

走出大廳的鋼太，臉上真的掛著笑容，踩著輕快的步伐…不再隱藏內心的真實情緒。

#INS-1 集 34 幕：被刀子刺中時，文英深邃的瞳孔…

#INS-4 集 15 幕：想被疼愛的表情…文英帶著微笑，摸著自己瀏海時…

#71　沒關係病院，大廳至正門｜白天

鋼太雀躍地跑向她。

#INS-5 集 1 幕：將淋濕的她擁入懷中時的悸動！

#INS-6 集 5 幕：接住從樓梯上失足的她…

#72　沒關係病院，庭院｜白天

在風和日麗的陽光下…海浪在不遠處打起雪白浪花…文英坐在樹下，鋼太跑上前…

文英　（轉頭）

鋼太　（呼呼…喘著氣，但臉上掛著燦爛笑容）我被停職了。

文英　（那有很好笑嗎？）

鋼太　這期間不會支薪，還有可能被告，完全一場糊塗了（呼呼…）可是…我卻一點也不擔心以後，反而很快樂。

文英　！！

鋼太　你不是說過嗎，隨時都可以綁架我。

文英　…！

鋼太　我想要跟你玩。

文英　（…！）

鋼太　就是現在，我們走吧。（伸出手，快樂地笑著）

文英　（望著那隻手…握緊）

終於迎向人生第一次脫逃的鋼太，臉上露出少年般的天真笑容，文英因著他手中傳來的溫度與笑容，也露出幸福的微笑。

〔用語整理〕

S（Scence）	場次，組成電視劇的單位之一，相同的場所、時間裡連貫發生的動作與台詞。
F.I（Fade In）	淡入，由全暗的畫面漸亮直至正常明亮度的畫面轉換手法。
F.O（Fade Out）	淡出，由正常明亮度的畫面漸暗直至全黑的畫面轉換手法。
Flash Cut	兩個畫面間插入瞬間性場景。
Flashback	回想畫面，經常用於說明事件的前因後果，或以回憶畫面呈現人物特性。
E（Effect）	屏除台詞與音效，經常用於畫面中未登場人物而只有聲音時，常用於回想畫面與一般畫面之間使用。
Insert	為強調特定動作或情況時插入的畫面，即使不使用也不影響整體場景理解，但此手法可使狀態更為鮮明，使用時經常伴隨特寫場面。
Montage	蒙太奇，將不同的場景剪輯為同一段。
O.S	Off Screen，人物不在畫面中，只有台詞出現。
OL（Overlap）	現行畫面逐漸消失的同時，下一幕的聲音或畫面緊接出現。

TITLE

雖然是精神病但沒關係：原著劇本【上】

STAFF

出版 瑞昇文化事業股份有限公司
編劇 趙容 Jo Yong
插畫 姜山 Jam San
譯者 莫莉

總編輯 郭湘齡
文字編輯 徐承義 蕭妤秦 張聿雯
特約編輯 丁玉霈
美術編輯 許菩真
排版 許菩真
製版 明宏彩色照相製版有限公司
印刷 桂林彩色印刷股份有限公司
絃億彩色印刷有限公司
法律顧問 立勤國際法律事務所 黃沛聲律師

戶名 瑞昇文化事業股份有限公司
劃撥帳號 19598343
地址 新北市中和區景平路464巷2弄1-4號
電話 (02)2945-3191
傳真 (02)2945-3190
網址 www.rising-books.com.tw
Mail deepblue@rising-books.com.tw

初版日期 2020年11月
定價 520元

國家圖書館出版品預行編目資料

雖然是精神病但沒關係：原著劇本 / 趙容
編劇；姜山插畫. -- 初版. -- 新北市：瑞昇
文化, 2020.11
上冊；14.5 x 21 公分
ISBN 978-986-401-450-7(上冊：平裝). --
ISBN 978-986-401-451-4(下冊：平裝). --
ISBN 978-986-401-452-1(全套：平裝)

862.55 109016085